FÖHR IN FLAMMEN

Eva-Maria Silber, geboren 1959 an der ehemaligen Zonen-
grenze, studierte Jura in Gießen und arbeitete als Hauptge-
schäftsführerin eines Bundesverbandes, Rechtsanwältin und
Strafverteidigerin in und um Frankfurt am Main. Seit 2010
schreibt sie Krimis und Thriller an der Nordsee und im Harz.

EVA-MARIA SILBER

FÖHR IN FLAMMEN

Insel Krimi

emons:

Bibliografische Information der Deutschen Nationalbibliothek
Die Deutsche Nationalbibliothek verzeichnet diese Publikation
in der Deutschen Nationalbibliografie; detaillierte bibliografische
Daten sind im Internet über http://dnb.d-nb.de abrufbar.

© Emons Verlag GmbH
Alle Rechte vorbehalten
Umschlagmotiv: stock.abobe.com/DreamLight-Pictures,
stock.adobe.com/Matthias
Umschlaggestaltung: Nina Schäfer, nach einem Konzept
von Leonardo Magrelli und Nina Schäfer
Umsetzung: Tobias Doetsch
Gestaltung Innenteil: DÜDE Satz und Grafik, Odenthal
Lektorat: Dr. Marion Heister
Druck und Bindung: CPI – Clausen & Bosse, Leck
Printed in Germany 2023
ISBN 978-3-7408-1913-2
Insel Krimi
Originalausgabe

Unser Newsletter informiert Sie
regelmäßig über Neues von emons:
Kostenlos bestellen unter
www.emons-verlag.de

Dieser Roman wurde vermittelt durch die
Literaturagentur Lesen & Hören, Berlin.

Wo nun so viele Bäume stehen,
Lag ehemals ein Heideland,
Kein grünes Blättchen war zu sehen,
Nur Steine, Wasser oder Sand.

Wie anders ist das doch geworden!
Im schattgen Grund am Meeresstrand
Zeigt sich dem Auge hoch im Norden
Heut unser liebes Inselland.

Ihr Männer, die ihr das errungen,
Euch danken wir, euch Preis und Ehr!
Ihr habt manch Vorurteil bezwungen
Auf unserer schönen Insel Föhr.

Sodass wir mutig weiter bauen!
Was heut geschenkt uns der Verein,
Als euer Denkmal sollen schauen
Die Enkel einst den Lembke-Hain.

Ein Mitglied des Heidekulturvereins
in Wyk auf Föhr, 1902

1

Am Abend, als die Luft durch den leichten Regenschauer endlich auf wohltuende zwanzig Grad abgekühlt war, erinnerte sich Maja Storm daran, dass der Morgen so verheißungsvoll begonnen hatte: schwül und doch samtig, mit einem Hauch von Tanggeruch vom nahen Meer, voller Versprechungen, die nur ein Sommertag einem einflüstern konnte. Nichts hatte sie, die vier Monate zuvor zur Polizeimeisterin ernannt und zum Bäderdienst auf Föhr abgeordnet worden war, auf das vorbereitet, was an diesem Tag ihr Leben nachhaltig verändern sollte.

Der Polizeifunk knisterte, dann hörten sie und Thorsten, ihr Kollege auf Streife und ebenfalls als Absolvent der Polizeischule im Bäderdienst, die Stimme von Hartmut in der Einsatzzentrale: »Einsatz in Witsum, fahrt mal hin und schaut nach, was da los ist. Eine junge Frau, Kristina Gösling, vermisst ihre Eltern und hat bei der Suche nach ihnen Blut entdeckt. Nehmt die Traumstraße, bis ihr die Strunwoi von Borgsum passiert habt. Ein paar Meter weiter geht links ein Weg ab. Dort müsstet ihr sie schon sehen. Sie wartet auf euch.«

Zum ersten Mal fuhren zwei Bäderdienstler gemeinsam Streife. Bisher mussten sie den Streifendienst zusammen mit einem dienstälteren Kollegen absolvieren, der sich vor Ort auskannte und mehr Berufserfahrung hatte. Maja war das nur recht gewesen.

Thorsten nutzte die Gelegenheit, das Blaulicht einzuschalten und wie ein Irrer zu rasen. Maja sagte nichts dazu, sie würde ja doch nur wieder die Frage zu hören bekommen, ob sie ihn anschwärzen wolle.

Schon von Weitem sahen sie eine junge Frau winken, die wenige Kilometer hinter den letzten Häusern von Nieblum an einer Abzweigung zu einem Feldweg auf sie wartete. Neben ihr standen ein Mann, etwas älter und einen Kopf größer, und ein blauer VW Polo.

Thorsten bog ein und bremste. Dann ließ er sein Fenster runter.

»Was liegt an?«, fragte er wenig originell und professionell.

»Meine Eltern. Da.« Sie wies auf eine Hütte, die knapp zweihundert Meter entfernt am Rand eines Kiefernwäldchens lag. »Wir waren verabredet. Den gestrigen Tag wollten sie hier verbringen, heute waren wir zu Hause in Flensburg verabredet. Aber sie waren nicht da, als wir kamen. Sie hatten uns zum Mittagessen eingeladen. Ich habe sie weder auf dem Handy erreicht, noch hat sie jemand aus der Nachbarschaft seit vorgestern gesehen. Da haben wir kurzerhand die Fähre genommen und sind rübergekommen.«

»Und, sind sie hier?«, fragte Thorsten.

Die junge Frau, Maja schätzte sie auf Anfang zwanzig, zuckte die Schultern und schaute hilfesuchend zu dem Mann neben ihr. »Ich weiß es nicht. Ihr Wagen ist nicht da. Der ist eigentlich immer vor der Hütte geparkt, wenn sie hier sind. Wir haben vor der Hütte dunkle Flecken im Gras entdeckt, die wie Blut aussehen. Und das hier.«

Sie hielt ihnen eine Patronenhülse entgegen. Ihrer Größe nach gehörte sie zu einem Gewehr. Die beiden Polizeiobermeister sahen sich an, verunsichert, was das zu bedeuten hatte.

»Gut«, verkündete Thorsten, »wir sehen uns das mal an. Bleiben Sie so lange hier.«

Im Schritttempo näherten sie sich der selbst zusammengezimmerten Hütte, die erhöht auf Betonsockeln kurz vor Witsum, dem kleinsten Dorf auf Föhr, stand. Nur wenige hundert Meter trennten sie vom Meer. Braune Holzwände, eingedeckt mit roten Eternitplatten. Ein Fenster mit geöffneten, bläulich gestrichenen Fensterläden, das auf die angebaute ebenfalls hölzerne Terrasse wies. Ein weiteres, bis zu dem der Vorbau nicht reichte, hinter zugeklappten Läden verborgen.

Am Geländer hingen Blumenkästen, gefüllt mit üppig blühenden magentafarbenen Geranien.

Thorsten parkte daneben. Sie stiegen aus und sahen sich um. Auf den Steinplatten vor der geschlossenen Hüttentür lagen Pappen. Ein paar Meter weiter entdeckte Maja im Gras sechs Patronenhülsen neben dunkelroten Flecken. Sie zeigte darauf.

»Was machen wir?«, fragte sie ihren Kollegen. »Sollen wir Verstärkung rufen?«

Thorsten ließ den Blick über die Umgebung schweifen. »Ist ein bisschen wenig. Wir sollten uns erst noch genauer umsehen, sonst machen wir uns vielleicht lächerlich.«

»Wenn das ein Tatort ist, besteht die Gefahr, dass wir ihn verunreinigen. Dann bekommen wir richtig Ärger«, konterte Maja.

»Auch wieder wahr. Schließen wir einen Kompromiss und umrunden die Hütte. Vielleicht entdecken wir ja was. Das Blut und die Hülsen könnten ja auch von einem Jäger stammen, der Karnickel oder so was geschossen hat.«

Da war was dran. In der letzten Zeit hatte es häufiger Anzeigen wegen des illegalen Abschießens von Hasen, die sich auf der Insel zur Plage entwickelt hatten, gegeben.

Sie traten näher an die Eingangstür der Hütte. Die Pappen wirkten seltsam in dieser Idylle, die ansonsten so gepflegt erschien. Bevor sich Maja bremsen konnte, schob sie eine mit dem Fuß vorsichtig ein Stückchen weg. Eine in der Sonne rot glänzende Pfütze kam zum Vorschein. Hastig zog sie ihren Fuß zurück.

»Das ist zu viel Blut für einen Hasen«, verkündete sie. »Da muss tatsächlich etwas passiert sein. Lass uns nachschauen, vielleicht braucht jemand dadrin Hilfe.« Sie wies mit dem Kopf auf die Hütte.

Sie entriegelte die beiden Sicherungen ihrer Dienstwaffe am Holster mit Daumen und Zeigefinger. Vorsorglich, wie sie sich selbst Mut machte. Dann zog sie einen Handschuh über und drückte den Griff der Tür an den seitlichen Kanten nach unten, bemüht, möglicherweise vorhandene Fingerabdrücke nicht zu verwischen. Abgeschlossen.

Vielleicht konnte sie ja durch eines der Fenster erkennen, ob in der Hütte alles in Ordnung war. Sie stieg die zwei Stufen zur Terrasse, die nach Süden in Richtung Meer ausgerichtet war, hinauf, doch ein unter dem Fenster liegender zusammengerollter Teppich versperrte den Weg. Sie versuchte, ihn wegzuziehen, aber er war zu schwer.

»Los, pack mal mit an, ich bekomme ihn nicht weg, und so kann ich nicht reinschauen«, forderte sie Thorsten auf.

Ihr Kollege packte das andere Ende, und sie zogen gleichzeitig. Doch der Teppich wickelte sich auf statt weg von der Wand. Beide sprangen mit einem Aufschrei zurück, als der leblose Körper einer Frau zum Vorschein kam. Barfuß, in ein längs gestreiftes Kleid gekleidet, das ordentlich bis zu den Knien heruntergezogen war, lag sie bäuchlings auf einer Wolldecke. Ihr linker Arm war unter dem Körper eingeklemmt. Der Kopf der Frau war mit einem gepunkteten Tuch abgedeckt, das blutgetränkt war, unter ihm hatte sich ein großer Blutfleck gebildet.

Das war nicht die erste Leiche, der Maja im Rahmen ihres Jobs begegnete. Doch die Auffindesituation, die Wehrlosigkeit der Frau in dieser idyllischen Umgebung, gravierte sich in ihr Gedächtnis ein wie ein Kupferstich.

Hektisch schaute sie sich um. Versteckte sich hinter den Büschen und Bäumen der Mörder? Zielte er gerade auf sie? Sie standen ungeschützt, während er sich in den dicht gewachsenen immergrünen Sträuchern verbergen könnte. Oder war ihre Sorge unbegründet? Sie hockte sich neben die Leiche. Das Blut sah geronnen aus. Die Frau hatte also vor längerer Zeit aufgehört zu bluten. Trotzdem!

»Wir müssen prüfen, ob sich der Schütze noch in der Nähe versteckt«, flüsterte sie Thorsten zu.

Sein Blick flackerte, dann schaute auch er sich hastig um, nickte und entsicherte seine Waffe. Beide huschten gebückt jede Deckung nutzend auf das Gebüsch neben der Terrasse zu. Schoben sich durch dornige Brombeeren und gelb leuchtende Ginsterbüsche. Sie kamen kaum durch. An einer Stelle, von der aus sie durch eine Blätterlücke den Eingang im Blick hatten, waren unter einer Kiefer die wenigen Grashalme, die der Trockenheit des Frühsommers und dem Schatten der Baumkronen getrotzt hatten, umgeknickt, der Zweig eines Rhododendrons abgeknickt. Beide atmeten durch.

»Keiner mehr da«, verkündete Thorsten. »Schauen wir hinten nach.«

Auf der anderen Seite der Holzhütte, die nach Norden in Richtung Witsum ausgerichtet war, entdeckten sie auf dem Sandboden vor einer zweiten Tür weitere Patronenhülsen. Fassungslos sahen sie sich an.

»Ruf die Zentrale. Wir brauchen dringend Unterstützung.«

Maja nickte, sicherte ihre Waffe und schob sie zurück in das Holster.

»Beeilt euch«, bat sie Hartmut in der Wyker Polizeistation, »es wird noch ein Mann vermisst, und hier ist alles voller Blut und Gewehrhülsen.«

Thorsten war inzwischen damit beschäftigt, Kristina, die zusammen mit ihrem Freund zur Hütte geeilt war, daran zu hindern, auf die Terrasse zu stürzen. An ihrer Reaktion hatte die junge Frau wohl erkannt, dass etwas entdeckt worden war. Nicht verhindern konnte er, dass sie die Leiche sah.

Zwischen Weinkrämpfen und panischem Schluchzen berichtete sie, dass ihre Eltern am Vortag in der Hütte mit ihrer Tante und den beiden Cousins verabredet gewesen waren. Immer wieder rief sie nach ihrem Vater.

Keine zehn Minuten später traf ein Streifenwagen mit Blaulicht und eingeschaltetem Martinshorn ein. Am Lenkrad saß Herrmann Adickes höchstpersönlich, Leiter der Polizei-Zentralstation Föhr. Er war es, der die Treppenstufen zur Terrasse hochstieg und die Tote wieder mit dem Teppich notdürftig bedeckte, nachdem er sie genau inspiziert hatte.

»Was ein Schlamassel, und das auf unserer Insel. Rufen wir die große Besatzung vom Festland.«

»Es wurden zwei Personen als vermisst gemeldet. Müssen wir nicht den Ehemann suchen? Vielleicht braucht er Hilfe«, sagte Maja.

»Oder Martin Gösling war das, hat seine Ehefrau erschossen«, konterte Adickes. »Bring erst mal die Tochter mit ihrem Freund hier weg. Die muss ja nicht alles mitbekommen. Hast du nicht gesagt, dass der Familienwagen hier parken müsste?«

Maja nickte.

»Vielleicht ist der Ehemann damit abgehauen, als ihm klar wurde, was für eine Scheiße er gebaut hat.«

Nachdem sie Kristina und ihren Begleiter zu deren Wagen an der Abbiegung bugsiert hatte, kehrte sie zurück zu der Gruppe, die sich um die Eingangstür der Hütte geschart hatte. Adickes hatte zusammen mit Thorsten die auf dem gepflasterten Weg liegenden drei Pappen weggehoben. Zum Vorschein war eine riesige Blutlache gekommen. Von ihr führte eine Schleifspur zu den beiden Stufen, an deren linker Treppenwange ebenfalls eine rote Verfärbung zu erkennen war. Maja und Thorsten hatten sie vorher nicht bemerkt.

»Vielleicht sollten wir doch besser nachschauen, ob der Mann hier irgendwo steckt und Hilfe braucht«, verkündete Adickes, nachdenklich an seinem Kinn kratzend.

Ihr Vorgesetzter stieg vorsichtig, ohne in die Blutlache zu treten, hoch zur Tür und versuchte ebenfalls, sie zu öffnen.

»Abgeschlossen. Maja, frag die Tochter, ob sie weiß, wo der Schlüssel ist«, wies er sie an.

Wieder eilte sie zurück zu Kristina.

Zwischen zwei Schluchzern beschrieb sie, dass immer ein Reserveschlüssel hinter dem Betonpfeiler rechts neben der Tür deponiert war.

Adickes hangelte nach dem Schlüssel, der tatsächlich an der beschriebenen Stelle lag. Erneut stieg er eine Stufe hoch und schloss auf. Die Tür schwang nach links außen auf und gab den Blick auf eine rustikale Küche mit einem kleinen Küchentisch frei.

Doch niemand achtete auf das Mobiliar, alle starrten auf den Kopf einer älteren Frau, der in Richtung Tür wies. Weiße Haare und ein verzerrtes Gesicht, in dessen Stirn ein schwarzes Loch wie ein Zyklopenauge mitten zwischen den Augen eingestanzt war.

Adickes wich einen Schritt zurück, ohne daran zu denken, dass er auf einer Stufe stand. Thorsten stützte ihn im letzten Moment. Dann erkannte er, wovor sein Chef zurückgeschreckt war, und stöhnte auf.

Die Beine der Leiche reichten fast bis zur hinteren Wand. Der Rock ihres Kostüms war bis zur Hüfte hochgerutscht, ihre rechte Körperhälfte lag schräg auf einer gewölbten karierten Decke.

Thorsten fuhr herum, stolperte ein paar Schritte in Richtung Wald und würgte das Matjesbrötchen, das er sich mittags gegönnt hatte, heraus.

Adickes hatte sich wieder gefasst und hangelte sich tiefer in den Raum, darauf bedacht, die Tote nicht zu berühren. Ein Balanceakt in Anbetracht der Enge. Dann beugte er sich auf Höhe des Kopfes über die Leiche der alten Frau und zog an dem Deckenzipfel unter ihr. Schlagartig verstärkte sich der metallische Geruch im Raum. Nur undeutlich erahnte Maja den von Einschüssen zerfetzten Kopf eines Mannes.

Das war auch für sie zu viel. Sie schnappte nach Luft und würgte, bis sie ihr Hefestückchen vom Mittagessen die Speiseröhre wieder runtergezwungen hatte. Maja war speiübel. Weniger wegen des schaurigen Anblickes als vielmehr der Trauer über drei sinnlose und grausame Tode in dieser Idylle.

»War nicht von zwei Vermissten die Rede?«, fragte Adickes, leicht grünlich um die Nase. »Wenn ich noch richtig zählen kann, sind das jetzt schon drei. Hat einer eine Ahnung, wer die alte Frau sein könnte?«

»Während wir auf euch gewartet haben, hat die Tochter uns erzählt, dass ihre Tante mit ihren beiden Söhnen gestern zum Nachmittagskaffee erwartet wurde«, berichtete Maja.

Adickes, inzwischen leichenblass, starrte sie an, offenbar sprachlos. Dann fasste er sich.

»Also kann es sein …? Fünf? Sind das etwa …? Ist das Helena?« Ein Schluckauf hinderte ihn am Weiterreden.

Maja zuckte die Schultern.

Er stolperte zurück zur Tür und starrte auf das Gesicht der Toten. Nach einem Moment, der hauptsächlich aus Kopf-schütteln bestand, wandte er sich wieder an Maja.

»Du hast doch schon mehrfach mit der jungen Frau ge-sprochen. Ist sie einigermaßen ruhig?«

Maja nickte. Klar hatte Kristina Gösling geweint, aber hys-terisch war sie ihr nicht vorgekommen. Das sagte sie ihm.

»Gut. Am besten ist, du kommst mit, dich kennt sie schon. Und du«, er wandte sich an Mirko, den Kollegen, der ihn be-gleitet hatte, »rufst die Verstärkung. Die ganz große.«

Auf eine Antwort wartete er nicht, sondern setzte sich in Richtung des VW Polo in Bewegung.

Kristina schien sich inzwischen etwas beruhigt zu haben. Zumindest war sie ansprechbar, obwohl Tränen über ihre mascaraverschmierten Wangen liefen. Bevor Adickes seine Fragen stellen konnte, überflutete sie ihn mit ihren.

»Liegt da meine Mama auf der Terrasse? Ist sie tot? Was ist passiert? Wo ist mein Papa?«

Offenbar hatte sie nichts von den Leichen in der Hütte mitbekommen.

»Leider hab ich keine gute Nachricht für Sie. Aber ohne offizielle Identifizierung kann ich wirklich nicht sagen, ob sie es ist. Wir werden Sie später dafür brauchen. Ist das okay?«, fragte Adickes.

Die junge Frau hatte die Hand ihres Freundes ergriffen und nach einem Moment des Zögerns genickt.

»Zunächst aber muss ich wissen, wer alles in der Hütte anwesend war. Haben Ihre Eltern Besuch erwartet, oder haben sie noch jemanden hierher mitgenommen?«

Mit großen Augen schaute Kristina Maja an.

»Was soll das heißen? Ich hatte Ihnen doch von meiner Tante und meinen Cousins erzählt.«

Sie warf einen Blick zu Adickes, um die Frage weiterzugeben, aber auch, um die schlechte Nachricht nicht überbringen zu müssen. Darin war sie erbärmlich, wie sie bei einem früheren Versuch festgestellt hatte.

»Nun, wir haben noch zwei«, Adickes stockte, »nun ja, also Tote gefunden.«

Kristina unterbrach ihn mit einem Aufschrei. »Papa?«

Er holte tief Luft und schüttelte den Kopf. »Auch das wissen wir noch nicht. Nur fragen wir uns natürlich, wer die dritte Person sein könnte. Mit wem genau waren Ihre Eltern verabredet?«

Zwischen den Sturzbächen gleichen Tränenflüssen sagte sie: »Meine Tante Helena und meine Cousins Jürgen und Franz-Xaver wollten gestern zu Besuch kommen. Heißt das …?«

»Verdammt!«

Noch nie hatte ihr Vorgesetzter in Majas Gegenwart geflucht.

»Hören Sie, Kristina, ich darf Sie doch so nennen?«, fuhr er nach einem Moment, in dem Maja seinen Adamsapfel deutlich zucken sah, fort.

Sie starrte ihn nur an.

»Helena. Ist das etwa Frau Rüegg aus Borgsum?«

Kristina nickte.

»Also, im Moment wissen wir noch gar nichts Genaues. Am besten wird sein, Sie fahren nach Hause, und wir melden uns bei Ihnen. Lass dir Adresse und Telefonnummer geben, Maja.«

Mit einem letzten Nicken verabschiedete er sich.

Als Kristina Gösling und ihr Freund endlich abgefahren waren, kehrte sie ebenfalls zurück zur Hütte. Vor dem Eingang stand niemand mehr. Doch von der anderen Seite hörte sie Rufe. Maja umrundete die Holzhütte in Richtung der Stimmen, drehte sich aber um, weil sich von hinten ein Wagen näherte. Der dritte Streifenwagen der Wache in Wyk rollte langsam und vorsichtig über den Feldweg. Sie winkte den Kollegen und eilte weiter zu der anderen Tür.

Adickes tauchte just in diesem Moment hinter dem rechten Betonpfeiler der Hütte auf.

»Pech gehabt«, verkündete er, »kein Schlüssel. Da müssen wir wohl grob werden.«

Mirko holte aus dem Kofferraum des Streifenwagens eine Brechstange. Vorsichtig quetschte Adickes sie in die Spalte zwischen Tür und Angel. Ein fester Ruck, und sie sprang nach rechts auf. Direkt dahinter auf dem Boden wurden zwei Köpfe sichtbar. Wieder waren sie rot von Blut, das in Richtung Ausgang geflossen und sogar aus dem Spalt darunter getropft war. Erst jetzt erkannte Maja die dunkelrote Pfütze unter der Gitterroststufe. Hinter sich hörte sie ein Stöhnen, dann ein Würgen. Es kam von ihrem Bäderdienstkollegen Werner, der mit Hajo eingetroffen war. Schon folgte er Thorsten, der immer noch würgend unter einer Kiefer saß.

Maja wandte sich den Toten zu. Diese beiden Opfer lagen näher am Ausgang als die auf der anderen Seite der Hütte. Der rechte Arm der einen Leiche war in Richtung Türöffnung ausgestreckt. Es handelte sich eindeutig um Männer.

Ihr Vorgesetzter, der in den Türrahmen getreten war, hatte selbst keinen Tropfen Blut mehr im Kopf, so blass war er geworden. Maja stand fassungslos vor der Tür. Fünf Tote! Auf dieser sonst so friedlichen Insel. Wie war das nur möglich?

»So eine Scheiße«, würgte Adickes heraus. Schon wieder fluchte ihr stets beherrschter Chef, der sich immer zusammenriss.

Der Platz in dem Raum, der deutlich kleiner als die Küche auf der anderen Seite war, hatte nicht gereicht, um die Leichen nebeneinander abzulegen. Wohl deswegen lagen sie an den Hüften übereinander. Das zuvor schneeweiße Hemd des unteren Toten wies auf der linken Brust rote Flecken auf, da, wo die Kugeln ihn durchsiebt hatten. Quer über ihm lag der zweite Leichnam, den Maja aufgrund seiner grauen Haare als älter einschätzte. Nun waren sie rot durchzogen vom Blut aus seiner Stirn, von dort, wo die Kugeln ihn zerfetzt hatten. Bei den verheerenden Verletzungen musste es sich um eine großkalibrige Schusswaffe gehandelt haben. Das passte zu den Patronen, die sie im Gras entdeckt hatten.

Die Leichen lagen eingeklemmt zwischen übereinandergestapelten Gartenstühlen und einem auf die Seite gedrehten Rasenmäher. Wie es aussah, waren die Toten nacheinander an den Beinen hineingeschleift worden. Genauso wie auf der anderen Seite der Hütte.

»Warten wir auf die Kriminaltechnik«, verkündete Adickes. »Hier können wir nichts mehr tun.«

Dann schloss er die Tür.

2

Da war er nun, der Tag, vor dem sich Erster Kriminalhauptkommissar Jan Andretta als stellvertretender Leiter des 1. Fachkommissariats der Flensburger Mordkommission gefürchtet hatte. Der Tag, an dem sein Lebensmodell, gerade erst aus der Taufe gehoben, ad absurdum geführt wurde. Der Tag, an dem er sich eingestehen musste, dass sein Leben ein einziges Desaster war.

Der Anruf hatte ihn vor dem Gerichtssaal 9 im Landgericht Flensburg erreicht, wo er auf seinen Einsatz als Zeuge auf dem Gerichtsflur gewartet hatte. Leichenfund auf Föhr. Und er sollte der Leiter der Soko sein. Was bedeutete, dass er Tag und Nacht, am Wochenende, kurzum ständig erreichbar und einsatzbereit sein musste. Seine finsteren Gedankengänge wurden durch den Aufruf des Gerichtsdieners, einzutreten, unterbrochen.

Zwei Stunden und eine Verurteilung aufgrund seiner Zeugenaussage später war er nach Hause geeilt. Dort hatte er den Anzug, den er stets bei Gerichtsverhandlungen zusammen mit den schwarzen Lederhalbschuhen trug, gegen hochschaftige Wanderschuhe und Cargohosen getauscht, bevor er zum Hafen in Dagebüll aufgebrochen war. Die »MS Sylt« der Wasserschutzpolizei setzte ihn nach Föhr über. Am Innenhafen holte ihn ein Streifenwagen der Polizeidienststelle Wyk ab. Von dort aus fuhren sie auf der Traumstraße vorbei an Nieblum Richtung Witsum. Auf halber Strecke in Höhe von Borgsum passierten sie linker Hand ein Wäldchen. Direkt dahinter zweigte ein sandiger Feldweg ab. Andretta entdeckte an dessen Ende die rot-weißen Absperrbänder und diverse Polizeiwagen am Rand des Forstes. Auch der Mercedes Sprinter der Spurensicherung parkte dort.

Das Watt, das von dem wolkenlosen Himmel dieses herrlichen Sommertages blaubraun eingefärbt war, lag wenige hundert Meter entfernt. Die Sonne, von keiner Wolke bedeckt, erhitzte die Luft auf ungewöhnliche achtundzwanzig Grad. Doch was war an diesem Frühsommer mit seinen Dürre- und Hitzeperioden schon gewöhnlich? Warum also sollte er sich über diesen für Ende Juni extrem heißen Tag wundern?

Der Blick offenbarte nicht nur das Meer, das sich bis kurz vor dem Horizont zurückgezogen hatte, sondern auch seine in schwarze Overalls mit reflektierendem Aufdruck »Polizei« gekleideten Kollegen, die leicht gebückt die Umgebung absuchten. Gleichzeitig untersuchten Kriminaltechniker in weißen Schutzanzügen eine schlicht gezimmerte Holzhütte, einer stand auf der angebauten Terrasse.

Rainer und Tine, seine Mitarbeiter in der Mordkommission Flensburg, winkten ihm zu. Während er zu ihnen eilte, näherte sich von der Seite ein weiterer Uniformierter, geschätzt Ende fünfzig mit schütterem Haar, gekleidet in ein hellbeiges Hemd mit drei Sternen auf der Schulter und schwarzer Krawatte, die die Blässe um seine Nase betonte.

»Herrmann Adickes, Leiter der Polizei-Zentralstation Föhr«, stellte er sich vor und reichte Andretta die Hand. »Kennen Sie schon die Details?«

Der Kommissar schüttelte den Kopf. »Dazu war noch keine Zeit. Was ist hier passiert?«

»Fünf Tote. Erschossen. Alles Mitglieder einer Familie. Dass so was hier, auf unserer Insel, passieren würde, hätte ich niemals für möglich gehalten.«

Nach einem Räuspern, das wie ein Schluchzen klang, beschrieb er, wie sie die Toten aufgefunden hatten, und deutete mit einem Kopfnicken in Richtung Wäldchen und auf die suchenden Streifenpolizisten.

»Schon in direkter Nähe zur hinteren Tür fanden wir jede Menge Patronenhülsen und Blut. Die Kollegen suchen jetzt die Umgebung nach weiteren Hinweisen ab. Vor allem, woher der oder die Täter kamen. Außerdem fehlt der Familienwagen. Wie uns die Tochter berichtet hat, sind ihre Eltern immer mit ihrem blauen Golf-Viertürer zur Hütte gefahren. Üblicherweise parkte der Vater ihn vor dem hinteren Raum auf der Rückseite der Hütte.« Er wies mit der Hand in die Richtung.

Sie näherten sich der Holzhütte, in der Andretta zwei Kriminaltechniker herumhantieren sah. Erst auf den zweiten Blick erkannte er, dass sie sich über eine in eine Wolldecke gewickelte Leiche beugten.

»Die ermordete Frau, Helena Rüegg, die halb auf diesem Toten lag, haben wir schon rausgeholt. Eine alte Frau, ich glaube, um die achtzig. Mitten auf der Stirn, der Einschuss. Sah aus wie bei den Indern, die sich da«, er deutete auf die Falte oberhalb der Nasenwurzel, »einen Punkt hinmalen. Wer macht so was? Einfach so eine alte, wehrlose Frau erschießen.«

»Sie kannten die Opfer?«, fragte Andretta.

»Ja klar, ist schließlich eine Insel, und ich arbeite seit über zwanzig Jahren hier. Erst habe ich Helena Rüegg gar nicht erkannt. Ehrlich gesagt habe ich bei dem schaurigen Anblick auch nicht so genau hingeschaut. War nur fixiert auf das Loch in der Stirn.«

Donnerwetter, dachte Andretta. Nicht jeder würde das zugeben.

»Und wer ist das hier?«, fragte er auf den am Boden liegenden Leichnam weisend.

»Das ist der Hüttenbesitzer Martin Gösling.«

Adickes führte den Kommissar zu der Terrasse, die mit ihren Geranien Idylle pur versprach. Vor allem jetzt im Sommer mit der sanften Brise vom Meer, die die stickige Hitze vertrieb, den duftenden Kiefern rundherum und dem Blick auf das Wattenmeer im Süden kam das Holzhaus einem Paradies nahe. Er wunderte sich allerdings darüber, dass außerhalb der Ortschaft und so dicht beim Strand eine Baugenehmigung erteilt worden war.

Gar nicht zu diesem Paradies passte die Leiche der Frau.

Zwei schwarz gekleidete Männer mit einer Trage näherten sich von der Seite, der Kriminaltechniker war verschwunden.

»Seine Frau Ingrid«, erklärte Adickes.

Andretta trat auf die Terrasse und dicht an die Tote heran, zog seine Einweghandschuhe über und wandte sich an den Leiter der Polizeistation: »Darf ich?«

Der nickte. »Die Forensiker sind hier erst mal fertig.«

Andretta beugte sich zu der Leiche, die vor ihm bäuchlings ausgestreckt lag. Bestimmt hatte sie nicht geahnt, dass sie hier an diesem wunderbaren Tag sterben würde. Wie furchtbar.

»Als sie gefunden wurde, war sie komplett in den Teppich unter ihr eingewickelt. Sieht so aus, als hätte der Täter nicht gewollt, dass sie zu früh entdeckt würde«, meinte Adickes.

Andretta nickte. »Fragt sich nur, von wem zu früh entdeckt. Wissen Sie schon, wann das passiert ist?«

»Der Gerichtsmediziner meinte, dass sie seit mindestens einem Tag tot sind. Ich hoffe, dass uns die Tochter dabei weiterhelfen kann. Sie war heute mit ihren Eltern verabredet. Ihre Eltern wollten den gestrigen Tag mit Martins Schwester und seinen Neffen hier verbringen und dann abends wieder nach Hause fahren.«

»Können wir sie wegbringen lassen?«, fragte einer der schwarz gekleideten Männer.

Andretta nickte.

»Gut, dann sehen wir uns jetzt die letzten beiden Toten an«, sagte Adickes.

Sie umrundeten die Hütte. Dort war von den Kriminaltechnikern ein großes Arbeitszelt errichtet worden. Nachdem Andretta die Kollegen, die er alle vom Festland kannte, gegrüßt hatte, trat er zum Zelt. Im Inneren war ein großes Schüttelsieb aufgebaut, ein rechteckiger Holzrahmen, an dem ein grobmaschiges Netz befestigt war. Jeder Spatenaushub aus dem Umfeld des Fundortes wurde da durchgetrieben, um zu verhindern, dass tatbezogene Gegenstände unentdeckt blieben.

Etwas klimperte im Netz. Ernst Klausen, der Kommissar erkannte ihn trotz des Mundschutzes, bückte sich und hob das Fundstück auf. Nach einem Moment der genauen Betrachtung warf er es weg. Offenbar hatte es sich nur um einen kleinen Stein gehandelt.

Klausen, Leiter der Kriminaltechnik, richtete sich auf, zog den Mundschutz herunter und nickte ihm zur Begrüßung zu.

»Na, habt ihr was gefunden?«, fragte Andretta.

Der Forensiker führte ihn zu einem klappbaren Arbeitstisch, der bedeckt war von durchsichtigen Beweisbeuteln unterschiedlicher Größe.

»Wir haben jede Menge Patronen gefunden«, verkündete er und hob einen der Beutel mit einer glänzenden Hülse hoch.

Bevor Andretta etwas fragen konnte, wurde er von einem weiteren Klimpern beim nächsten Aushub des anderen Kriminaltechnikers, dessen Namen er vergessen hatte, unterbrochen. Diesmal klang der dabei erzeugte Ton anders, heller. Der Techniker hob den Fund auf und trug ihn zu einem weiteren Arbeitstisch, der mit Hilfe von Steinen halbwegs waagerecht aufgestellt war. Der Scheinwerfer daneben, der von einem Generator betrieben wurde, warf gespenstisch weißes Licht darauf.

Andretta und Klausen traten näher. So nahe, dass er den leichten Schimmer erkannte. Der Fund landete in einem Beweissicherungsbeutel.

»Kann ich mal sehen?«, fragte er und bekam den Beutel kommentarlos gereicht. Man kannte ihn.

Er zückte seine Lesebrille und trat näher an den Scheinwerfer, dann betrachtete er die verformte Kugel. Sie war zu groß für eine Pistole, stammte eher von einem Gewehr. Auffallend war die Spitze, die flacher war als bei gewöhnlichen Patronen, was trotz der Verformung durch den Schuss und Aufprall leicht erkennbar war.

»Sonst noch was?«, fragte er und wies auf den Arbeitstisch.

»Dreizehn leere Patronenhülsen«, verkündete der namenlose Techniker und reichte Andretta eine andere Beweissicherungstüte.

Er drehte sie so, dass er den Boden sehen konnte. Eingestanzt war »30–30 WIN Super Speed«. Eine Winchester-Patrone? Unglaublich. Wie kam denn die hierher? Seltsam. Nicht gerade eine weitverbreitete Marke hier im Norden. Er reichte die Tüte an Adickes weiter, der hinter ihm stehen geblieben war.

»Na, das ist doch schon mal was. So viele Winchester-Gewehre gibt es in Deutschland ja wohl nicht«, bestätigte er Andrettas Gedankengang.

Adickes gab die Tüte dem Forensiker zurück. Gerade als sie das Zelt verließen, tauchten zwei junge Streifenbeamte seitlich der Hütte auf.

»Wir haben dahinten Fahrzeugspuren entdeckt«, sagte die junge Polizistin, die nur wenige Zentimeter kleiner war als ihr ein Meter neunzig großer Kollege, und zeigte Richtung Osten zu dem Wäldchen.

»Wo genau?«, fragte Adickes nach.

Sie öffnete den Mund zur Antwort, wurde aber von ihrem Kollegen ausgebremst, der auf eine tiefe Rinne im Sand neben der Hütte deutete.

»Hier hat der Inhaber laut Auskunft seiner Tochter immer geparkt, wenn sie anwesend waren. Und von hier aus weisen frische Fahrspuren auf einen schmalen Weg, der direkt hinter der Hütte in den Wald führt. Das Gras dort ist platt gefahren worden. Wir sind den Spuren etwa einen halben Kilometer gefolgt. Dann sind wir auf eine Sandkuhle am Wegesrand gestoßen, in der eine Wolldecke liegt. Ganz zusammengedreht ist die. Das sieht ganz danach aus, als hätte sich ein Fahrzeug festgefahren. Der oder die Fahrer müssen ausgestiegen sein und die Decke dicht vor die Hinterräder gelegt haben. Offenbar hat es geklappt, die Spuren führen weiter in Richtung Goting und Traumstraße.«

»Dann gib mal gleich eine Fahndungsmeldung nach dem

Wagen der Göslings raus. Der Haltername ist ja bekannt«, wies Adickes den jungen Polizeiobermeister an.

Sofort hastete der zu dem vordersten Streifenwagen, während die Polizistin mit hinter dem Rücken verschränkten Armen zu Boden schaute.

»Ist noch was?«, fragte Adickes.

»Wir sollten überprüfen, ob der Wagen mit der Fähre die Insel verlassen hat. Im Hafen ist doch alles kameraüberwacht.«

Adickes schaute zu Andretta, der bestätigend nickte und sich an die junge Frau wandte.

»Gute Idee, die Wahrscheinlichkeit ist groß, dass sich der oder die Täter aufs Festland abgesetzt haben«, antwortete er. »Kannst du das übernehmen?«

Sein Kollege zuckte leicht zusammen, sagte aber nichts. Der Blick der jungen Frau wurde hart, als sie das bemerkte, dann senkte sie ihn wieder.

Was ist denn hier los?, fragte sich Andretta verwundert.

»Ich suche mir einen Kollegen und fahr hin«, antwortete sie nach einem Moment, in dem die Luft zwischen ihr und dem Dienststellenleiter brannte, drehte sich um und eilte zu zwei Polizisten, die neben einem Streifenwagen standen. Andretta beobachtete, dass die beiden zunächst abwehrend den Kopf schüttelten. Aber nach einem Blick zu seinem Dienstvorgesetzten stieg einer von ihnen ein und fuhr los, nachdem sich die junge Frau auf den Beifahrersitz gesetzt hatte.

Andretta schaute Adickes fragend an.

»Die beiden, die die Reifenspuren des Wagens gefunden haben, waren die Streifenbesetzung, die die Leichen entdeckt hat. Und das«, er schaute dem Streifenwagen hinterher, »war Maja. Unser Problemfall.«

Probleme hatte Andretta selbst genug. Mehr brauchte er nicht, konnte er nicht schultern. Gottlob war das nicht seine Sorge. Er wandte sich wieder seinem Kollegen zu.

»Da wollte jemand nicht dabei gesehen werden, wie er den

Tatort verlässt. Ich vermute mal, dass der Täter den Wagen genommen und die Strecke gewählt hat, auf der er am wahrscheinlichsten niemandem begegnet«, meinte Adickes.

»Klar ist damit aber auch, dass sich der Mörder, wenn er mit dem Benutzer des Golfs identisch ist und es sich nicht um einen zufälligen Diebstahl handelt, sehr gut in der Gegend auskennen muss. Das spricht nicht gerade für einen missglückten Raubüberfall oder Zufallsmord.«

Da war was dran. Aber wie vieler Täter bedurfte es wohl, um fünf Menschen zu töten, fragte sich Andretta. Und gab sich selbst Antwort: Mit einer Schusswaffe genügte ein einziger. Doch schaffte es einer alleine auch, die Leichen in die Räume zu bugsieren? Und was war mit den Opfern? Wie hatte der Täter sie auf beiden Seiten der Hütte in Schach gehalten? Und warum hatte keiner versucht zu fliehen?

Neben Andretta tauchte Wolfgang Hartmann, sein Kollege und größter Konkurrent bei der Bewerbung auf die Position des Leiters des Zentralen Kriminaldienstes der Polizeiinspektion Flensburg, auf. Hartmann, ein Mann von fast zwei Metern mit Babygesicht und Geheimratsecken, begrüßte ihn mit einem wölfischen Grinsen. Sein früheres freundliches Lächeln war verschwunden, als er erfahren hatte, dass Andretta sich ebenfalls auf die Position beworben hatte. Natürlich war sein Kollege bereits am Tatort, als Andretta eingetroffen war.

Hartmann nickte ihm kurz zu, dann wandte er sich an Adickes.

»Wo ...«

Plötzlich hörten sie einen Ruf aus dem Wäldchen, das an die Rückseite der Hütte grenzte. Einer der jungen Polizisten, die abkommandiert waren, die Umgebung abzusuchen, winkte aufgeregt. Andretta setzte sich in seine Richtung in Bewegung, wurde aber von Hartmann überholt, der selbst beim Erreichen des Fundortes einen Ehrgeiz an den Tag legte, als hinge sein Leben davon ab. Lächerlich, das hier war ein Leichenfundort und keine Wettkampfarena. Doch hielt sich Andretta zurück, sagte nichts, verzog nicht einmal seine Miene. Zu oft hatte es in letzter Zeit sinnlose Auseinandersetzungen mit seinem Kollegen gegeben, in denen der erbittert darum gekämpft hatte, recht zu haben, schneller als er zu sein. Als ob das ausschlaggebend für die Entscheidung wäre, wer die Stelle bekam.

Unbewusst schüttelte Andretta den Kopf. Noch vier Monate würde es dauern, bis einer von ihnen ernannt wurde. Das würde sich ziehen wie ein Expanderseil und am Ende zu einem Riss zwischen ihnen führen. Das war ihm klar. Einer wäre der Schlechtere, der Zweite, der Versager, so irrational der Gedanke war. Die anderen würden so denken, und das war entscheidend. Für sich hatte Andretta beschlossen, einen Versetzungsantrag zu stellen, sollte Hartmann gewinnen.

Obwohl sich sein Ehrgeiz in Grenzen hielt, gedachte er, um die Position zu kämpfen. Bei ihm ging es um mehr als nur um Beförderung und Geld. Bis vor Kurzem hatte er sein spannendes Ermittlerleben und das vertrauensvolle Teamwork mit den Kollegen genossen, das mit dem Aufstieg vorbei wäre. Doch er hatte keine Wahl.

Hoffentlich belastete das alles nicht noch mehr ihre Zusammenarbeit, die vor seiner Bewerbung bestens funktioniert hatte.

»Was gefunden?«, fragte Hartmann den jungen Kollegen, der erschrocken zusammengezuckt und einen Schritt zurückgestolpert war, als er ihn auf sich zustürmen sah.

Auf seiner Unterlippe kauend, als würde er ein Block-House-Steak essen, zeigte er auf eine Zigarettenkippe.

Hartmann hockte sich neben den Fund und begutachtete ihn. Nach einem Moment kam er wieder hoch und fauchte den jungen Mann an, dessen Gesicht sich tiefrot einfärbte: »Und deswegen schreist du so?«

Klausen, wieder mit Maske vor dem Mund, tauchte hinter Andretta auf. Mit einem knappen »Zurück« wies er Hartmann in die Schranken, während er ihm einen blutrünstigen Blick zuwarf.

Sein Kollege öffnete den Mund und schnappte nach Luft, schloss ihn aber wieder, bevor ihm ein Wort entschlüpfen konnte. Die beiden verabscheuten sich. Kein Wunder, oftmals traf sein Konkurrent den falschen Ton und galt unter den Kollegen als arrogant.

Andrettas Handy klingelte. Das Display zeigte die Telefonnummer von Lisa an, seiner seit drei Monaten bei ihm lebenden Nichte. Da musste er rangehen.

»Ja, was gibt's?«

»Kannst du mich abholen?«

Andretta schluckte schwer. Dass das Zusammenleben mit einer Zehnjährigen nicht unproblematisch werden würde, war ihm klar. Er schaute auf die Uhr. Eigentlich sollte sie in der Schule, im Sportunterricht, sein. Der vorletzte Tag vor Beginn der Sommerferien. Gottlob. Aber wie konnte er sie in dieser Zeit beschäftigen?

Eins nach dem anderen, beschloss er. Nicht jedes Problem musste sofort gelöst werden.

»Wo bist du denn? Ich stecke mitten in einem neuen Fall.«

»Schon klar. Ist gut.«

Andretta holte schwer Luft. Niemand hatte ihn auf eine Vaterschaft vorbereitet. Niemand hatte …

Weiter kam er nicht. Adickes gab ihnen Zeichen, ihm zur Hintertür zu folgen, Hartmann eilte sofort hinterher.

»Ich ruf gleich zurück, bleib, wo du bist, warte auf mich«, wies er Lisa an, drückte den Anruf weg und folgte den beiden.

Zwei Hinterköpfe waren hinter der Tür zu erkennen.

Adickes deutete auf den Kopf des oben liegenden Grauhaarigen. »Das ist Franz-Xaver Rüegg, unter ihm ist sein Bruder Jürgen«, berichtete er.

Hartmann zog Plastikhandschuhe über und stapfte in den Geräteraum.

Tine näherte sich von der Seite. »Haben wir die Adresse der Mordopfer?«, fragte sie Adickes.

Der nickte.

»Die alte Frau und ihre Söhne hatten ein Haus ganz in der Nähe, etwas über einen Kilometer entfernt. Die Göslings wohnten in Flensburg.«

»Fahrt ihr zu dem Haus der Rüeggs?«, fragte Andretta seine Kollegin.

Tine nickte, der hinter ihr aufgetauchte Rainer ebenso.

»Habt ihr einen Schlüssel dazu?«, wandte sich die junge Ermittlerin an Adickes. »Wenigstens einer der Toten muss doch einen dabeigehabt haben.«

Der zuckte die Schultern. »Keine Ahnung, das müsste doch Klausen wissen, oder?«

»Okay«, wandte sich Andretta an Rainer und Tine. »Fragt Klausen und dann los.«

3

Maja spürte die Blicke ihres Vorgesetzten und des Ermittlungsleiters der Kripo aus Flensburg, dessen Name so gar nicht zu seinem blonden Haar und den blauen Augen passte, wie Flammenwerfer im Rücken brennen. Sie hasste das, hasste ihre Kollegen, die sie so bloßstellten vor dem Kommissar. Thorsten hatte sie schon den ganzen Vormittag mit Andeutungen provoziert. Er war sauer auf sie, weil die Ernennung seines besten Freundes zum Polizeibeamten wegen ihrer Vorwürfe gestoppt worden war. Gerade erst hatte er davon erfahren.

Sie selbst war aufgrund ihrer Anzeige gegen ihn beim »Bäderdienst« auf Föhr gelandet. Aus der Schusslinie wolle man sie nehmen, war ihr mitgeteilt worden. Maja empfand das als Strafe. Wer sich freiwillig für die Hochsaison meldete, durfte die Insel nach sechs Monaten wieder verlassen. Gab es keine Inseleinsatzbewerber, wurden junge Kräfte direkt nach Beendigung ihrer Ausbildung an der Polizeischule Eutin zu acht Monaten verdonnert. Sie war nicht freiwillig hier.

Ebenfalls wegen ihrer Vorwürfe hatte man sie nicht in einem Zimmer mit Hafenblick im dritten Stock des Polizeigebäudes mit den anderen Bäderdienstlern untergebracht, sondern im Erholungswerk der Polizei. Damit man sie nicht weiter belästigen könne, hatte ihr Ausbilder mit kaum verhohlenem Grinsen als Begründung angegeben. Auch das empfand Maja als Strafe. Wofür? Dafür, dass sie sich gewehrt hatte?

Wenigstens wurden die Kosten für die Unterbringung komplett übernommen. Und die Inselzulage verbesserte ihr mageres Gehalt.

Wie erwartet hatte Mirko nur abgewinkt, als sie gefragt hatte, ob er mit ihr zum Hafen fahren würde. Thorsten saß immer noch in ihrem gemeinsamen Streifenwagen und war mit der Fahndungsmeldung beschäftigt. Schließlich hatte sich ihr Kollege Peter breitschlagen lassen.

Die Fahrt in den Fährhafen von Wyk brachten sie schweigend hinter sich. Dort angekommen, stieg Maja aus und betrachtete die langen Schlangen von Autos, deren Fahrer darauf warteten, an Bord einer der Fähren der Wyker Dampfschiffs-Reederei gewinkt zu werden.

Wenn sie ein Fünffachmörder wäre, würde sie sich dann mit einem gestohlenen Wagen hier anstellen? Sie ließ den Blick über die Hafenanlage schweifen und entdeckte mindestens drei Videokameras, die den Platz überwachten. Wohl kaum. Auf der anderen Seite des Hafenbeckens standen jede Menge Hallen und Lager. Wohnhäuser gab es dort nur wenige.

Sie trat neben Peter, der an den Streifenwagen gelehnt eine Zigarette rauchte.

»Lass uns da mal nachschauen«, forderte sie ihn mit einem Kopfnicken in Richtung der Lagerhallen auf.

»Warum?«

»Wo würdest du einen gestohlenen Wagen abstellen, der nicht so schnell gefunden werden soll?«

Peter nickte, trat die Kippe unter seinem Schuh aus und stieg ein.

Langsam kreuzten sie durch die kurz vor Feierabend leeren Straßen des Industriegebietes, kontrollierten die offenen Parkplätze der Betriebe und die Fahrbahnränder. Doch erst in der hintersten Ecke neben einer riesigen Leichtbauhalle am Ende der Straße entdeckten sie ihn: einen Golf in hellem Metallicblau mit Flensburger Autokennzeichen.

»Funk mal Thorsten an wegen dem Kennzeichen«, forderte Maja Peter auf.

Keine Minute später hatten sie die Bestätigung. Sie hatten den Wagen der ermordeten Göslings entdeckt.

4

Andretta war positiv überrascht von dem schnellen Erfolg bei der Suche nach dem Fahrzeug der ermordeten Familie. Die junge Kollegin, die von Adickes als Problemfall bezeichnet worden war, dachte mit, und zwar intuitiv, was man nicht von jedem Polizisten behaupten konnte. Fachliche Inkompetenz war also nicht das Problem.

Egal. Die Forensiker hatten sich des Fahrzeugs angenommen, in Kürze sollte es zum Kriminaltechnischen Institut in Kiel abtransportiert werden.

Das Haus der ermordeten Helena Rüegg in Borgsum war überprüft und gesichert worden. Eine Personenstandsanfrage hatte ergeben, dass außer ihr und ihren ebenfalls toten Söhnen niemand dort gelebt hatte. Für den morgigen Tag war die Durchsuchung geplant, über Nacht wurde es von Polizisten gesichert.

Und dann fiel es ihm siedend heiß ein: Lisa! Er sah auf seine Uhr, drückte auf »angenommene Anrufe« und stellte fest, dass er ihr vor anderthalb Stunden versprochen hatte, sie abzuholen. So ein Mist.

Er wählte ihre Handynummer, niemand ging ran. Von wo aus hatte sie angerufen? Um diese Uhrzeit fand noch Unterricht statt.

Kaum hatte ihn die »MS Sylt« auf dem Festland abgesetzt, spurtete er zu seinem Alfa und ließ beim Wenden die Reifen auf dem Asphalt qualmen. Ungebremst bog er vom Parkplatz auf die Straße. Beschleunigte weiter, obwohl er wusste, dass ihn hinter der nächsten Kurve ein fest montierter Blitzer erwartete und er die erlaubten sechzig Stundenkilometer um mindestens dreißig überschritt. Ein auf der rechten Fahrbahn schleichender Lastwagen verdeckte seine Ordnungswidrigkeit, und so stand er nach einer knappen halben Stunde vor ihrer Schule »Altes Gymnasium« in Flensburg. Von Lisa keine Spur.

Andretta sprang aus dem Wagen und rannte Richtung Eingang, der jetzt, kurz vor sechs, bereits abgesperrt war.

Und da saß sie. Auf halber Höhe der rechten Seite der zweiläufigen Treppenanlage auf einer Granitstufe in der Rundung, sodass er sie vorher nicht hatte sehen können. Mit großen Augen starrte sie ihn an. Sagte kein Wort. Das war schrecklicher als jede Schimpfkanonade.

Er entließ die angestaute Luft aus seinen Lungen. Was war er doch für ein miserabler Vormund. Und was für ein unfähiger Mutterersatz. Verdammt noch mal, was, wenn Lisa etwas passiert wäre? Eine unerträgliche Vorstellung.

Ob er doch eine andere Unterbringung für sie beantragen sollte? Er war ratlos. So konnte es nicht weitergehen. Er hatte sich das Zusammenleben mit ihr zu einfach vorgestellt, falls er vor seiner Entscheidung überhaupt ausreichend nachgedacht hatte.

Nach dem Versuch, sich bei Lisa mit einem Kinobesuch und anschließendem Festessen im Alten Speicher zu entschuldigen, verbrachte er eine weitere schlaflose Nacht mit Grübeln.

Lisas Blicke und Reaktionen waren ein einziger Vorwurf gewesen. Zu Recht, wie Andretta fand. Doch wie es besser hinbekommen? Sein eigenes Leben war mit ihrem Einzug zum GAU mutiert. Seit zwölf Wochen verbrachte er jeden Abend zu Hause vor dem Fernseher statt mit seinen Freunden im Pub oder am Wochenende im Fußballstadion. Seine letzte Freundin hatte sich eine Woche nach Lisas Ankunft verabschiedet. Nicht dass es was Ernstes gewesen wäre. Sein Job war für jede Partnerin eine einzige Zumutung. Ständige Nachtdienste, wenn ein Fall akut war, Wochenenden, die er mit Ermittlungen verbrachte, und die permanente Gefahr, dass ihm im Dienst etwas passierte, hatten jede ernsthafte Beziehung, von denen es nur am Anfang seiner Laufbahn einige wenige gegeben hatte, ruiniert. Danach hatte er die Suche aufgegeben und war damit bestens klargekommen.

Dann der Schock nach der Beerdigung von Brigitte, seiner Schwester. Dass sie eine Sorgerechtsverfügung hinterlassen hatte, in der er als Lisas Vormund bestimmt wurde.

Seine erste Reaktion war Ungläubigkeit, die zweite Ablehnung. Von der Vorstellung, einmal Kinder zu haben, hatte er sich längst verabschiedet. Und nun das. Klar hatte er gewusst, dass sonst niemand da war, der sich ihrer Tochter hätte annehmen können: Der Name des Vaters stand weder in der Geburtsurkunde, noch hatte Brigitte ihn verraten. Ihre Eltern waren vor vielen Jahren gestorben, und ihre Schwester Marion war nicht einmal zur Beerdigung erschienen.

Hätte er die Vormundschaft für Lisa ablehnen können? Seine viel zu früh tödlich verunglückte Schwester hatte ihm vertraut, ihm ihr Kind anvertraut. Nur gefragt worden wäre er gerne vorher. Er wusste nicht, was er darauf geantwortet hätte. Doch die Frage war häufiges Zentrum seiner Gedanken, wenn er nachts ohne die geringste Idee wach lag, wie er mit Lisa, mit der Situation klarkommen sollte.

Mit Grauen dachte er an die nun erforderlichen Einsätze zu jeder Tages- und Nachtzeit. Die brachte sein Beruf mit sich, sie waren unvermeidbar. Bisher hatte er Glück gehabt, doch das hatte sich gerade geändert. Und eine Zehnjährige die ganze Nacht alleine zu Hause lassen, nein, das ging gar nicht. Vor allem war in der nächsten Zeit häufig seine Anwesenheit auf Föhr erforderlich, um die Ermittlungen vor Ort zu leiten. Wie er heute gelernt hatte, war das fatal, wenn er sich schnell um Lisa kümmern musste, wenn es brannte. Nicht immer würde er die Hilfe der Wasserschutzpolizei zur fährunabhängigen Überfahrt beanspruchen können. Nur, wie sah die Lösung aus?

Wenigstens hatte er es von Anfang an strikt abgelehnt, Chico, Lisas Hund, aufzunehmen. Das hätte das Chaos perfektioniert. Der wartete in dem Tierheim in der Westerallee darauf, dass sich jemand seiner erbarmte. So hässlich und alt, wie die Promenadenmischung war, waren seine Chancen allerdings miserabel. Obwohl Andretta Hunde mochte, lehnte er ein Haustier strikt ab. Wie sollte das bei seinem Job funktionieren?

Trotzdem hatte er jedes Mal Gewissensbisse und ein hohles Gefühl im Magen, wenn er an ihn dachte.

Irgendwann musste er doch eingenickt sein. Pünktlich um sechs weckte ihn der Wecker. Zeit, für Lisa das Frühstück und die Pausenbrote vorzubereiten. Unter Zeitdruck duschen, etwas, was er hasste, anziehen, sie vor dem Gymnasium absetzen und dann Vollgas in die Dienststelle zur ersten Besprechung der Soko Föhr.

Hartmann war ihm trotzdem zuvorgekommen. Mal wieder. Als Andretta auf den Parkplatz beim Polizeipräsidium einbog, parkte sein Konkurrent auf seinem Platz. Nicht dass der ihm zugewiesen worden wäre. Aber schon seit Jahren stellte er seinen Alfa direkt an dem weißen Klinkerbau mit seinen blauen Fensterrahmen im Schatten ab. Alle anderen respektierten das. Er holte tief Luft. Nur nicht provozieren lassen.

Nebeneinander saßen sie vor den Kollegen des Kommissariats 1 der Bezirkskriminalinspektion Flensburg, der nun zuständigen Mordkommission für den Fünffachmord, einer Gruppe von acht Leuten. Normalerweise arbeiteten mehr Kriminalbeamte an solch einem großen Fall. Aber die Sommerurlaubszeit brach an, und einige der kinderlosen Kollegen waren schon vor der Touristenflut, die bald einsetzen würde, in Urlaub gegangen. Für die, die noch nicht weg waren, bedeutete der Mordfall Urlaubssperre und somit Stress mit der Familie, der nicht selten in einer Trennung endete. Wie Andretta am eigenen Leib erfahren hatte. Danach war er lieber alleine geblieben.

Die Tür öffnete sich, und Klausen betrat den Raum. Er war

immer anwesend. Der Kommissar konnte sich nicht erinnern, dass der Leiter der Kriminaltechnik nicht erreichbar gewesen wäre. Ob er verheiratet war? Jemals in Urlaub fuhr? Kaum vorstellbar.

Er fasste zunächst, diverse Male von Hartmann unterbrochen, die Fundsituation zusammen. Klausen flankierte den Bericht mit Tatortaufnahmen, die er an die Wand projizierte.

»Wie sieht es aus mit dem Wagen der Familie? Waren darin Spuren zu finden?«, fragte Andretta Klausen.

Der schüttelte den Kopf. »Nach einer ersten Untersuchung sieht es schlecht aus. Der oder die Täter müssen sehr vorsichtig vorgegangen sein. Lediglich auf der Fußmatte vor dem Fahrersitz haben wir Blutspuren sichergestellt. Sie werden gerade auf Übereinstimmung mit den Ermordeten untersucht. Für mich sieht das so aus, als hätte der Fahrer seine Schuhe vor der Fahrt mit deren Blut kontaminiert. Auch Sand und Pflanzenreste haben wir festgestellt. Die passen zum Fundort, das ist bereits überprüft. Aber für die genaue Analyse benötigen wir mehr Zeit. Fingerabdrücke konnten jedenfalls weder am Lenkrad noch an den Griffen festgestellt werden. Nach den vielen True-Crime-Krimis in Büchern und Filmen weiß ja inzwischen auch der letzte Volltrottel, dass man nicht nur Handschuhe, sondern am besten Ganzkörperanzüge, die auch das Gesicht bedecken, tragen muss, um keine Spuren zu hinterlassen. Aber vielleicht haben wir trotzdem Glück. Wir nehmen uns jetzt erst mal die Patronen vor. Wie bereits vermutet, handelt es sich bei der Tatwaffe um eine Winchester. Davon gibt es knapp eintausendfünfhundert registrierte in Deutschland. Haben wir schon überprüft.«

Ein neues Foto mit einem Winchester-Gewehr prangte an der Wand.

»Irgendwas ist ungewöhnlich an der Waffe. Zumindest sehen die Kugeln, die wir bisher gefunden haben, seltsam verformt aus. Aber wir werden ja noch mehr davon erhalten, wenn die Obduktionen durch sind.«

»Gut, herzlichen Dank. Rainer«, wandte sich Andretta an seinen ältesten Kollegen, »schnapp dir Ben und klemmt euch hinter die Waffe. Die ist so speziell, dass wir damit einen hervorragenden Ansatzpunkt haben.«

Rainer Hornoff war der kompetenteste und zuverlässigste Kriminalermittler der Gruppe. Die Suche nach der Tatwaffe war genau sein Ding. Ben dagegen war neu im Kommissariat.

»Habt ihr gestern was in dem Haus der Familie Rüegg gefunden?«, fragte Andretta.

»Nein, das war völlig unberührt. Aber die Frau muss reich gewesen sein, sehr reich. Das ist ein riesiges Reetdachhaus mit ganz teurer Einrichtung. Nicht mein Geschmack, aber das stinkt alles nach Geld«, antwortete Rainer.

»Das ist das passende Stichwort. Wir müssen unbedingt mehr zu den Familienverhältnissen und Finanzen der Opfer wissen. Tine und Julian, übernehmt ihr das?«

Seine Kollegin, die kürzlich erst den Wachdienst nach der dreijährigen Ausbildung zur Polizeikommissarin beendet hatte, hatte sich als kreativ und scharfsinnig erwiesen. Zudem war sie eine Zauberkünstlerin am Computer.

Sie nickte zur Antwort.

»Gut. Wer nimmt an den Obduktionen teil? Wolfgang, kannst du das übernehmen?«

Hartmann zuckte unwillig die Schultern. Das hasste er. Er war der Einzige, der sich Mentholpaste unter die Nase rieb. Die nach Minze riechende und in den Augen brennende glibberige Salbe untergrub sein sonst so perfektes Outfit, was ihn nervte. Doch ohne schaffte er es nicht. Dafür erntete er jedes Mal Spott von den Kollegen. Natürlich war das Andrettas Rache für die Parkplatzepisode. Normalerweise würde er selbst in das gerichtsmedizinische Institut fahren, aber diesmal war das wegen Lisa unmöglich. Da musste eben Hartmann mal diesen unangenehmen Job übernehmen.

»Muss das sein?«, kam prompt als Antwort.

Andretta hielt sich zurück, antwortete nicht. Die Frage

war unsinnig, das war auch seinem Konkurrenten klar. Doch er wollte ihn nicht gleich wieder mit einer Belehrung in die Abwehrhaltung katapultieren.

»Anschließend müssen wir unbedingt feststellen, wer das eigentliche Ziel der Tat war. Bei fünf Mordopfern ist das nicht ganz einfach. Dafür müssen wir den Tatablauf rekonstruieren. Ich denke, dass uns die Tochter da weiterhelfen kann. Die weiß über die Abläufe der Besuche in der Hütte Bescheid. Kollege Adickes kannte zwar alle Opfer, aber das ist noch keine offizielle Identifikation, die machen wir heute mit der Tochter. Danach, wenn das geklärt ist, können wir an den Ablauf der Morde gehen. Wann sind die Obduktionen angesetzt?«, fragte Andretta in Richtung Klausen.

»Die gehen morgen Mittag los.«

»Gut, dann sollten wir heute noch die Tochter abholen und mit ihr in die Gerichtsmedizin fahren.«

Er wandte sich an Hartmann.

»Kommst du mit?«

Das war ein Friedensangebot. Die erste Befragung der Angehörigen war extrem wichtig, gab Hinweise auf Motive und Möglichkeiten.

Ein weiteres unwilliges Nicken, diesmal mit einem Hauch mehr Enthusiasmus. Na also.

Nachdem die übrigen Aufgaben verteilt waren, setzte sich Andretta in sein Büro. Kaum hatte er sein Handy gezückt, um einen Termin mit Kristina Gösling zu vereinbaren, wurde die Tür aufgerissen, und Hartmann stürmte herein. Erschrocken wich er auf seinem Stuhl zurück. Was war denn jetzt schon wieder für ein Wettrennen angesagt?

»Geiselnahme in der Nord-Ostsee Sparkasse am Südergraben. Die Hauptstelle, du weißt schon. Eine Bankangestellte wurde erschossen, die Täter sind flüchtig, haben eine Geisel mitgenommen. Du bist ja mit den Morden auf Föhr ausgelastet. Dann übernehme ich jetzt das.«

Andretta nickte nur. Das war genau nach Hartmanns Geschmack. Und eine Kerbe zu seinen Gunsten bei der Bewerbung.

Kaum ausgesprochen, spurtete der schon wieder zur Tür hinaus und ließ ihn entnervt zurück. Als ob sein Kollege mit seinem Tempo die Waagschale für die Beförderung beeinflussen könnte.

Andretta schüttelte den Kopf. Das musste an dem Altersunterschied zwischen ihnen liegen. Hartmann war zehn Jahre jünger als er. Ein absoluter Karrieremann, was sich nicht nur in dem von ihm bevorzugten Slim-Outfit und seinem durchtrainierten Körper, sondern auch durch sein stetes Tempo ausdrückte, das er enorm gesteigert hatte, als er seine Chance witterte.

Sollte er mit seiner Profilierungssucht doch an diesen prestigeträchtigen Fall ran. Andrettas Rambo-Zeiten waren längst vorbei. Dann konnte er endlich in Ruhe in dem Fünffachmord ermitteln, ohne ständig in einem Hundert-Meter-Spurt zu enden. Allerdings bedeutete das auch, dass nur die Hälfte der Mitglieder der Soko Föhr für die Ermittlungen zur Verfügung stand. Wenn überhaupt.

Andretta holte tief Luft. Dann musste er eben so klarkommen. Wäre nicht das erste Mal. Hoffentlich unterstützte ihn Adickes mit seinen Leuten vor Ort.

Zwei Stunden später hatten Kristina und ihr Bruder Hannes, den sie mitgebracht hatte, alle Toten identifiziert.

Jetzt stand endgültig fest, dass sie ihre Mutter auf der Terrasse gefunden hatten. Im vorderen Raum, der Küche, hatte die Tante quer über ihrem Vater, im hinteren die beiden Cousins gelegen.

Nachdem sie den Obduktionssaal verlassen hatten, setzten sie sich in einen Besprechungsraum, der ihnen von Dr. Martens, dem Gerichtsmediziner, zur Verfügung gestellt worden war. Andretta hatte Tine mitgenommen, die mit ihrem Handy die Befragung aufzeichnete.

»Können Sie uns etwas über den üblichen Ablauf an solchen Tagen erzählen?«, fragte er die Geschwister.

Kristina nickte, ihr um ein, zwei Jahre jüngerer Bruder saß mit verkniffenem Gesicht kaugummikauend daneben.

»Normalerweise hat mein Vater nach dem Parken neben der Hütte den Geräteraum hinten aufgeschlossen. Dann hat er Mutti den Schlüssel gegeben, die vorne aufgesperrt hat. Meistens hat Papa dann gleich die Gartenmöbel rausgeholt und auf die Terrasse geschleppt. Wenn Besuch kam, hat er als Nächstes immer ordentlich um die Hütte rum gemäht. Da war er sehr genau drin.«

Andretta erinnerte sich an den auf die Seite gedrehten Rasenmäher und das dazugehörige Messer auf dem Tisch. Er fragte danach.

»Ja, das Rasenmähermesser musste geschärft werden. Das hat er mir am Vortag noch erzählt.«

»Und wie ging es weiter?«

»Mutti hat derweil die Fensterläden vor der Küche von innen entriegelt und ist dann nach draußen auf die Terrasse gegangen, um sie ganz aufzuziehen und einzuhaken. Vorher war es stockfinster in der Küche. Anschließend hat sie sich ans Auspacken der Lebensmittel gemacht.«

Tine skizzierte die Abläufe mit, obwohl sie das Gespräch aufnahm.

»Und wie war das, wenn Ihre Tante und Cousins zu Besuch kamen?«

»Die sind immer zu Fuß gekommen. Sie lebten ja in der Nähe in Borgsum. Tante Helena hat Papa auch das Grundstück verschafft, das vorher einem Nachbarn von ihr gehört hat. Alleine hat sie die Strecke aber nicht mehr geschafft, sie war ja schon über achtzig. Deswegen musste immer wenigstens einer meiner Cousins mitkommen und sie stützen. Abends hat Papa sie dann nach Hause gefahren.«

»Welchen Weg haben sie zur Hütte genommen?«

»Sie wohnten ja nicht direkt in Borgsum, sondern in der

kleinen Siedlung, die Richtung Nieblum liegt. Von da aus sind sie zur Traumstraße, an ihr entlang ein paar Meter Richtung Wäldchen und dann links ab. Da gibt es einen weiteren Feldweg, über den man an die Rückseite der Hütte gelangt.«

»Wir müssen eine Tatrekonstruktion vornehmen. Können Sie beide dazukommen? Das wäre sehr wichtig.«

Kristina nickte, ihr Bruder schnaubte unwillig, machte eine Kaugummiblase und ließ sie platzen.

»Gut, eine Frage noch, dann sind wir zunächst fertig. Hatten Ihre Eltern, Tante oder Cousins Feinde? Haben Sie eine Idee, wer das gewesen sein könnte?«

Kristina schüttelte empört den Kopf. Doch nach einem Moment des Zögerns warf sie ihrem Bruder einen kritischen Blick zu.

Einen Blick, den Andretta zu ergründen gedachte.

5

Zurück in seinem Büro sah er auf seine Swatch. Es war schon fast halb zwölf. Um zwei endete für Lisa das Schuljahr. Wie ihr Zeugnis aussehen würde, wagte sich Andretta nicht einmal vorzustellen. Kein Wunder nach den katastrophalen Erlebnissen und dem Orts- und Schulwechsel. Er hatte extra ab heute drei Wochen Urlaub genommen. Geplant war, sie pünktlich abzuholen und gemeinsam mit ihr zu überlegen, wie sie die Ferien verbringen sollten. Bisher war er nicht dazu gekommen. Wieder ein Versagen seinerseits.

Schlimmer war die Urlaubssperre, die auch für ihn galt. Er hatte nicht die geringste Idee, wie er Lisa in der Zeit beschäftigen sollte, während er arbeiten musste. Freundinnen hatte sie nicht, und die Ferienbetreuung war ausgebucht. So ein Mist.

Es klopfte an der Tür zu seinem Büro. Ohne sein »Herein« abzuwarten, wurde sie geöffnet. Schmitz, der scheidende Leiter des Zentralen Kriminaldienstes der Polizeiinspektion Flensburg, die Position, auf die er und Hartmann sich beworben hatten, trat ein. Andretta bedauerte jetzt schon, dass Schmitz bald in den Ruhestand eintreten würde, auch wenn er dessen Job dringend brauchte.

»Ah, da bist du ja. Sehr gut. Ich weiß, dass du eigentlich Urlaub hast. Was ich nicht weiß, ist, wie ich dir beibringen soll, dass du den Fünffachmord erst mal alleine übernehmen musst. Der Banküberfall bindet fast alle Kräfte.«

Andretta atmete schwer. Das war ihm klar gewesen. Und selbstverständlich für ihn. Wie könnte er Urlaub nehmen, während seine Mannschaft auf die Ferien verzichten musste?

»Ja, aber du kennst mein Problem mit den Sommerferien. Mit Lisa.«

Sein alter Vorgesetzter war der Einzige, dem er von seinem Mündel erzählt, dem er seine Sorgen anvertraut hatte.

Schmitz nickte bedächtig, zog den unbequemen Besucherstuhl heran und ließ sich schwer darauf fallen. Nicht zum ersten Mal erkannte Andretta, wie alt er geworden war.

»Hast du eine Betreuung für sie gefunden?«

Andretta schüttelte den Kopf. Noch nicht einmal Zeit hatte er gehabt, darüber nachzudenken, wo und wie er jemanden finden sollte.

»Was hältst du davon, während der Ermittlungen auf Föhr zu wohnen?«

Andretta riss empört den Mund auf. Wegen Lisa war das unmöglich, das musste Schmitz doch klar sein.

Der würgte jedes Argument mit einem Wischen seiner Hand weg.

»Nimm sie mit! Das ist eine tolle Urlaubsinsel. Sie hat Ferien, das Wetter ist herrlich. Und sie kann dort kaum Unsinn machen, während du arbeitest. Ich muss dir nicht sagen, wie sicher Föhr ist. Da ist sie auf jeden Fall besser aufgehoben als hier in Flensburg.«

»Ja schon, aber …«

»Kein Aber. Du kannst dort eine kleine Ferienwohnung oder so was anmieten, wo auch Lisa wohnen kann. Ich übernehme die Verantwortung. Meinen Segen dafür hast du. Und wenn der Fall abgeschlossen ist, macht ihr richtigen Urlaub. Den kannst du dort noch dranhängen und die Zeit nutzen, um zu entscheiden, wie es mit euch weitergehen soll. Ist das ein Deal?«

Andretta benötigte nur Sekunden, um sich zu entscheiden. Was hieß da entscheiden? Hatte er eine Wahl? Was ihm Schmitz anbot, war seine Rettung – zumindest für die Sommerferien. Auf der Insel war er immer in Lisas Nähe, konnte sofort eingreifen, wenn sie ihn brauchte.

»Geht klar. Danke!«

Schmitz nickte mit einem zufriedenen Grinsen.

»Wie kommt ihr denn sonst so zurecht? Hat sie sich inzwischen eingewöhnt?«

Eine Frage, die Andretta nicht beantworten konnte. Er versuchte es gar nicht erst. Schmitz nickte verständnisvoll, stand auf und verließ mit einem letzten Winken den Raum.

Andretta holte tief Luft. Ob das klappte? Gut ging? Zeit würde er kaum für Lisa haben. Aber alles war besser, als sie alleine in der für sie fremden Umgebung auf dem Festland zu lassen, während er auf der Insel ermittelte. Sein alter Kollege, selbst Vater von drei Söhnen, hatte ihm für die nächste Zeit, die Sommerferien, eine Lösung geboten. Dafür war er ihm zutiefst dankbar.

Nun galt es, eine bezahlbare Unterkunft zu finden, was in der Hochsaison nicht einfach war. Am besten, er fragte bei Adickes auf der Insel nach. Möglicherweise hatte der eine Idee.

Nachdem er seinem Kollegen das Problem geschildert hatte, antwortete der: »Klar, ich frag mal bei der Meike nach, eine unserer Wattführerinnen. Die hat in ihrem Haus ein paar bezahlbare Gästezimmer, die sie aber nur noch an Freunde vermietet.«

Eine Viertelstunde später klingelte Andrettas Handy. Adickes' Name wurde angezeigt.

»Glück gehabt. Meike ist einverstanden. Sie kann sich auch um Lisa kümmern, hat sie gesagt. Wann kommt ihr?«

Andretta stieß einen tiefen Seufzer aus. Die ungeklärte Situation in den Ferien hatte ihn unsäglich belastet.

»Ich packe, und dann geht's gleich heute Nachmittag los.«

»Prima. Kommt in die Dienststelle am Hafen. Einer von uns bringt euch beide dann zu Meike. Ich schaffe derweil schon mal Platz für dich zum Arbeiten.«

Ganz selbstverständlich war sein älterer Kollege zum Du übergegangen. Das erleichterte die Zusammenarbeit ungemein.

Andretta sah wieder auf seine Swatch. Schon war es Viertel vor zwei. Er musste dringend los.

Als er vor dem »Alten Gymnasium« ankam, öffnete sich gerade die neobarocke zweiflügelige Eichentür, und Dutzende Kinder und Jugendliche stürmten mit Jubelschreien auf die sie erwartenden Eltern zu. Die einen wild und stolz mit dem Zeugnis in der Luft wedelnd, die anderen mit hängendem Kopf. Trotzdem war auch ihnen die Freude über die unterrichtsfreie Zeit ins Gesicht geschrieben.

Und dann, als Letzte, als alle übrigen längst in den Armen ihrer Eltern lagen oder laut lärmend in Gruppen den Nachhauseweg angetreten hatten, trottete Lisa durch das Tor. Alleine, mit unbewegtem Gesicht, einsam. Wie ein zu Eis erstarrter Engel mit ihren blonden Locken, der Porzellanhaut und so dünn, als bedürfte es nur eines Windhauches, um sie wegzuwehen. Verschwinden zu lassen, als habe es sie nie gegeben. Andretta brach es fast das Herz. Zu gerne hätte er sie in die Arme genommen und getröstet. Aber irgendetwas hielt ihn davon ab.

Sein Mündel war ihm zu fremd, die Situation zu absurd. Nur wenige Male hatte er sie vor dem Tod ihrer Mutter getroffen. Er fühlte sich so hilflos, wollte ihr nicht zu nahe treten. Was ein blöder Ausdruck. Aber ihm fiel kein besserer ein. Sie einfach in den Arm nehmen? Er hatte Angst, dass sie das falsch interpretierte. Als aufdringlich empfand.

Was dumm war, das wusste er selbst. Aber Menschen dachten selten logisch. Da war er keine Ausnahme. Trotzdem. Irgendwie musste er ihr helfen, auch wenn er nicht die geringste Idee hatte, wie.

Oder vielleicht doch, fiel ihm ein.

Lisa erschrak, als er sie zu Hause aufforderte zu packen.

»Was?«, stotterte sie. »Wo soll ich denn hin? Warum schickst du mich weg? Was hab ich denn falsch gemacht?« Tränen legten sich wie ein Schleier auf ihre Augen. »Ist es wegen der schlechten Noten? Ich werde mir Mühe geben, ganz sicher, versprochen. Nächstes Jahr werden sie besser ...«

Erst in dem Moment wurde Andretta klar, was er gesagt hatte. Er war aber auch einfach zu blöde.

»Nicht du, wir beide. Wir machen Urlaub, also du zumindest. Schließlich sind Sommerferien. Ich muss zwischendurch ein bisschen arbeiten.«

Was für eine Untertreibung.

Lisas Gesicht entspannte sich, sogar ein kleines Lächeln stahl sich auf ihre Lippen. Das erste, seit sie bei ihm eingezogen war. Wenn er sie doch nur immer dazu bringen könnte.

»Also los. Was brauchen wir?«

Eine Stunde später war der Kühlschrank leer, was ohnehin bei ihm die Regel war, und der Wagen bis oben hin vollgepackt.

»Hör zu, ich muss noch mal kurz zum Kommissariat, in einer Stunde bin ich wieder da, okay?«

Lisa hatte genickt – und er endlich getan, was er schon längstens hätte tun sollen: ihren Hund Chico aus dem Tierheim zurückholen.

Auf der Fähre erwischten sie einen Platz für seinen Alfa, obwohl sie nicht gebucht hatten. Gemeinsam standen sie an der Reling. Andretta schmeckte die salzige Luft, sog sie tief ein. Eine leichte Brise aus Südwest strich über sein Gesicht. Zum ersten Mal seit Monaten empfand er eine Ruhe in sich, die er verloren geglaubt hatte. Er sah zu Lisa, die neben ihrem Hund hockte und ihn herzte. Ein kleiner Moment des Friedens und der Zufriedenheit. Nur allzu vergänglich. Umso mehr genoss er ihn.

Zwei Stunden später standen sie nach der Anleitung eines Streifenpolizisten, der seine Runde bis Witsum ausgedehnt hatte, vor einem reetgedeckten Backsteinhaus auf einer Anhöhe, das über eine lange Zufahrt erreichbar war. Nur in der Ferne waren andere Häuser zu sehen, durch eine kleine Blickschneise im Süden und Richtung Westen erkannte er einen Rest des blau schimmernden Meeres und Amrum. Nach Norden und Osten bot sich ein herrlicher Weitblick über Weiden, kleine Wäldchen und Sandkuhlen. Ob es hier zu einsam für Lisa war? Na ja, so weit war es nicht bis Witsum. Er würde ihr ein Fahrrad mieten, damit sie die Insel erkunden konnte.

Die Haustür hinter ihm wurde geöffnet, und eine Frau Anfang vierzig kam ihnen mit offenen Armen entgegen. Zumindest auf Lisa, was Andretta ein wenig bedauerte, denn von Meike, wie er vermutete, hätte er sich ebenfalls gerne in den Arm nehmen lassen. Mit ihrem hochgesteckten Haar und den fraulichen Kurven war sie genau sein Geschmack. Nicht jetzt und nicht hier, ermahnte er sich.

Sie schnappte sich das verdatterte Mädchen und herzte es, dann streckte sie Andretta die geballte Hand zum Gruß entgegen.

»Schön, dass ihr da seid. Viel Zeit hab ich nicht, gleich geht meine nächste Wattwanderung los. Aber ich zeige euch die Zimmer, und du, Lisa, ziehst gleich mal deine Gummistiefel an. Du kommst mit! Deinen Hund müssen wir aber so lange hierlassen.«

Zu Andretta gewandt verkündete sie: »Sie haben sicherlich zu arbeiten. Finden Sie heraus, wer diese armen Menschen ermordet hat. Ich kümmere mich um Lisa, wenn sie damit einverstanden ist.«

Fragend schaute sie zu seiner Nichte, die zaghaft nickte.

»Aber ich hab keine Stiefel ...«, antwortete sie flüsternd.

»Kein Problem, ich habe immer welche in Reserve für meine Gäste.«

Eine halbe Stunde später schaute Andretta den beiden hinterher, wie sie in Richtung Oststrand wanderten, und dankte gedanklich Herrmann Adickes für seine Hilfe. Er war es gewesen, der dafür gesorgt hatte, dass sie Chico, der angeleint neben ihm stand und zu ihm hochsah, mitbringen durften.

Andretta schaute auf die Uhr. Es war später Nachmittag. Höchste Zeit, die knappen zehn Kilometer bis zur Dienststelle in Wyk zu fahren. Dafür würde er eine Viertelstunde benötigen. Er warf einen letzten Blick in Richtung Osten, dann platzierte er Chico auf dem Rücksitz, setzte sich in den Alfa und fuhr los.

Sein Kollege hatte Wort gehalten und ihm ein kleines Büro freigeräumt. Andretta packte die mitgebrachten Unterlagen aus, noch waren es nicht viele. Chico rollte sich unter dem Schreibtisch zusammen.

Inzwischen war Tine eingetroffen, die ihn bei den Ermittlungen vor Ort unterstützen sollte.

»Haben die Befragungen der Nachbarn etwas ergeben?«, fragte er Adickes, der vor dem Hund hockte und ihn kraulte.

»Ein paar Anwohner aus Borgsum, das nur einen knappen Kilometer von der Holzhütte entfernt liegt, haben in den späten Vormittagsstunden des vermutlichen Tattages mehrere Schüsse gehört. Aber das hat sie nicht weiter aufgeregt, da öfter mal Jäger in der Gegend unterwegs sind wegen der Hasenplage. Aber an die genaue Uhrzeit konnte sich keiner erinnern.«

»Wir müssen unbedingt die Tagesabläufe der Göslings auf Föhr rekonstruieren, um eine Idee zu bekommen, was sich bei der Hütte abgespielt hat. Ich habe die Tochter und den Sohn für morgen früh um zehn herbestellt. Ich hoffe, dass uns das weiterbringt«, meinte Andretta.

Adickes nickte. »Ich bin dabei.«

»Können Sie uns was über die Opfer erzählen? Sie sagten ja gestern, dass Sie sie kannten.«

Der Leiter der Polizeidienststelle erhob sich und setzte sich auf den Besucherstuhl, der schon bessere Tage erlebt hatte.

»Ja klar. Hier kennt jeder jeden. Also die Rüeggs natürlich besser, die lebten hier ja schon seit mindestens zwanzig Jahren. Helena war mit einem Schweizer verheiratet, einem reichen Bankier, mit dem sie in Basel wohnte. Sie hatten zusammen zwei Söhne, die jetzt ebenfalls erschossen wurden. Sind hierhergezogen, als der Mann verstarb. Das Haus gehörte ihnen schon vorher. Da war es ihr Feriendomizil. Die Söhne waren beide unverheiratet und haben bei ihrer Mutter gelebt. Soweit ich weiß, arbeiteten sie beide nicht. Hatten es wohl nicht nötig. Das Haus ist alleine schon ein Vermögen wert, und wie man hört, war das nicht ihre einzige Immobilie. Oftmals war ihr Bruder mit Frau und Kindern aus Flensburg zu Besuch. Der Ärger hat erst angefangen, als der seine Hütte hier baute.«

»Ärger?«, hakte Andretta ein.

»Ja klar. Der hat diese Holzhütte, in der alle ermordet wurden, illegal errichtet. So nah am Meer direkt an den Dünen und vor allem außerhalb der Ortschaft bekommt man heutzutage keine Baugenehmigung mehr. Da könnte ja jeder kommen, ein Stück Land kaufen und einfach drauf bauen. Dann wäre es ganz schnell vorbei mit unserer Idylle hier. Sogar eine Abrissverfügung hat das Bauamt bereits erlassen. Haben Sie nicht das Schild an dem Weg zum Haus gesehen?«

Andretta konnte sich nicht erinnern.

»Ich zeige es Ihnen morgen. Richtig Ärger gab es deswegen. Der Gösling hat versucht, sich gerichtlich zu wehren, aber da hatte er keine Chance. Jedem hat er gedroht, der es wagen sollte, seine Hütte abzureißen. In den nächsten Wochen hätte der Abriss angestanden. Keine Ahnung, wie ernst er es damit meinte. Jedenfalls weiß ich von den Göslings nicht so viel, die haben die Hütte ja erst vorletzten Sommer gebaut und waren nur an den Wochenenden auf der Insel. Mit den ermordeten Eltern hatte ich kaum zu tun, aber der Sohn hat regelmäßig einen Teil seiner Sommerferien bei seiner Tante verbracht. Ist ein Hitzkopf, der Hannes. Hat sich zulaufen lassen und dann randaliert. Nichts Ernsthaftes, aber nervend. Als wir ihn einmal zu Helena nach Hause gebracht haben, weil er nicht mehr laufen konnte, hat er mir im Suff erzählt, dass er ziemlichen Stress mit seinem Vater hatte.«

»Ach, wie kam das?«

»Na ja, er hat eben nicht so gewollt wie sein Vater. Der war über Jahrzehnte bei seiner Firma beschäftigt. Aber Hannes hat drei Lehrstellen geschmissen. Und ständig auf Achse war er auch. Keine Feier ohne Hannes. Darüber war sein Vater stocksauer.«

»Gibt es noch weitere Verwandte?«

»Keine Ahnung«, antwortete Adickes.

»Es gibt noch eine Schwester«, mischte sich Tine ein. »Die lebt in Osnabrück und hat ebenfalls einen Sohn.«

»Ist sie schon verständigt worden?«

»Nein. Aber wir haben die Kollegen vor Ort um Amtshilfe gebeten. Sie wollen auch gleich die Alibis abklären.«

Andretta nickte und schaute auf seine Uhr. Inzwischen war es kurz vor sechs. Zeit, zu Lisa zurückzukehren und Chico auszuführen. Das konnte er mit einer Sache verbinden, die er sich vorgenommen hatte.

Er ließ sich von Adickes auf der Karte zeigen, welche Strecke die Familie Rüegg am wahrscheinlichsten zu der Hütte gelaufen war.

6

Andrettas Herz war aufgegangen, als er bei seiner Rückkehr zu ihrem Feriendomizil eine strahlende Lisa mit hochroten Wangen vorgefunden hatte. Aufgeregt hatte sie ihm von dem ablaufenden Wasser, das Wellen in den Schlick geprägt hatte, und von der Wattwurmkacke, wie sie die Sandwülste der Wattwürmer beschrieb, erzählt. Und von den in der Mitte blau eingefärbten Quallen, die es nicht rechtzeitig geschafft hatten, mit dem abfließenden Meer weiterzuziehen.

Umso entsetzter war er, als er nachts von ihrem lauten Schluchzen im Nebenzimmer aufgeweckt wurde. Er hatte lange vor ihrem Zimmer gestanden, aber nicht gewagt, es zu betreten. Zu fremd waren sie sich. Er wusste nicht, wie man ein kleines Mädchen tröstete. Niemand hatte ihm das beigebracht.

Hatte er sich allen Ernstes eingebildet, dass alleine ihr Hund den Riesenkummer um den Tod ihrer Mutter und den krassen Ortswechsel vertreiben könnte? Hilflos stand er vor der Tür und wusste nicht weiter.

Nach einer neuerlichen Nacht ohne Schlaf für Andretta verkündete Meike ihren Plan für den Tag mit Lisa, der voller Unternehmungen steckte, die ihn als Kind begeistert hätten. Doch würde Lisa das auch so sehen?

Einerseits entspannt, weil er Lisa wohlbehütet wusste, andererseits davon geschockt, was er nachts gehört hatte, zog Andretta kurz vor zehn Uhr los zur Hütte. Die Abfahrt zu ihr lag direkt an seiner Route nach Wyk. Deswegen hatte er sich dort mit der Ermittlergruppe verabredet.

Schon von Weitem sah er die Streifenwagen und Privatfahrzeuge am Wegesrand parken. Er stellte seinen Alfa hinter den letzten Wagen ab und legte die Strecke von der Traumstraße zur Hütte zu Fuß zurück.

Dabei entdeckte er auf der rechten Seite des Weges das Schild, von dem Adickes am Vortag erzählt hatte:

»Überlege gut, wenn du kommst, um abzureißen! Das Schicksal kann sich gegen dich wenden!«

An allen vier Ecken waren Totenköpfe skizziert.

Das konnte man als Drohung verstehen, fand Andretta kopfschüttelnd. In der Vergangenheit hatte es genug Fälle gegeben, in denen Menschen, vor allem Männer, die aus ihrem Heim vertrieben werden sollten, ausgerastet waren und es zu Verletzten, schlimmstenfalls Toten gekommen war.

Oder war es Ausdruck einer großen, hilflosen Wut, ohne Folgen für irgendjemanden? Er verstand Adickes' Sorge, die sich tragischerweise erledigt hatte.

Vor der Hütte erwartete ihn neben Adickes, Tine und Rainer die erste Streifenwagenbesatzung, die am Tatort eingetroffen war. Andretta betrachtete die junge Kollegin, die wieder einen Schritt hinter den anderen stand. Warum sie wohl als Problemfall der Wache galt? Dabei war sie pfiffig, wie sie bewiesen hatte. Und durchtrainiert. Ihr Kollege, an den er sich ebenfalls erinnern konnte, wirkte neben ihr plump. Eine ernste junge Frau, die kaum Wert darauf legte, ihre äußerlichen Vorzüge, von denen es nicht wenige gab, zu betonen. Grauenvoll fand er, wie sie ihr langes Haar zu einem so festen, strengen Dutt zusammengezurrt hatte, dass ihre Gesichtszüge aussahen wie nach einer missglückten Schönheits-OP.

Er hörte ein weiteres Fahrzeug hinter sich, das nicht am Ende der Schlange abgestellt wurde, sondern direkt neben ihnen anhielt. Auf der Fahrerseite des Polos stieg der Sohn des ermordeten Ehepaares Gösling aus, eine Zigarette im Mundwinkel, die er auf den Waldboden warf und austrat. In Zeitlupe packte er einen Streifen Kaugummi aus und schob ihn sich bedächtig, fast schon provokant, in den Mund, während er seine runde Sonnenbrille auf die Spitze seiner Nase rutschen ließ.

»Das will ich nicht noch einmal sehen, Hannes«, fauchte

ihn Adickes an. »Schon mal davon gehört, dass wegen der hohen Brandgefahr offenes Feuer in der Nähe von Wäldern verboten ist?«

Dafür erntete er eine Kaugummiblase, die Hannes geschickt knallen ließ. Adickes wandte sich mit angewidertem Blick ab.

Kristina, seine Schwester, gekleidet in ein weites schwarzes Kleid, das wohl die überzähligen Pfunde kaschieren sollte, wuchtete sich mit einem zornigen Blick zu ihrem Bruder aus der Beifahrertür.

Nachdem Andretta die Anwesenden vorgestellt hatte, winkte er das Geschwisterpaar zu sich.

»Fangen wir an. Am besten wäre es, Sie würden uns allen nochmals das übliche Prozedere schildern, wenn Ihre Eltern hierherkamen.«

Die junge Frau nickte, bückte sich unter dem Absperrband durch und lief zur Hintertür der Holzhütte voraus.

»Es war stets der gleiche Ablauf, unsere Eltern waren ein eingespieltes Team. Papa hat immer genau da geparkt, wo Hannes' Wagen jetzt steht.«

Andretta betrachtete den Abstand des Polos zur Hütte und die Ausrichtung. Dann nickte er. Kristina interpretierte die Geste richtig und fuhr fort.

»Papas Aufgabe war es, die Gartenmöbel auf die Terrasse zu bringen. Mama brachte den Proviant und die Getränke in die Küche, öffnete den Fensterladen und bereitete dann erst mal Kaffee zu.«

»Stopp«, unterbrach Andretta. »Wer hatte die Schlüssel, und wurde der Fensterladen im Geräteraum ebenfalls immer gleich geöffnet?«

»Papa hatte alle Schlüssel an seinem Bund. Sie sehen ja, dass der Wagen näher beim Geräteraum als an der Küche steht. Deswegen hat er erst die hintere Tür aufgeschlossen und Mutti dann den Schlüssel gegeben. Die Fensterläden machte Papa nur auf, wenn er Licht benötigte.«

»Diesmal brauchte er wohl Licht«, konstatierte Andretta.

Kristina nickte.

»Trotzdem waren die Fensterläden geschlossen. Tine, hast du mitnotiert?«

Ihm war bewusst, dass seine Kollegin alles mit ihrem Handy aufzeichnete, doch solche Details hatte er gerne schwarz auf weiß.

Tine wusste das und nickte.

»Gut, fahren Sie fort, möglichst detailliert bitte«, wandte er sich wieder an die Tochter.

Der Sohn knatschte weiter mit offenem Mund auf seinem Kaugummi herum.

»Mutti ist dann mit dem Schlüssel nach vorne gegangen und hat aufgeschlossen. Als Erstes hat sie die Fensterläden von innen entriegelt und ist anschließend wieder raus auf die Terrasse. Dort hat sie die Läden ganz aufgezogen und an der Wand mit den Haken befestigt, damit sie nicht vom Wind zugeweht werden. Dann ist sie zurück zum Wagen und hat die mitgebrachten Lebensmittel in die Küche geschleppt.«

»Sie haben das eben andersherum geschildert, nämlich dass Ihre Mutter erst die Lebensmittel in die Küche brachte und dann die Läden öffnete. Was ist denn nun richtig?«, hakte Andretta nach.

»Entschuldigung«, murmelte Kristina. »Sie hat immer erst die Läden aufgemacht und dann die Lebensmittel geholt. Sonst war es zu dunkel dadrin.«

»Ist in der Hütte etwas verändert worden?«, fragte Andretta Adickes.

»Nicht von uns«, antwortete der.

»Gut, dann schauen wir uns doch mal an, wie es in der Küche aussieht.«

Andretta lief um die Terrasse herum zur Vordertür, öffnete sie mit Hilfe des Schlüssels, den ihm Adickes gegeben hatte, und positionierte sich so, dass die anderen ebenfalls hineinschauen konnten. Dann schaltete er eine Taschenlampe an und leuchtete den Raum aus.

»Einen Kühlschrank gibt es nicht, und ich sehe keine Lebensmittel«, stellte er fest. »Rainer, hast du von Klausen eine Liste der Sachen, die sie im Golf gefunden haben?«

»Ja«, verkündete der. »Moment.«

Konzentriert prüfte er die Auflistung, zu der er vorgeblättert hatte.

»Hier steht's. In einem Korb im Fahrzeug fanden sie Kuchen, Kondensmilch, belegte Brötchen und drei Flaschen Bier. Eine Kiste halb Wasser, halb Limo stand im Kofferraum.«

»Dann müssen wir also davon ausgehen, dass Ingrid Gösling erschossen wurde, bevor sie die Sachen holen konnte, aber nachdem sie die Fensterläden geöffnet hatte.«

Er ließ den Blick schweifen. Die Terrasse befand sich links von der Eingangstür, rechts von ihr lag das Wäldchen. Er wies mit dem Kopf in die Richtung.

»Habt ihr dort Spuren gefunden?«, fragte er in die Runde.

Der junge Streifenpolizist nickte. »Da haben wir niedergedrücktes Gras und einen abgebrochenen Zweig entdeckt.«

»Also kann es sein, dass sich der Täter dort verborgen und auf seine Chance, die Frau zu überraschen, gewartet hat. Dann, als sie sich auf der Terrasse befand und gerade die Läden befestigte, schlich er sich an und erschoss sie.«

Er schaute in die Runde.

Alle nickten.

»Was passierte mit dem Schlüssel, nachdem Ihre Eltern die Türen geöffnet hatten?«, hörte Andretta die Stimme der jungen Streifenpolizistin.

Kristina wandte sich ihr zu. »Den ließ Mama immer vorne stecken.«

»Dann muss ihn der Täter mitgenommen haben, denn als wir kamen, war er nicht mehr da, und es war abgeschlossen.«

Andretta nickte anerkennend, Adickes verzog das Gesicht.

»Wo war der Ehemann zu dem Zeitpunkt? Wie sieht es aus mit Blutspuren?«, fragte Andretta Rainer.

Der blätterte in der Akte. »Vor der Geräteraumtür hinten wurden diverse Blutspuren gefunden und auch Hülsen.«

»Konnte das Blut schon zugeordnet werden?«

»Auf die Schnelle nicht, da fast alle Opfer die gleiche Blutgruppe haben. Die DNA-Analyse läuft noch.«

»Gut, das müssen wir abwarten. Aber Martin Gösling lag in der Küche unter seiner Schwester, richtig?«

Adickes nickte.

»Also sind die Täter wohl nicht nach hinten gegangen und haben ihn dort erschossen. Sonst hätten sie ihn sicherlich in den Geräteraum gezogen. Und ihm blieb vor seinem Tod noch nicht einmal Zeit, das Messer einzusetzen und die Möbel zur Terrasse zu tragen.«

Andretta wandte sich an Kristina und Hannes.

»Wann sollte Ihre Tante eintreffen?«

»Die genaue Uhrzeit weiß ich nicht, aber sie kam meistens gegen halb drei, drei.«

»Von wo aus traf sie ein?«

Andretta wusste, dass die Gruppe auf der Rückseite der Hütte aus dem Wäldchen gekommen sein musste. Er hatte den Weg gestern abgeschritten.

Wie erwartet wies Kristina in die Richtung. »Von dort!«

Andretta ging gefolgt von der Gruppe auf die andere Seite der Hütte. Von dem Feldweg aus, der zwischen den letzten Kiefern des Wäldchens auf dem Parkplatz mündete, war nicht erkennbar, was vorne geschehen war.

»Fällt Ihnen noch irgendetwas Wichtiges ein, das wir wissen sollten?«

Kristina schüttelte den Kopf, dann erstarrte sie.

»Na ja, also mein Vater ist fast immer noch mal weggefahren, wenn sie hier waren. Sie wollten ja wissen, wie der übliche Ablauf war.«

»Und wohin ist er dann gefahren?«

Kristina zuckte die Schultern. »Keine Ahnung, das hat er uns nie gesagt. Auch nicht, als ich ihn einmal gefragt habe.

Da hat er behauptet, dass er Zigaretten holen wollte. Dabei hatte er ein fast volles Päckchen im Geräteraum liegen, wie ich entdeckt habe.«

Andretta dankte ihr. Sie wirkte erstaunlich gefasst, fand er. Ebenso ihr Bruder, der die ganze Zeit unbeteiligt einen Schritt hinter ihr kaugummikauend gestanden hatte.

»Wo waren Sie eigentlich am Tattag?«, fragte er den Sohn. Ein kleines Zucken seines Mundes, dann biss er wie eine Häckselmaschine auf dem Kaugummi herum. Schließlich blies er es zur Blase auf, bis sie platzte.

»Bei meiner Freundin«, verkündete er mit vorgerecktem Kinn, nachdem er die weißen Reste davon um seinen Mund herum abgeleckt hatte.

»Den ganzen Tag?«

Hannes nickte. »Den ganzen Tag und die Nacht vorher und nachher auch. Ihre Eltern sind verreist. Das haben wir ausgenutzt. Sie können sie ja fragen.«

Andretta wandte sich an Tine. »Notier bitte die Adresse. Und Sie?«, fragte er Kristina.

»Zu Hause mit meinem Verlobten. Wir leben zusammen.«

»Gut, dann war es das für heute«, entließ er die beiden. »Sie müssen aber morgen nochmals zur ausführlichen Vernehmung auf die Polizeiwache in Wyk kommen.«

Kristina nickte und verabschiedete sich mit einem Kopfnicken, ihr Bruder warf den Kopf in den Nacken und starrte gen Himmel, bevor er ein neues Kaugummi hervorzog und sich in den Mund stopfte.

Andretta kannte solche jungen Männer zur Genüge. Mit sich selbst nicht im Reinen, strotzten sie vor Selbstgefälligkeit und Arroganz. Auch wenn er Hannes' Verhalten unsäglich fand, machte ihn das nicht zum Mörder. Obwohl sich der Gedanke bei dem Gehabe kurz nach dem Tod seiner Eltern aufdrängte. Bloß nicht zu früh festlegen, ermahnte er sich.

Hannes fuhr zu schnell rückwärts den Feldweg in Richtung Traumstraße. Als der Polo nicht mehr zu sehen war, wandte sich Andretta an seine Kollegen.

»Gut, dann wollen wir mal zu dem Ablauf am Tattag kommen. Ideen?«

7

Majas Kopf platzte vor Einfällen, wie die Morde nach den Indizien abgelaufen sein könnten. Doch sie hatte die Nase gestrichen voll davon, kritische Blicke von Adickes und Thorsten zu ernten, wenn sie etwas dazu sagte. Also hielt sie sich zurück.

»Dann fange ich mal an«, verkündete der Kriminalhauptkommissar. »Für mich ist klar, dass die Familie Gösling zuerst starb. Dafür spricht der Zustand der Hütte. Nach der Beschreibung der Tochter muss die Mutter erschossen worden sein, als sie gerade damit fertig war, die Fensterläden außen aufzuschieben und zu befestigen. Sie hatte noch nicht einmal Zeit, die Lebensmittel aus dem Wagen zu holen. Starb sie zuerst oder ihr Mann? Meine Vermutung lautet, dass sie zuerst erschossen wurde, und zwar während ihr Mann im Geräteraum gerade begonnen hatte, das Rasenmähermesser einzubauen. Hätte sie die Schüsse vom Hintereingang gehört, wäre sie doch sicherlich nicht auf der Terrasse einfach stehen geblieben. Gegenargumente?«

Alle schüttelten den Kopf, Maja nicht. Ihre Meinung war nicht erwünscht. Doch Andretta sah sie fragend an. Sie schaute zu Boden.

»Die Morde geschahen also, kurz nachdem die beiden hier eingetroffen waren. Du«, er wies auf Thorsten, »hast berichtet, dass ihr Spuren dort im Wäldchen gefunden habt. Folglich wird der oder die Täter dort auf sie gelauert haben und herausgekommen sein, als die Ehefrau ihn von der Terrasse aus nicht sehen konnte.«

Der Kommissar betrat die Veranda gefolgt von den anderen und wies mit dem Arm zum Wäldchen. Der Blick in die Richtung wurde von der Hausecke verdeckt. Dann trat er an das Fenster, dessen Fensterläden verriegelt waren, und stellte sich mit dem Rücken davor. Die Gruppe postierte sich neben ihm. Man konnte unmöglich sehen, wenn sich jemand von der anderen Seite näherte. Maja trat an das Geländer und schaute auf den weichen Sandboden, der Schrittgeräusche komplett absorbierte. Die Schritte der Angreifer waren unhörbar gewesen. Deswegen war das Opfer völlig arglos.

Ohne nachzudenken, sprach sie den Gedanken aus. Sofort hörte sie das gewohnte Stöhnen von Thorsten neben sich. Sie hätte sich ohrfeigen können. Warum nur hatte sie nicht die Klappe gehalten? Hatte sie nicht genug Ärger, weil sie sich weigerte, die Anzeige gegen Timo zurückzunehmen?

»Stimmt«, verkündete Andretta und nickte ihr zu. »Guter Gedanke. Aber wie ging es weiter?«

Bei der Frage sah er sie direkt an.

»Das viele Blut vor der Eingangstür, das abgedeckt war mit Pappe«, fuhr Maja fort. »Und die Tatsache, dass der ermordete Ehemann in der Küche lag und nicht im Geräteraum.«

Sie verstummte wegen des Blickes von Adickes, der niederschmetternd war.

Mit einer Handbewegung forderte der Leiter der Soko sie auf fortzufahren. Sie schluckte, dann reckte sie das Kinn trotzig vor.

»Er muss nach hier vorne geeilt sein, als er die Schüsse hörte. Und lief dem Mörder direkt in die Arme. Er hat es bis zur Eingangstür geschafft, denn dort ist das meiste Blut geflossen. Und es wurde abgedeckt, um es zu verbergen.«

Thorsten kicherte. »Sag mal was Neues ... Das Blut kann auch von der alten Frau stammen.«

Andretta warf ihm einen Blick zu, der ihn erblassen ließ.

»Weiter, wie war noch Ihr Name?«

»Maja«, antwortete sie und zuckte die Schultern. Die Luft war raus. Hätte sie doch bloß die Klappe gehalten, statt sich zu blamieren.

»Fahr fort. Worauf willst du hinaus?«

Maja atmete tief ein. Na gut, wenn er es so wollte. Selber schuld.

»Für mich sieht es so aus, als habe der Mörder das Blut abgedeckt, damit die Rüeggs nicht vorgewarnt sind. Aus dem gleichen Grund hat er die Leiche der Frau auf der Terrasse in einen Teppich gewickelt. Klar hätte er das auch machen können, damit nicht ein zufällig Vorbeikommender die Leichen entdeckt. Aber schauen Sie sich um. Hier kommen keine Heerscharen von Passanten vorbei. Wenn es ein Überfall gewesen oder um den Wagen gegangen wäre, was ich nicht glaube, denn von der Insel kommt man damit nicht so leicht unentdeckt runter, und wenn ich bedenke, dass alle drei Rüeggs ebenfalls ermordet wurden, dann hat der Täter genau auf sie gewartet. Und deswegen alles verdeckt.«

Der Kommissar nickte bedächtig. »Gute Zusammenfassung, klingt logisch. Sehr gut, Kollegin Maja.«

Verarschte sie Andretta? Maja beobachtete ihn genau, konnte aber keine Ironie in seinem Gesicht erkennen. Ermutigt fuhr sie fort.

»Die alte Frau hatte einen Schuss genau in der Stirn, mittig. Weitere Schussverletzungen habe ich nicht gesehen«, was der Idiot Thorsten nicht wissen konnte. Dieser Schlauberger hatte gekotzt, statt die Leiche anzuschauen. Keine Minute hatte er den Blick auf sie ausgehalten, schoss Maja durch den Kopf, sie behielt es aber für sich.

»Das Blut in ihrem Haar auf dem Hinterkopf resultierte wahrscheinlich daher, dass sie durch die Blutlache vor der Tür geschleift wurde. Vielleicht also stammt die«, sie wies auf die Blutspur zur Eingangstür, »von ihr. Das würde auch die Reihenfolge der Morde beweisen.«

Andretta nickte und drehte sich an Tine, wie er die junge Kommissarin vorgestellt hatte.

»Notier, dass das geprüft wird, sowie die DNA des Blutes hier überall den Opfern zugeordnet werden konnte. Sehr gut«, wandte er sich ihr wieder zu. »Kehren wir zurück zu der Zeit vor der Ankunft der Rüeggs. Wie ist es hier weitergegangen, nachdem die Göslings tot waren? Die Eheleute sind vormittags eingetroffen, aber ihre Gäste sollten erst am Nachmittag kommen. Was hat der Täter in der Zwischenzeit gemacht? Kann es einen anderen Grund für ihn gegeben haben, hierzubleiben, als auf sie zu warten?«

»Vielleicht musste er gar nicht warten. Vielleicht kamen die Rüeggs zu früh«, schlug Maja vor.

Inzwischen war ihr egal, was die Kollegen von ihr hielten. Ihr gefiel das Pingpong-Frage-Antwort-Spiel mit Andretta.

»Nein«, meldete sich Adickes zu Wort. »Wir haben Zeugen gefunden, die ihnen kurz vor halb drei auf dem Weg hierher begegnet sind. Auf der Traumstraße sind sie an ihnen vorbeigefahren.«

Er wandte sich an Andretta. »Die Aussage kam gestern spät noch rein.«

»Okay, also sind sie nicht zu früh angekommen. Ich gehe davon aus, dass er noch stundenlang bei der Hütte geblieben ist, als die Göslings bereits tot waren. Weitere Ideen, warum?«

Er bekam keine Antwort, nur Schulterzucken. Auch Maja fiel nichts dazu ein.

»Er hat auf die Rüeggs gewartet? Sie waren das Ziel des Mordes und das Ehepaar Gösling lediglich ein Kollateralschaden? Der oder die Täter wussten, dass sie herkommen würden und wann?«

Als sich niemand äußerte, fuhr der Kommissar fort: »Tja, wenn sie das wahre Ziel des Mordanschlags gewesen sind, warum hat der Täter den Doppelmord an den Göslings begangen? Er hätte die Familie Rüegg doch auch in ihrem Haus überfallen und töten können. Warum dann mussten alle fünf Menschen sterben?«

Damit war die Besprechung zu Ende. Für eine Antwort auf diese Frage war es zu früh.

Maja lief in Richtung Streifenwagen. Sie hatte ihn fast erreicht, als sie ihren Namen hinter sich hörte. Sie drehte sich um. Kriminalhauptkommissar Andretta kam auf sie zu.

»Sag mal, könnte ich dich dafür gewinnen, uns bei den

Mordermittlungen zu unterstützen? Wir sind wegen des Banküberfalls in Flensburg total unterbesetzt.«

»Aber mein Dienst«, brachte sie stammelnd heraus. Völlig perplex wagte sie nicht, zu hoffen, dass Andretta das ernst meinte.

»Adickes hat zugestimmt. Er ist sehr kooperativ. Schließlich ist so ein Fünffachmord in der Hauptsaison nicht gut fürs Geschäft«, fügte er schräg grinsend an.

Maja brachte nur ein Nicken zustande.

8

Maja war eine Bereicherung für seine Gruppe, fand Andretta, auch wenn sie keine ausgebildete Ermittlerin war. Ihre Ideen und Schlussfolgerungen waren intuitiv und logisch. Und sie war ein perfekter Sparringspartner für die Analyse von Spuren. Beste Voraussetzungen für fähige Mordermittler. Gewundert hatte ihn, dass Adickes sie so schnell freigestellt hatte.

Er erzählte Maja nicht, wie ihr Vorgesetzter das begründet hatte. Die aktuelle Situation in der Dienststelle würde durch ihre Mitarbeit in der Soko deutlich verbessert. Unausgesprochen blieb, dass er froh war, sie nicht dort zu haben.

Andretta hatte nicht hinterfragt, was das Problem war. Zum einen wollte er unvorbelastet an die Kollegin herangehen, und zum anderen hatte er weder Zeit noch Kraft, sich mit deren Problemen auseinanderzusetzen. Seine Belastungsgrenze war ohnehin längst überschritten. Maja sollte die Ermittlung erleichtern, nicht seine Gedanken beanspruchen.

Einen Stresstest musste sie allerdings noch durchlaufen: Er würde sie zu den Obduktionen in der Rechtsmedizin am Universitätsklinikum Schleswig-Holstein am Nachmittag in Kiel mitnehmen. Tine und Rainer waren mit ihren Aufgaben voll ausgelastet. Und vier Augen sahen mehr als zwei. Dort konnte sie beweisen, was sie aushielt.

Sein Blick auf die Uhr bestätigte ihm, dass es früher Nachmittag war. Doch vor der Fahrt musste er sich überzeugen, wie es Lisa ging. Ihr nächtliches Schluchzen lastete schwer auf seiner Seele. Er musste sich vergewissern, dass heute im Sonnenschein alles in Ordnung mit ihr war.

Maja begleitete ihn, damit er sie nicht auf dem Weg zur Fähre an der Dienststelle abholen musste.

Zu seiner Freude saß Lisa bei seiner Ankunft auf einer Bank vor Meikes Haus zusammen mit seiner Gastgeberin und pulte

Krabben. Sie arbeitete mit einer Intensität und Konzentration, die Andretta noch nie bei ihr gesehen hatte. Chico lag schnarchend auf ihren Füßen.

»Unser Abendessen«, hatte Meike mit einem Lächeln verkündet, das mehr versprach, dem Kommissar aber vor Lisa und Maja peinlich war.

»Es wird heute Abend spät«, sagte er deshalb schroffer als beabsichtigt. Doch Meikes Lächeln hielt sich verheißungsvoll und standhaft in ihrem Gesicht.

Dr. Martens hatte zusammen mit seinem Assistenten, beide in grüne Kittel mit weißen Schürzen gehüllt, mit den Obduktionen bereits begonnen. Das hatten sie vorher so abgestimmt, da jede Autopsie zwei bis drei Stunden in Anspruch nahm, die meisten Untersuchungen aber rein formaler Natur waren.

Auch Klausen war anwesend, wie immer gehüllt in seinen weißen Ganzkörperoverall, den Andretta und Maja ebenfalls überziehen mussten.

Der Gerichtsmediziner diktierte seinen Satz zu Ende, dann schaltete er das Mikrofon ab und nickte ihnen grüßend zu.

»Können Sie uns schon was zu den Opfern sagen?«, fragte Andretta und trat nahe an den stählernen Obduktionstisch heran. Aus den Augenwinkeln sah er Maja folgen und sich über den aufgeschnittenen Brustkorb beugen. Gutes Mädchen, dachte er. Schont sich nicht. Und muss nicht würgen, wie er zufrieden feststellte. Auf die Mentholpaste hatte sie verzichtet.

»Ich habe jetzt das Ehepaar obduziert und untersuche gerade die alte Frau«, Dr. Martens schaute auf ein Klemmbrett, »diese Helena Rüegg. Alle wurden erschossen, alle Schüsse wurden aus nächster Nähe abgegeben. Bei diesen drei Toten war das die eindeutige Todesursache, auch wenn die toxikologischen Untersuchungen noch nicht abgeschlossen sind. Ihr Kollege Klausen«, er wies mit einem Nicken auf den Kriminaltechniker, »hat bereits alle Fingerabdrücke, Haarproben und Proben der DNA genommen. Dass die Identität der Opfer feststeht, macht uns die Arbeit erheblich leichter.«

Er hob den Kopf der alten Frau vor ihm an. »Helena Rüegg und Martin Gösling hatten postmortale Verletzungen am Hinterkopf. Meiner Einschätzung nach von den Stufen vor der Tür. Ganz offensichtlich wurden sie nach Eintritt des Todes an den Beinen dort hochgezerrt und dadurch verletzt.«

»Können Sie etwas zum Todeszeitpunkt sagen? Insbesondere, ob der Tod des Ehepaares deutlich vor dem Tod von Helena Rüegg lag?«, meldete sich Maja zu Wort.

Andretta schaute, gespannt auf die Antwort, zu dem Gerichtsmediziner.

»Was meinen Sie mit ›deutlich‹?«, fragte Dr. Martens Maja.

Sie warf Andretta einen Blick zu. Er nickte ermunternd.

»Nun ja, wir vermuten, dass der oder die Täter zuerst das Ehepaar und erst ein paar Stunden später die Tante und ihre Söhne erschossen. Es wäre für die Ermittlung wichtig zu wissen, ob das mit Hilfe Ihrer Todeszeitpunktbestimmung bewiesen werden könnte.«

Die junge Frau sprach immer leiser. Was war nur ihr Problem?

Sie zuckte die Schultern. »Ich frage mich nur, ob ausgeschlossen werden kann, dass sie bis zur Ankunft gefangen gehalten und dann alle gleichzeitig getötet wurden oder so.«

Auf die Idee war Andretta nicht gekommen, weil die Auffindesituation eindeutig gewesen war. Aber Maja hatte recht, man durfte sich nicht zu früh auf das Offensichtliche festlegen. Zu leicht entging einem dann ein wesentlicher Gesichtspunkt, und man ermittelte ausschließlich in die eine Richtung, interpretierte Beweise so, dass sie sich in die Vorstellung einfügten, und folgte nur den Spuren, die zu der eigenen Theorie passten. Ein häufiger Fehler bei Ermittlungen, aber allzu menschlich.

»Von welchem Zeitraum sprechen wir genau?«, hakte Martens nach.

Maja zuckte die Schultern. »Vielleicht drei, vier Stunden.«
Der Gerichtsmediziner schüttelte bedächtig den Kopf.
»Das ist knapp. Und ungeheuer schwierig. Ein halber Tag,
ja, da könnte ich Ihnen die Frage beantworten. Aber bei so
wenigen Stunden … Hm, über den Rigor Mortis kommen
wir nicht weiter. Der ist dafür zu ungenau. Der Zeitablauf der
Leichenstarre kann im Einzelfall deutlich von den üblichen
Intervallen abweichen. Außerdem ist er abhängig von der
Umgebungstemperatur und von der körperlichen Aktivität
der Opfer vor dem Todeseintritt.«

Der Gerichtsmediziner rieb sich das Kinn durch die Maske
und starrte die Tote vor sich an, als könnte sie die Frage beantworten.

»Und über den Algor Mortis, also die reduzierte rektale
Körpertemperatur nach dem Todeseintritt durch die fehlende
Wärmeerzeugung des Körpers, brauche ich die genaue Umgebungstemperatur. Zudem müsste ich wissen, wo die Leichen
wie lange gelegen haben, also im geschlossenen Raum oder
draußen ungeschützt. Am einfachsten wäre natürlich, wenn
alle im selben Raum gelegen hätten. Aber dem Bericht nach
war das ja nicht der Fall.«

Er blätterte in den Unterlagen.

»Der Temperaturausgleich mit der vom Kollegen gemesse-
nen Umgebungstemperatur hatte in allen Fällen bereits statt-
gefunden. In der Regel ist das nach etwa neunzehn Stunden
der Fall. Danach kann man nur noch schwer den Todeszeitpunkt differenzieren.«

Er starrte auf die Leiche vor sich, dann auf seinen Klemm-
block.

»Der Kollege vor Ort, Dr. Frings, hat im Protokoll notiert,
dass sie etwa vierundzwanzig Stunden tot waren. Zeitpunkt
der Untersuchung war der zweite Juli, fünfzehn Uhr zwei-
unddreißig, die Temperaturen lagen bei allen Toten dicht
beieinander, nur bei der Leiche von Ingrid Gösling lag sie
signifikant darunter. Schaun wir mal. Ah ja, das ist die Tote,

die im Freien auf der Terrasse gefunden wurde. Wenn auch eingewickelt in eine Wolldecke und einen Teppich.«

Er murmelte etwas Unverständliches, blätterte vor und zurück. »Nein, eine gesicherte Aussage über so einen kurzen Zeitraum kann ich nicht treffen. Selbst bei den Leichen, die im selben Raum lagen, kann ich das nicht, denn wie ich dem Protokoll entnehmen kann, lagen die Leichen zum Teil übereinander. Damit war das untere Opfer vor der Kälte geschützt, muss aber wohl vorher gestorben sein. Sie sehen, wie schwierig das ist und wovon alles das abhängt. Die Hütte war vermutlich nicht sonderlich gut isoliert?«

Andretta schüttelte den Kopf. »Sie besteht aus einfachen Holzwänden.«

»Ich fürchte, da kann ich Ihnen nicht weiterhelfen.«

Fünf Stunden später verließen sie die Fähre in Wyk. Maja wollte an der Wache abgesetzt werden.

Sie hatte sich exzellent geschlagen, fand Andretta. Aus ihr würde eine perfekte Mordermittlerin werden, ihr Ziel, wie sie ihm auf der Heimfahrt anvertraut hatte.

Im Haus von Meike angekommen beschloss er, endlich etwas mit Lisa zu unternehmen. Ihm selbst war danach, an den Strand zu gehen, die salzige Luft zu atmen und seinen Blick nur vom Horizont begrenzen zu lassen. Vor allem aber wollte er mit seinem Mündel zusammen sein und ihm nicht das Gefühl geben, dass es ständig an andere abgeschoben würde.

Deswegen nervte ihn Meikes Vorschlag mitzukommen. Ablehnen konnte er das nicht, schließlich war er ihr zu größtem Dank verpflichtet. Doch als sie versuchte, sich bei ihm einzuhängen, entschlüpfte er im letzten Moment, indem er Chicos Leine ergriff. Dafür erntete er einen verblüfften Blick von Lisa, den er mit einem Schulterzucken beantwortete.

Ganz vergessen hatte er die Weite des Meeres, sein Rauschen und den Geruch nach Tang bei Ebbe und die von

Muscheln, Teek, Federn und Quallen gekennzeichnete Flutgrenze. Der stetig säuselnde leichte Wind und die Schreie der Möwen besaßen die Magie, ihn zur Ruhe kommen zu lassen. Zum Greifen nahe wirkte Amrum, so nah, wie es nur selten bei bestimmten Luftverhältnissen vorkam.

Zum ersten Mal, seit seine Schwester gestorben war, bekam er wieder Luft, spürte, wie sich das Band, das seine Brust fest umschlossen hatte, langsam löste.

9

Pünktlich um acht Uhr am folgenden Morgen traf sich die Soko Föhr zusammen mit PHK Adickes als Leiter der Polizei-Zentralstation, der es sich nicht nehmen ließ, die Ermittlungen zu begleiten, im Besprechungsraum der Polizeidienststelle direkt im Hafen von Wyk. Maja war in Zivilkluft erschienen, einer hautengen Jeans und einem leichten Top. Ihre kastanienbraunen Haare waren nicht mehr zum Dutt festgezurrt, sondern fielen zum Pferdeschwanz zusammengebunden in Locken knapp bis zu ihrer Hüfte. Die Veränderung stand ihr, fand Andretta. Überhaupt sah sie mit ihren dunkelbraunen Augen und Haaren italienischer aus als er trotz seiner Abstammung, die drei Generationen zurücklag und von der ihm lediglich der Nachname geblieben war.

»Wir wissen zwar, von welchem Hersteller die Tatwaffe stammt, nämlich von Winchester, aber das genaue Modell haben wir noch nicht identifizieren können«, eröffnete Rainer die Besprechung. »Wahrscheinlich handelt es sich um eine Replika des Modells 1866, 1873, 1892 oder 1894.«

Der Beamer summte, und an der Wand erschien das Foto eines altmodisch anmutenden Gewehres, das direkt aus einem John-Wayne-Film zu stammen schien.

»So oder sehr ähnlich sah sie also aus. Das ist ein sogenannter Unterhebelrepetierer, oder auch Unterhebellangwaffe. Das bedeutet, dass es durch einen Hebel unter dem Gewehrkolben durchgeladen wird. Durch das Drücken des Unterhebels nach unten wird die Hülse mit einem Abzieher aus dem Lauf zurückgezogen und ausgeworfen. Gleichzeitig wird eine neue Patrone aus dem Magazin in das Lager befördert und das Gewehr für den nächsten Schuss gespannt. Durch das Zurückschieben des Hebels wird die aus dem Magazin geholte Kugel in den Lauf geschoben. Dann ist das

Gewehr schussbereit. Der wesentliche Vorteil dieser Waffe ist, dass sie nachgeladen werden kann, ohne loslassen zu müssen. Beim Stehendschießen muss die Waffe also nicht von der Schulter genommen werden. Das erhöht die Feuergeschwindigkeit enorm. Deshalb war die Waffe nach ihrer Erfindung 1873 bei Cowboys so beliebt. Trotzdem kommt sie natürlich nicht an die Schussgeschwindigkeit der modernen Automatikwaffen heran. Daher finde ich es ungewöhnlich, dass der Täter diese Waffe gewählt hat. Ich vermute, dass sie sich bereits längere Zeit in seinem Besitz befand und er sie deshalb nutzte.«

»Wie schnell kann man mit dem Gewehr schießen?«, fragte Andretta. »Schließlich waren die Göslings zu zweit, und die Rüeggs kamen zu dritt an. Davon zwei Männer gerade mal über fünfzig. Wenn ich das richtig verstanden habe, muss nach jedem Schuss durchgeladen werden, richtig?«

Rainer nickte. »Ja, und währenddessen kann man nicht schießen. Die Zeit, die der Täter brauchte, um einen weiteren Schuss abzugeben, hing davon ab, wie schnell er den Unterhebel betätigen konnte. Am schnellsten geht es, wenn man die Waffe an die Schulter drückt und sofort danach oder besser noch gleichzeitig mit dem Zurückschieben des Hebels in seine Ursprungsposition den Abzug betätigt.«

»Wie lange etwa?«, wiederholte Andretta seine Frage.

Rainer zuckte die Schultern. »Bei der Weltmeisterschaft vor ein paar Jahren hat der Sieger das in null Komma drei Sekunden geschafft und trotzdem mehrere Schüsse genau ins Schwarze getroffen. Ein normaler Schütze? Kommt drauf an, wie geübt er ist. Aber sicherlich einige Sekunden mehr. Die doppelte Zeit? Keine Ahnung. Eine Besonderheit gibt es noch: Das Magazin, in dem sich die Patronen befinden, ist normalerweise röhrenförmig unter dem Lauf angebracht. Geladen wird es durch einen Seitenschlitz auf der rechten Seite, während es mit der linken Hand festgehalten wird. Dadurch ist die Standardausführung für einen Linkshänder nur schwer zu laden. Übrigens benötigt man etwa eine halbe Minute, dann ist das Magazin wieder voll.«

Andretta nickte. »Was habt ihr veranlasst, um die Waffe zu finden?«

»Wir haben eine erneute Suchaktion organisiert. Nachher werden das gesamte Wäldchen bei der Hütte und die Strecke, die der Golf der Familie zum Hafen gefahren sein muss, abgesucht. Dafür haben wir eine Suchmannschaft zusammengestellt. Außerdem vernehmen wir sämtliche Besitzer von Winchester-Gewehren in ganz Deutschland. Damit erfassen wir natürlich nur die legalen, angemeldeten Waffen. Bisher haben wir etwa ein Drittel kontaktiert.«

»Donnerwetter, ihr seid schnell«, lobte Andretta.

»Ja, aber es wird noch dauern, bis wir die Angaben überprüft haben. Und dann müssen wir ja erst noch feststellen, aus welcher Waffe die Kugeln stammen. Erstaunlicherweise ist sogar hier auf Föhr eine Winchester angemeldet. Wir«, er wies mit einem Kopfnicken zu Tine, »werden den Besitzer nachher aufsuchen. Unangemeldet!«

»Sehr gute Idee. Tine«, wandte sich Andretta an seine Kollegin, »hast du die Bänder der Überwachungskameras im Fährhafen und die Blitzer auf der Strecke zwischen Tatort und Hafen überprüft?«

»Ja, ich bin zwar noch nicht komplett durch, aber dabei. Auf den Radargeräten haben wir den Wagen nicht entdeckt und am Fährhafen beim Betreten der Fähre noch niemanden identifizieren können, der mit dem Fall zu tun haben könnte. Also weder Verwandte noch vorbestrafte Gewalttäter. Schade, dass der Wagen abgestellt und nicht auf die Fähre mitgenommen wurde, sonst wären wir jetzt schlauer. Für mich ist das jedenfalls der letzte Beweis, dass das eine geplante Tat war. Der oder die Täter wussten genau, was sie taten und tun mussten, um nicht entdeckt zu werden. Na, jedenfalls haben wir niemanden gefunden, der den Täter beschreiben konnte. Natürlich gab es einige Hinweise aus der Bevölkerung, wonach der Wagen mehrfach gesichtet wurde, aber bei genauerer Nachfrage passte keine Zeugenaussage.«

»Gut, fassen wir doch mal zusammen, was wir wissen. Das Motiv war sicherlich nicht Raub. Es fehlte nichts bei den Toten, und das Haus der Rüeggs wurde nicht ausgeraubt, soweit wir das beurteilen können. Der Wagen der Familie Gösling wurde im Hafen zurückgelassen. Das bedeutet für mich aber auch, dass er oder sie schnell wegkommen wollte, sonst wäre der Wagen nicht benutzt worden. Erstaunlich, nachdem der Täter stundenlang vor Ort ausgeharrt hat. Weiterhin bedeutet das, dass er wohl zu Fuß vom Hafen zur Hütte gekommen ist, sonst hätte er nicht den Wagen der Göslings nehmen und dorthin zurückfahren müssen. Oder das war ein Täuschungsmanöver, und er hat den Wagen dort abgestellt, um uns in die Irre zu führen. Und damit kommen wir zu dem Besitzer der Winchester hier auf der Insel. Habt ihr schon nähere Informationen über ihn?«, fragte Andretta.

»Ich habe ihn überprüft. Der Mann heißt Fynn Bose, ist fünfundzwanzig Jahre alt und lebt bei seiner Mutter in Midlum. Keine Vorstrafen, keine direkte Verbindung zu den ermordeten Familien«, berichtete Rainer.

»Bleibt dran. Hatten die Familien Feinde auf der Insel?«, fragte Andretta Adickes.

Der zuckte die Schultern. »Ärger gab es wegen der illegalen Errichtung der Holzhütte. Den machte aber der Martin selbst. Das Schild an der Zufahrt war typisch für ihn. Bei aller Phantasie kann ich mir nicht vorstellen, dass deswegen ein Mitarbeiter des Bauamtes so ausgerastet ist, dass er die ganze Familie, fünf Leute, umbrachte. Nein, nein, da steckt was anderes hinter. Und die Familie Rüegg? Die sind nie aufgefallen. Klar war bekannt, dass sie reich sind. War ja nicht zu übersehen. Aber die haben ganz sicherlich niemanden gegen sich aufgebracht. Seid ihr denn sicher, dass nichts aus dem Haus gestohlen wurde? Das müssen Auswärtige gewesen sein, die auf der Suche nach Wertsachen oder so was waren. Was anderes kann ich mir beim besten Willen nicht vorstellen.«

Rainer schüttelte den Kopf. »Da ist niemand drin gewesen. Das Haus war nicht aufgebrochen, und die Spurensicherung hat fast nur Fingerabdrücke von den Rüeggs gefunden. Ein paar müssen noch überprüft werden, aber Helena Rüegg hatte sowohl eine Haushälterin als auch einen Gärtner, wie wir erfahren haben. Wir checken das gerade.«

»Mag ja sein, aber hatten alle Opfer noch ihre Haustürschlüssel bei sich? Die waren schließlich zu dritt unterwegs.«

Rainer nickte, nachdem er in der Akte geblättert hatte. »Fehlanzeige, alle hatten ihre Schlüssel noch.«

»Und was ist mit den Göslings? Vielleicht ist dieser Martin durchgedreht und hat alle erschossen.«

»Und sich dann unter seine tote Schwester gelegt und mehrfach selbst in den Kopf geschossen«, konnte sich Andretta nicht bremsen. »Nein. Für mich sieht das nicht nach einem Raubüberfall aus. Das war eine persönliche Sache, oder es ging um die Erbschaft. Oder um beides. Deswegen werden wir uns die Kinder der Göslings vornehmen, einzeln. Mal schauen, was dabei herauskommt. Was ist mit dieser weiteren Schwester«, nun blätterte Andretta in seinen Unterlagen, »dieser Alicia Pongatz und ihrem Sohn Max?«

»Sind unterwegs«, verkündete Tine. »Treffen heute am späten Nachmittag ein. Wir haben sie hierher einbestellt.«

»Bestens, dann nehme ich sie mir vor, nachdem ich mit den Kindern gesprochen habe.«

Tine hatte Vernehmungstermine für den späten Vormittag vereinbart.

»Nimmst du teil an den Befragungen?«, wandte sich Andretta an Maja, die ihn verblüfft ansah.

Dann nickte sie.

10

Hannes Gösling kaute auf einem Kaugummi, dann blies er es zu weißen Blasen vor dem Mund auf, die er geschickt knallen ließ und wieder einsog. Maja empfand das als provokant, sagte aber nichts, sondern starrte ihm stoisch auf die Lippen, bis eine Kaugummiblase platzte und sich die weiße Knetmasse um seinen Mund verteilte. Seine Wangen nahmen die Farbe reifer Äpfel an, und er zupfte an der Masse herum. Ein Fitzelchen blieb unbemerkt an seiner Nasenspitze kleben. Wortlos wies Andretta darauf. Der junge Mann wurde noch röter, während ein leichtes Zittern seiner Hände offenbarte, dass er bei Weitem nicht so cool war, wie er sich darstellen wollte.

In dem kargen Vernehmungsraum saßen sie zu dritt. Neben Maja der Kommissar, Hannes gegenüber. Zwischen ihnen auf dem Tisch lag Andrettas Handy im Aufnahmemodus.

»Berichten Sie uns doch mal, wie Ihr Vater so war. Kamen Sie gut miteinander aus?«, eröffnete der Kommissar das Gespräch.

»Was soll das?«, fauchte der junge Mann. »Was ist das denn für eine Frage? Ich hatte ein sehr gutes Verhältnis zu meinem Vater.«

»Ich habe das nicht bestritten«, konterte Andretta. »Im Gegenteil frage ich mich, wieso Sie das extra betonen.«

»Das hat doch Kristina bestimmt behauptet. Das erzählt sie überall rum. Dabei war alles okay zwischen uns. Ja, es stimmt, dass wir früher mal Zoff hatten. Aber das ist lange her. Darf man hier rauchen?«

Andretta nickte und holte von einem kleinen Beistelltisch an der Wand einen Aschenbecher.

»Was war das damals für Stress zwischen Ihnen?«

»Ach, was soll's. Ja, wir hatten Stress, und ja, wir sind uns eine Weile aus dem Weg gegangen. Das war aber nichts anderes als bei anderen Teenagern auch, die sich von zu Hause abnabeln wollen. Ist doch normal. Mein Vater wollte unbedingt, dass ich meine Haare wieder wachsen lasse. Ich hatte so eine Phase, versteh ich heute selbst nicht mehr, in der ich sie an den Seiten ganz kurz rasiert hatte, oben waren sie aber lang. Das fand er schwul. Hat er gesagt. Keine Ahnung, wie er darauf kam. Und dann sollte ich eine Banklehre machen. Krisensicherer Job, wie er meinte. Dabei weiß man doch, dass die Banken massiv Personal abbauen. Außerdem wollte ich erst verschiedene Sachen ausprobieren, bevor ich mich für die nächsten fünfzig Jahre festlege. Dadurch war ich zeitweise auch mal ohne Arbeit. Das hat ihn auf die Palme gebracht. Er, der schon seit über dreißig Jahren bei derselben Firma malochte. Aber das ist inzwischen Vergangenheit, vergessen. Seit letztem Jahr, als ich die Lehre bei Kohlschmidt in Kiel begonnen habe, war alles wieder im Lot. Sogar seinen Wagen durfte ich jederzeit benutzen. Hätte er das gestattet, wenn wir noch Stress gehabt hätten?«

Andretta nickte bedächtig. »Wie waren Ihre Eltern so? Kamen sie gut miteinander aus?«

»Sicher. Sie waren ja auch schon ewig verheiratet. Meine Mutter hat alles mitgemacht, war als Hausfrau immer zu Hause. Hat unsere Wohnung picobello in Ordnung gehalten. Da konnte man nicht meckern. Na ja, manchmal war sie genervt davon, dass Vater jedes Mal, wenn sie in der Hütte waren, für ein paar Stunden abgehauen ist. Aber sonst war alles okay zwischen ihnen.«

»Wo ist Ihr Vater dann hingegangen?«

Hannes zuckte die Schultern. »Gefahren, nicht gegangen. Keine Ahnung, hab ihn nicht gefragt.«

»Wie würden Sie Ihren Vater beschreiben? Was für ein Mensch war er?«, fragte Andretta.

Hannes hatte die Zigarette ausgedrückt und schob sich einen neuen Kaugummistreifen zwischen die Zähne.

»Hab ich doch schon gesagt. Immer zuverlässig, nie eine Änderung im Ablauf, stets korrekt.«

»Sagen Sie«, mischte sich Maja ein, obwohl sie sich geschworen hatte, die Klappe zu halten, »mir ist aufgefallen, dass bei der Hütte Ihres Vaters alle Schlitze in den Schraubenköpfen exakt waagerecht ausgerichtet waren. Wie hat er das geschafft?«

Einen Moment hörte Hannes auf zu kauen, dann spuckte er das Kaugummi in seine Hand. Sein Blick wurde hart.

»Ein Korinthenkacker. Ja genau, das war er. Ein absoluter Perfektionist, der uns damit allen auf den Sack gegangen ist. Irgendwann habe ich mich geweigert, ihm zu helfen bei dem Bau der Hütte. Das war der Grund unseres Zoffs. Deswegen haben wir uns gefetzt. Das hält doch keine Sau aus, diesen Überperfektionismus, diesen Kleingeist«, brach aus ihm stakkatohaft heraus mit einer Stimme, die ins Falsett abdriftete.

Andretta warf Maja einen anerkennenden Blick zu, sie spürte Röte in ihre Wangen aufsteigen.

»Eben haben Sie noch gesagt, dass zwischen Ihnen und Ihrem Vater alles in Ordnung war. Das klingt nun aber gar nicht nach einem guten Verhältnis«, sagte Andretta. »Was stimmt denn nun?«

Hannes schob sich das Kaugummi wieder in den Mund und kaute wie besessen darauf herum. Gleichzeitig holte er seine Zigarettenschachtel aus der Jackentasche, zog betont langsam eine Zigarette heraus und zündete sie an. Maja entging nicht, dass er die Hand mit dem Feuerzeug stützen musste, um die Zigarettenspitze zu treffen. Ganz klar versuchte er, Zeit für die Antwort zu schinden. Andretta ließ ihn gewähren. Warum auch nicht. Alle wussten, dass er mehr preisgegeben hatte als beabsichtigt.

»Wie bereits gesagt, ist das Schnee von gestern. Die Hütte haben wir vorletztes Jahr gebaut, bevor ich meine Lehrstelle gefunden habe. Danach war alles wieder gut zwischen uns.«

Andretta nickte. »Kommen wir zum Tattag. Wo waren Sie?«

»Habe ich doch schon alles erzählt. Ich war bei meiner Freundin in Kiel, weil wir dort sturmfreie Bude hatten. Das haben wir ausgenutzt. Waren abends im Space, sind aber früh nach Hause und haben noch einen Film angeschaut.«

»Welchen?«

»Ah, der Herr Kommissar sucht nach Widersprüchen. ›Moonfall‹ haben wir uns angesehen. Da können Sie meine Freundin gerne fragen. Die wird das bestätigen.«

»Wie sieht es aus, waren Ihre Eltern wohlhabend?«

Hannes lachte auf. »Nein, wirklich nicht. Mein Vater hat einigermaßen verdient. Das hätte mehr sein können, wenn er mal die Firma gewechselt hätte. Aber das wollte er ja absolut nicht.«

»Hatten sie eine Lebensversicherung abgeschlossen?«

»Kann sein, keine Ahnung, möglich.«

»Dafür besaß Ihre Tante viel Geld, wie wir erfahren haben.«

Hannes zuckte die Schultern. »Arm war sie nicht gerade.«

»Wer erbt das Vermögen eigentlich, da ihre Söhne ebenfalls ermordet wurden?«

»Keine Ahnung. Woher soll ich das wissen? Interessiert mich auch nicht.«

Das glaubte ihm Maja keine Sekunde.

Eine weitere halbe Stunde nahm ihn Andretta ins Gebet, hakte nach, hinterfragte, provozierte, doch Hannes blieb bei seinen Aussagen. Er war sich seiner Sache so sicher gewesen, dass er ein neues Kaugummi zwischen die Zähne geschoben und genüsslich darauf rumgeknatscht hatte.

Dann entließen sie ihn.

Andretta rief Tine an. »Könntest du bitte mal checken, ob die Göslings eine Lebensversicherung abgeschlossen hatten?«

Das konnte sie, eine Leichtigkeit für seine junge Kollegin.

Hannes' Schwester zitterte beim Betreten des Verhörzimmers.

»Kann mein Verlobter mit reinkommen?«, flüsterte sie verzagter, als Maja sie bisher kennengelernt hatte. Bei der Tatortbegehung hatte sie Selbstsicherheit gepaart mit Trauer um ihre Eltern ausgestrahlt, die ihr Bruder vermissen ließ.

Andretta lehnte das ab. »Aber wir holen ihn am Schluss dazu«, versprach er.

Gerriet Onnen, wie sich der Verlobte vorgestellt hatte, drückte Kristina an sich und flüsterte ihr beruhigende Worte ins Ohr, wie Maja vermutete. Denn die junge Frau hörte auf zu schlottern, schluckte und setzte sich auf den Stuhl, der noch von ihrem Bruder angewärmt war. Onnen verließ den Raum.

Wort für Wort wiederholte sie ihre Aussagen, fügte ab und an eine kleine Ausschmückung hinzu, vergaß an anderer Stelle etwas. Alles im grünen Bereich, wie Maja während ihrer Ausbildung an der Polizeischule im Fach »Angewandte Psychologie« gelernt hatte. Fast zu perfekt fand sie die Aussage. Es gab weder Ecken noch Kanten, an denen man hätte ansetzen können.

Das Verhältnis ihres Bruders zu ihrem Vater beschrieb sie als desolat. Seine Aussage, alles sei besser geworden, nachdem er seine Ausbildung begonnen hatte, kommentierte sie mit einem Lacher.

»Aus dem Weg sind sie sich gegangen. Deshalb hatten sie weniger Streit. Hannes kam nur nach Hause, wenn Papa nicht anwesend war. Trafen sie sich, fetzte es nach wie vor.«

Als der Kommissar ihr Alibi für den Tattag thematisierte, bemerkte Maja eine klitzekleine Veränderung der Stimme: Sie wurde leiser.

»Das habe ich doch schon gesagt! Mein Verlobter und ich haben den Tag auf unserem Balkon verbracht und den Abend vor dem Fernseher. War ja himmlisches Wetter.«

»Welchen Film haben Sie geschaut?«, hakte Andretta nach.

»Den ›Tatort‹«, kam es wie aus der Pistole geschossen. »Danach sind wir gleich ins Bett gegangen.«

»War das nicht ›Die Faust‹ mit Moritz Eisner und Bibi Fellner als Kommissare? Für den habe ich zumindest gestimmt.«

Maja hatte vor der Vernehmung das Fernsehprogramm gegoogelt und festgestellt, dass an dem Abend der Publikums-»Wunsch-Tatort« ausgestrahlt worden war.

Kristinas Lippen entkrampften sich, und ihr Gesicht hellte sich auf. »Nein, das war ›Borowski und das Meer‹«, verkündete sie, nun wieder mit fester und lauter Stimme.

Gut auswendig gelernt, schoss Maja durch den Kopf.

»Gut, dann holen wir mal Ihren Verlobten herein«, sagte Andretta mit anerkennendem Blick zu ihr.

Gerriet Onnen war sieben Jahre älter als Kristina und hatte sich kürzlich mit einer kleinen IT-Beratungsfirma selbstständig gemacht, wie er auf Andrettas Fragen erzählte. Mit seinen breiten Schultern, betont von seinem eng anliegenden Polohemd mit Reiteremblem auf der Brust, und den hell gesträhnten Haaren hätte der Endzwanziger wie ein zu alt gewordener Beachboy aus Kalifornien aussehen können. Doch der Eindruck wurde von der Speckrolle um die Taille und dem Ansatz eines Doppelkinns ruiniert.

Sofort klammerte sich Kristina an seine Hand, als müsse er sie vor dem Ertrinken retten. Seltsam!

»Kannten Sie die Ferienhütte der Eltern Ihrer Verlobten?«, fragte Andretta.

»Ja, selbstverständlich. Wir haben sie dort im Sommer regelmäßig besucht. Ist ja auch ein Traum dort. Na ja, besser wohl: war.«

»Haben Sie auch beim Bauen geholfen?«

»Gott bewahre. Nichts gegen meinen toten Schwippschwiegervater. Aber er war sehr anstrengend, wenn es um seine Sachen ging. Überkorrekt. Das war Stress pur, ihm helfen zu wollen. Außerdem habe ich mich gerade erst vor zwei Jahren selbstständig gemacht. Da arbeite ich fast Tag und Nacht. Wenn wir dann mal rüberfahren, will und muss ich mich erholen.«

Andretta nickte. »Ist Ihnen etwas an ihm aufgefallen in der letzten Zeit? Hat er sich verändert? Wenn man zu nahe an einem Menschen dran ist, bemerkt man so was manchmal als Letzter«, erklärte er in Richtung Kristinas, die ihn mit leicht zusammengekniffenen Augen ansah.

»Nein, also mir ist nichts aufgefallen.«

»Haben Sie zufälligerweise mitbekommen, wohin Martin Gösling verschwand, wenn er die Hütte regelmäßig verließ?«

»Eigentlich nicht. Ich habe ihn nur mal gesehen, als ich Zigaretten in Nieblum holen war. Da ist er an mir vorbeigefahren. Ich war ganz verdattert.«

»In welche Richtung fuhr er denn?«

»Keine Ahnung, lassen Sie mich überlegen. Ich habe also die Zigaretten gekauft und mir dann noch in einem Café an der Kreuzung einen Cappuccino gegönnt. Also jetzt, wo Sie so fragen, war ich schon verblüfft, denn er bog ab in Richtung Inselmitte.«

»Warum hat Sie das verblüfft?«, fragte der Kommissar nach.

»Na, da ist doch nichts. Da geht es nur nach Alkersum. Keine Ahnung, was er dort wollte.«

»Wissen Sie das?«, wandte sich Andretta an Kristina.

Die zuckte die Schultern. »Nein, keine Ahnung. Aber mir hätte er so was auch nicht erzählt.«

Gerriet Onnen bestätigte, dass sie sich am Tattag nur in ihrer Wohnung aufgehalten hatten. Erstaunlicherweise hatte er ungefragt den richtigen Titel des »Tatorts«, den sie sich angeschaut hatten, in seine Aussage eingeflochten.

Danach entließ Andretta sie.

»Und, was hältst du von den beiden?«, wandte er sich an Maja.

Die holte tief Luft, während sie die Vernehmung Revue passieren ließ.

»Mir kam Kristina bisher deutlich selbstbewusster und selbstständiger vor als heute. Ich fand, dass sie sich erstaunlich verändert hat. Ich muss ihr natürlich zugutehalten, dass es eine außergewöhnliche Situation ist, offiziell vernommen zu werden. Aber das war ja nicht das erste Mal, dass sie mit uns sprach. Aufgefallen ist mir auch ihre Reaktion, als ich nach dem Titel des ›Tatorts‹ gefragt habe. Richtig erleichtert schien sie mir. Keine Ahnung, was das zu bedeuten hat.«

Andretta nickte. »Das war eine gute Idee von dir, da nachzuhaken. Aber möglicherweise waren sie nervös vor der Vernehmung und haben einfach versucht, Fehler zu vermeiden und Widersprüche zu verhindern, indem sie sich abgesprochen haben. Das machen auch ganz normale, unschuldige Menschen aus den verschiedensten Gründen. Trotzdem sollten wir da nachfassen.«

»Der Bruder, also Hannes Gösling, hat sich größte Mühe gegeben, negativ aufzufallen. Ist das auch so eine mögliche Reaktion eines Unschuldigen?«, fragte Maja. Sie konnte sich das provokante Verhalten nicht erklären.

»Mitunter. Man sollte aber nicht mit dem Finger auf ihn zeigen, weil er der im Moment unangenehmste potenziell Verdächtige ist und es keine passenderen Alternativen zu ihm gibt. Schön, dass du nicht sofort von seiner Schuld ausgehst, weil er sich unsäglich benommen hat. Wenn wir uns auf einen Verdächtigen einschießen, ermitteln wir vielleicht nicht mehr in alle Richtungen. Stattdessen werden alle Beweise gegen die eine Person zusammengetragen, bis man absolut von seiner Schuld überzeugt ist. Vor genau diesem Fehler solltest du dich immer hüten!«

11

Kurz vor vier Uhr trafen Alicia Pongatz und ihr Sohn Max auf dem Revier ein. Die Mittfünfzigerin, eine verbraucht aussehende Frau mit einem Busen, der nach Brustimplantaten schrie, und einer Stimme, die so rauchig klang, wie ein guter alter Whiskey schmecken sollte, war schäbig gekleidet. Nicht schäbig, dachte Andretta, abgenutzt, zu lange getragen. Alles an ihr wirkte, als habe sie früher einmal Geld besessen. Nun nicht mehr.

Ihr Sohn unterstrich mit seiner schmutzigen Jeans, dem rot karierten Holzfällerhemd und dem ungestutzten Bart den Eindruck noch. Nein, er verschlimmerte ihn. In seinen Augen lag etwas, das unheilvoll wirkte. Nach Gewaltausbrüchen roch, nach zu hohem Testosteronspiegel stank.

»Der Kontakt zu Ihrer Schwester und Ihrem Bruder war abgebrochen«, eröffnete Andretta die Befragung, nachdem sich alle begrüßt und vorgestellt hatten. »Wieso?«

Alicia Pongatz hob die Hände zu einer Keine-Ahnung-Geste. »So was passiert eben manchmal. Die Entfernung, verschiedene Ansichten. Ist ja nicht ungewöhnlich, dass sich Familien entzweien.«

»Wie lange war das schon der Fall?«

»Ich weiß gar nicht mehr so genau. Ein paar Jahre?«

Sie sah fragend zu ihrem Sohn, der die Schultern zuckte.

»Ein paar Jahre«, bestätigte sie nach einem Moment mit ihrer Reibeisenstimme.

»Wissen Sie, ob Ihre Geschwister Feinde hatten?«

Sie lachte auf, was mehr einem Hustenanfall glich. »Nein, wirklich nicht. Ich kenne ja noch nicht einmal ihre Freunde. Martin und Helena standen sich immer schon näher als mir. Das war vielleicht auch ein Grund dafür, warum wir keinen Kontakt mehr hatten. Ich habe mich immer ausgeschlossen gefühlt. Dazu kam, dass sie mich dafür verachteten, dass ich mich scheiden ließ und mein Geld selbst verdienen musste mit Arbeiten, die sie unter ihrer Würde fanden. Was soll ich sagen. Mein Mann war ein Säufer, der mich und meinen Sohn mit Schulden zurückgelassen hat. Ich habe jede Arbeit angenommen, die ich bekommen konnte. Mal als Putzfrau, mal als Bardame. Ja, das habe ich auch mal gemacht. Schauen Sie mich nicht so ungläubig an«, fauchte sie Maja an, die sich keiner Regung in ihrem Gesicht bewusst war.

»Auch ich habe einmal gut ausgesehen. Ist zwar schon ein Weilchen her, aber, Kindchen, alt werden wir alle. Da kann man nichts gegen tun. Außer jung zu sterben.«

»Wo waren Sie am Tattag?«, lenkte Andretta die Vernehmung zurück zum Thema.

»Zu Hause vermutlich. Weißt du das noch?«, wandte sie sich an ihren Sohn, der bisher geschwiegen hatte.

Wieder schüttelte er nur den Kopf.

»Und Sie?«, wandte sich Andretta direkt an ihn.

»Keine Ahnung«, verkündete er ohne Zögern.

»Können Sie sich wenigstens erinnern, ob Sie in Osnabrück waren?«

»Bestimmt«, antwortete er mit einem verschwommenen Blick. »Wo soll ich auch sonst hin? Zu Hause habe ich meine Kumpels, mit denen ich mich immer treffe. Und Geld für einen Urlaub habe ich eh nicht.«

»Sie sind vorbestraft«, stellte Andretta fest. »Warum?«

»Das wissen Sie doch ganz genau!«, fauchte Max in unerwartet scharfem Tonfall, der besser zu ihm passte als die Gleichgültigkeit, die er bislang an den Tag gelegt hatte.

»Unerlaubter Waffenbesitz«, konstatierte Andretta. »Wie ich der Akte entnommen habe, besaßen Sie eine ganze Sammlung von Schusswaffen. Nicht alle waren angemeldet, steht in den Unterlagen. Aufgeflogen ist das, nachdem Sie einem Bekannten eine Pistole verkauft hatten und der damit einen Kneipenbesitzer bedroht hatte. Stimmt das so weit?«

»Warum fragen Sie, wenn Sie doch schon alles genau wissen?«

»Zum Abgleich, könnte ja sein, dass Sie was dazu anzumerken haben.«

»Hab ich nicht, aber bezahlt dafür schon. Drei Jahre, zwei davon hab ich abgesessen. Dabei hab ich die nur gesammelt.«

»Mindestens eine davon haben Sie verkauft.«

»Na und?«

»Sagen Sie, besitzen Sie zufällig auch eine Winchester?«

»Wie kommen Sie denn darauf?«, antwortete Max mit zusammengekniffenen Augen.

»Ist doch ein tolles Gewehr. Ein echtes Sammlerstück. Soll nicht so viele davon in Deutschland geben, hab ich mir sagen lassen.«

»Mag sein, ich habe keine besessen. Leider. Überhaupt habe ich jetzt keine einzige Waffe mehr. Das wäre ja auch total bescheuert. Die zwei Jahre Knast haben mir völlig gereicht. Das brauch ich nicht noch mal.«

»Gut, kommen wir zu etwas anderem. Wissen Sie, wer das Vermögen Ihrer Schwester erben wird? Hat sich Helena Rüegg dazu mal Ihnen gegenüber geäußert?«, fragte er an Alicia Pongatz gewandt.

»Nein, keine Ahnung. Aber ich gehe davon aus, dass sie ihre Söhne als Erben eingesetzt hat. Die haben ja immer zusammengegluckt. Haben die beiden eigentlich immer noch zu Hause gelebt?«

Andretta bestätigte es.

»Muttersöhnchen. Alles Muttersöhnchen«, verkündete die Ex-Bardame.

Andretta hätte sie zu gerne gefragt, was ihr eigener Sohn dann war, der im gleichen Alter wie seine ermordeten Cousins ebenfalls noch bei seiner Mutter wohnte, wie ihm Tine vor der Vernehmung berichtet hatte. Ließ es aber bleiben.

»Nun, wenn das in dem Testament steht, dann gehören ja auch Sie zu den Erben«, stellte Andretta in den Raum.

»Tatsächlich! Wenn Sie das jetzt so sagen … Hab ich noch gar nicht drüber nachgedacht.«

»Nun gut. Für heute war es das. Wie lange bleiben Sie in der Gegend, und wo können wir Sie für weitere Fragen erreichen?«

»Weitere Fragen, Herr Kommissar? Ich wüsste nicht, was wir Ihnen sonst noch zu sagen hätten.«

Trotzdem gab sie ihnen die Adresse einer Pension in Flensburg, bevor sie sich verabschiedete.

Als die Ermittler den beiden folgten, begegneten sie Rainer und Tine auf dem Flur.

»Habt ihr den Besitzer der Winchester auf Föhr befragt?«

Sein Kollege schüttelte den Kopf. »Zweimal waren wir da, aber es hat niemand geöffnet. Wenn das so weitergeht, müssen wir doch einen Termin vereinbaren. Schade, denn das Überraschungsmoment ist nicht zu unterschätzen.«

»Sehe ich auch so. Wisst ihr was, ich fahre gleich mal auf dem Weg zur Pension selbst vorbei. Vielleicht habe ich mehr Glück und treffe jemanden an.«

»Kann ich Sie begleiten?«, hörte Andretta hinter sich.

Erstaunt sah er Maja an.

»Ich fahre auch selbst, wollte heute ohnehin noch eine kleine Spritztour machen. Dann müssen Sie mich nicht zurückbringen.«

Was für Andretta kein Problem gewesen wäre. Er nickte und ließ sich von Rainer die Adresse geben.

Kaum hatte er seinen Alfa vor der Dienststelle erreicht, hielt ein Motorradfahrer in Lederkluft und Helm dicht neben ihm. Verblüfft starrte Andretta den Fahrer an. Als er das Visier lüftete, erkannte er Maja.

»Können wir?«, fragte sie mit vor Vergnügen blitzenden Augen.

Für die knapp fünf Kilometer brauchten sie keine zehn Minuten. Andretta beneidete Maja. Sein Alfa war auf Kuchenbacktemperatur aufgeheizt, selbst das heruntergelassene Seitenfenster brachte keine Linderung. Für die Klimaautomatik war die Strecke zu kurz, es kam nur heiße Luft aus den Düsen. Dann standen sie vor der Adresse von Fynn Bose in Midlum. Ein schlichtes Landarbeiterhaus, dessen Dach Moos angesetzt hatte und bei dem die alten Holzsprossenfenster alleine durch den Kitt zusammengehalten wurden. Der Garten hob sich nicht von der angrenzenden Vegetation ab. Daran änderten auch die Reste eines Staketenzaunes nichts, der vom Wind umgeweht lediglich als Staffage diente. Hohe Fichten und Besenginsterbüsche standen bis dicht an das Häuschen. Deren gelborangefarbene Blüte fiel dieses Jahr mickriger aus als sonst, was wohl dem Frühjahr geschuldet war, in dem es zu wenig geregnet hatte. Die Hitze und Dürre war nicht nur gnadenlos zu den Menschen in diesem dritten Hochofensommer in Folge.

Gerade als Andretta den Wagen abschloss, leuchtete in einem kleinen Fenster neben der Eingangstür Licht auf.

»Da haben wir wohl Glück«, sagte er zu Maja, die mit ihrem Helm in der Hand zu ihm getreten war.

Beim zweiten Klopfen öffnete eine kleine Endvierzigerin mit vollem, dunklem Haar und einem Gesicht, das zwar schon bessere Tage erlebt hatte, dessen Falten der Attraktivität aber kaum Abbruch taten. Sie schaute sie nur an, ohne ein Wort zu sagen.

»Wohnt hier Fynn Bose?«, fragte Andretta.

»Ja, das ist mein Sohn. Was wollen Sie von ihm? Wer sind Sie überhaupt?«, blaffte sie ihn an.

»Wir haben nur ein paar Fragen. Kriminalhauptkommissar Andretta mein Name, und das ist meine Kollegin Maja Storm«, stellte er sich mit Verspätung vor.

Die Frau vor ihm wurde blass.

»Polizei? Was soll mein Junge gemacht haben?«

»Keine Aufregung. Es geht nur um ein Gewehr, das auf seinen Namen angemeldet ist«, beruhigte sie Andretta.

»Fynn, komm doch mal her«, rief die zierliche Gestalt in

den dunklen Flur hinter sich in einer Lautstärke, die er ihr nicht zugetraut hätte.

Aus dem Schatten schälte sich ein junger Mann, ebenso klein wie seine Mutter, dünn, fast ausgemergelt. Ansätze von Geheimratsecken ließen seine Stirn zu hoch erscheinen.

»Was gibt's?«

Andretta stellte sie beide erneut vor, obwohl er sicher war, dass sein Gegenüber die ganze Zeit gelauscht hatte.

»Können wir reinkommen? Wir haben ein paar Fragen zu Ihrem Winchester-Gewehr.«

»Da gibt es nicht viel zu sagen. Das war kaputt, und da hab ich es auf dem Flohmarkt in Dagebüll verkauft. Ist bestimmt schon ein, zwei Jahre her.«

»Sie haben die Winchester einfach so verkauft? Haben Sie den Namen des Käufers?«

»Nee, hab ich nicht. Die hat ja gar nicht mehr funktioniert. War bestenfalls was für die Wand.«

»Warum haben Sie das nicht der Behörde mitgeteilt?«

»Wollte ich ja«, verkündete Fynn mit flackerndem Blick, der ihn als Lügner entlarvte.

Doch Andretta war nicht interessiert an einem Bußgeldverfahren gegen ihn. Er musste einen Fünffachmörder finden. Ob der vor ihm stand?

»Gut, dann müssen Sie morgen zur Dienststelle kommen und Ihre Aussage zu Protokoll geben. Übrigens, wo waren Sie den ganzen Tag? Meine Kollegen waren heute schon mehrfach hier und haben Sie gesucht.«

Fynn zuckte die Schultern, seine Mutter holte Luft, wollte offensichtlich etwas sagen. Doch der Blick ihres Sohnes ließ ihr die Worte im Mund verdorren.

»Also bis morgen Vormittag. Ich erwarte Sie in der Polizeidienststelle in Wyk, am Hafendeich.«

Auch in dieser Nacht wachte Andretta von Lisas Schluchzen auf. Dabei hatte sie bei seiner Rückkehr mit leuchtenden

Augen von ihrem Tag berichtet, Chico auf ihrem Schoss unablässig streichelnd. Er hatte sie in dem Moment für glücklich gehalten und sie zu einem Bad im noch kalten Meer überredet. Nicht überzeugen musste er den Hund, der mit Begeisterung hinter ihnen hergeschwommen war. Nach dem Abendessen, diesmal hatte Meike ihnen Matjes mit Salzkartoffeln serviert, bei dem Lisa zunächst wegen der vielen Gräten die Nase gerümpft, ihn dann aber mit zunehmendem Appetit verschlungen hatte, spielten sie »Mensch ärgere dich nicht« bis nach zehn. Ein gelungener Abend. Fand er. Und dann das.

Er konnte ihren nächtlichen Kummer nicht länger auf sich beruhen lassen, beschloss er, zog seinen Bademantel über und klopfte an ihre Zimmertür. Sofort verstummte das Weinen.

»Lisa«, rief er leise.

Doch sie antwortete nicht.

»Alles okay mit dir?«

Chico gab ein Knurren von sich. Braver Hund, dachte Andretta. Bewach mein kleines Mädchen.

Hatte er das gerade wirklich gedacht, fragte er sich verblüfft. Traute sich aber nicht, genauer darüber nachzudenken. Er klopfte nochmals vorsichtig. Wieder keine Reaktion von ihr. Dabei war er sich absolut sicher, sie gehört zu haben. Was sollte er machen? Wenn er einfach reinginge, könnte sie das missverstehen, sich bedrängt fühlen. Nein, er musste respektieren, dass sie das nicht wollte. Also kehrte er zurück in sein Zimmer und legte sich auf sein Bett. Doch diese Hilflosigkeit, diese Unsicherheit, ob er das Richtige tat, kostete ihn eine weitere Nacht Schlaf.

Pünktlich um acht, aber unausgeschlafen und frustriert, traf er in der Polizei-Zentralstelle in Wyk Tine, Rainer und Maja an. Eine ungewöhnlich kleine Runde für fünf Mordopfer, aber nicht zu ändern.

Zunächst berichtete er von seinem Treffen mit Fynn Bose, um seine Flensburger Kollegen auf den neuesten Stand zu bringen.

»Wenn Bose bis Mittag nicht hier auftaucht, holen wir ihn ab«, wies Andretta gerade Rainer an, als Adickes in sein Büro gestürmt kam.

»Wart ihr nicht gestern erst in Midlum? Da ist heute in den frühen Morgenstunden ein Feuer ausgebrochen. Im Haus einer gewissen Verena Bose.«

Andretta und Maja sprangen gleichzeitig auf, sein Schreibtischstuhl krachte an die Wand, ihr Besucherstuhl fiel mit einem lauten Knall um.

»Das ist sie, dort wohnt sie zusammen mit ihrem Sohn Fynn, dem Besitzer der Winchester. Wir müssen sofort hin und herausfinden, was los ist!«, rief Andretta im Laufschritt Adickes zu, der ihm perplex hinterhersah.

Sein Alfa war von irgendeinem Volltrottel zugeparkt worden, also schnappte er sich den von Maja angebotenen Helm und schwang sich auf den Sozius. Sie war eine exzellente Fahrerin. Seine anfängliche Panik, seit mindestens dreißig Jahren hatte er nicht mehr auf einem Motorrad gesessen, wich dem Vergnügen, sich den Wind durch die Öffnung des hochgeklappten Visiers um die Nase blasen zu lassen. Das machte die unsägliche Hitze, die ihn wie schon an den Tagen zuvor an diesem Morgen aus seinem unruhigen Dämmern geweckt hatte, erträglich.

Als sie endlich eintrafen, bestand das Landarbeiterhaus, das ihnen gestern schäbig erschienen war, nur noch aus verbrannten Mauerresten und angekohlten Dachbalken. Das Feuer hatte die Fenster von innen aus ihren Rahmen gesprengt. Der Schornstein ragte in voller Höhe aus der Brandruine, allerdings in Schieflage wie ein Betrunkener, der sich nur mit Mühe senkrecht halten konnte.

Noch mühte sich die Freiwillige Feuerwehr aus Wyk ab, die Reste zu erhalten, doch selbst Andretta konnte sehen, dass der

Kampf verloren, das Haus nicht mehr zu retten war. Deswegen hatte der Einsatzleiter wohl seine Leute auf das Fichtenwäldchen direkt daneben konzentriert, das lichterloh brannte.

Was gestern noch grün war, hatte seine Farbe in Pechschwarz gewechselt. Bäume, Büsche, Gräser, alles stand in Flammen. Die ätherischen Öle und Harze der Nadelbäume hatten sich wie ein mit Brandbeschleuniger begossener Grill blitzschnell entflammt. Zudem hatten die anhaltende Hitze und jahrelange Trockenheit dafür gesorgt, dass sich das Feuer unterirdisch ausbreiten konnte.

Wie Andretta wusste, würden die Nachlöscharbeiten tagelang dauern, um das Risiko aufflammender Glutnester zu vermeiden. Die versteckten sich oftmals in Ameisenhaufen und Wurzeln, jederzeit bereit, sich erneut auszubreiten. Es würde lange dauern, den Boden wieder auf Normaltemperatur herunterzukühlen.

Er wandte sich der Streifenbesatzung zu, die die Zuwegung absperrte und kontrollierte.

»Was ist mit den Bewohnern?«

Einer der jungen Beamten, Andretta erkannte ihn als den Polizisten wieder, der Majas Bitte um Begleitung bei der Suche nach dem Wagen der Ermordeten abgelehnt hatte, wies mit dem Kopf zu einem Rettungswagen, der mit eingeschaltetem Blaulicht ein Stück vom Brandort entfernt parkte. Die hinteren Türen waren geöffnet, Andretta bemerkte einen Menschen auf der Liege, um den sich ein Notarzt bemühte. Zusammen mit Maja eilte er hin.

Lediglich an ihrem Haar erkannte er Verena Bose. Ihr Gesicht war fast komplett von einer Atemmaske bedeckt.

»Wie geht es ihr?«, fragte er den Arzt, der gerade den Puls prüfte.

»Den Umständen entsprechend. Sie hat eine Rauchgasvergiftung. Bei dem Feuer hatte sie Riesenglück, dass nicht mehr passiert ist.«

»Was ist mit dem Sohn?«

»Keine Ahnung, ich habe keinen weiteren Patienten.«

»Ist Frau Bose ansprechbar? Können Sie sie fragen?«, hakte er nach.

»Nein, sie ist …«

Verena Bose wuchtete sich hoch und zerrte an der Maske. Andretta hörte sie etwas sagen, verstand jedoch kein Wort.

»Sie müssen sich beruhigen«, sagte der Notarzt und versuchte, sie zurück auf die Liege zu drücken.

Doch sie wehrte sich mit aller Kraft, die sie besaß, bis der Mediziner nachgab und sie gewähren ließ.

»Mein Sohn ist verschwunden«, krächzte sie mit kaum verständlicher Stimme. »Seit gestern Abend, kurz nachdem Sie weg waren. Sie müssen ihn finden!«

Dann sackte sie ohnmächtig zurück.

»Wann kann ich nochmals mit ihr sprechen?«, fragte Andretta den Notarzt.

»Lassen Sie die Frau erst mal wieder zu sich kommen und ein wenig erholen. So eine Rauchgasvergiftung kann nicht nur tödlich sein, sondern auch schwere Spätfolgen nach sich ziehen.«

»Hören Sie, Sie haben eben selbst mitbekommen, dass ihr Sohn verschwunden ist. Wir haben die größten Befürchtungen, dass er auch noch in der Brandruine gefunden wird. Oder schuld an dieser Katastrophe ist. Wir müssen wissen, was los war.«

»Das interessiert mich nicht, ich habe dafür zu sorgen, dass die Patientin überlebt.«

Andretta breitete die Arme aus und zog die Augenbrauen hoch.

Der Notarzt holte tief Luft und sah ihn vorwurfsvoll an. Dann entspannte er seine streitlustigen hochgezogenen Schultern.

»Okay, Sie können ja mal morgen Vormittag vorbeikommen. Dann sehen wir weiter.«

»Was hältst du davon?«, fragte er Maja, selbst von den jüngsten Ereignissen zutiefst erschüttert.

»Meinen Sie, dass Fynn noch in dem Haus gefunden wird?«, fragte sie zurück.

Andretta zuckte die Schultern. Inzwischen waren sie in die Polizei-Zentralstelle zurückgekehrt. Am Brandort hatten sie nichts ausrichten können.

Tine und Rainer erzählten, dass die Meldung der Fahndung nach Fynn an alle Polizeidienststellen rausgegangen und der Öffentlichkeitsaufruf in Arbeit sei. Wieder hatten sie die Kameraaufnahmen der Fähre zum Festland angefordert und bereits damit begonnen, sie nach Fotos von Fynn zu durchforsten, waren aber bisher nicht fündig geworden.

»Ein Fahrzeug ist weder auf ihn noch seine Mutter angemeldet, das haben wir schon geprüft.«

Das klingelnde Handy von Andretta unterbrach ihren Sachstandsbericht.

»Wir haben hier etwas für Sie gefunden«, verkündete eine fremde Stimme, die sich als Jürgen Petersen, Wehrführer der Freiwilligen Feuerwehr Wyk, vorstellte.

Andretta spürte, wie Blut seinen Kopf verließ. Hatten sie etwa Fynns Leiche entdeckt? Bevor er fragen konnte, fuhr Petersen fort.

»Eine Waffe, eingewickelt in dickem Wachspapier und in einer feuerfesten Kiste unter dem angekokelten Holzboden in einem der Erdgeschossräume. Das hat sie geschützt. Wenn der Boden an der Stelle nicht eingesackt wäre, hätten wir sie nicht gefunden. Wie es aussieht, ist das eine Winchester. Eine etwas ungewöhnliche. Aber der Markenname ist noch gut lesbar. Wir hatten Riesenglück, dass uns die Patronen, die dabei waren, nicht wegen der Hitze um die Ohren geflogen sind. Suchen Sie nicht so eine? Ich meine, ich hätte was davon gehört.«

Fast wäre Andretta das Handy aus der Hand gefallen. Die anderen um ihn herum zuckten, fürchteten wohl dasselbe wie er. Um sie zu beruhigen, schüttelte er den Kopf.

»Fassen Sie nichts weiter an, wir sind gleich da«, wies er Petersen an, der nur brummelte: »Glauben Sie etwa, ich würde keine Krimis schauen? Das nicht wissen?«

Dann wurde die Verbindung unterbrochen.

Alle vier diesmal, begleitet von Adickes, legten die Strecke nach Midlum in nur sieben Minuten zurück, Andretta zusammen mit Maja in seinem Alfa.

Noch immer qualmte die Ruine, der Schornstein hatte seinen Versuch, in der Senkrechten zu bleiben, aufgegeben und lag im Wohnzimmer verteilt. Das Wäldchen brannte weiter lichterloh, nun aber weiter weg von den Resten des Hauses. Den Rauch hatten sie schon von Wrixum aus sehen können. Wie eine schwarze Wolke hing er über der Ortschaft, die inzwischen evakuiert worden war, wie der Polizist an der Straßensperre berichtet hatte. Die Fichten in der nächsten Umgebung zum Haus waren zu dunklen Gerippen verbrannt.

Petersen, als Wehrführer erkennbar an der schwarzen Schrift auf gelbem Grund auf seinem Rücken, stand neben einem Löschfahrzeug und sprach, mit den Händen fuchtelnd, mit dem Fahrer.

Andretta berührte ihn an der Schulter, erschrocken fuhr der Wehrführer herum.

»Ach Sie.« Er gab dem Fahrer die Anweisung, an einem Ort, den Andretta nicht kannte, frisches Löschwasser zu tanken, dann wandte er sich den Kripobeamten zu. »Kommen Sie mit!«

Er schritt voran zu einem rot-weißen Ford Transit, auf dessen Seite »Einsatzleitung« in großen Lettern stand. Petersen beugte sich in die geöffnete Beifahrertür und holte ein für ein Gewehr erstaunlich kurzes Paket heraus, das er Andretta hinhielt. Der winkte Rainer, der blaue Gummihandschuhe übergestreift hatte, heran. Sein Kollege griff nach dem Wachstuch und wickelte die eingepackte Waffe aus, während der Feuerwehrmann das Wachstuch samt Inhalt auf seinen behandschuhten Händen vor sich hielt. Zum Vorschein kam eine Pistole, wie es schien. Lauf und Kolben des Winchester-Gewehres waren auf die Hälfte seiner üblichen Länge gekürzt.

»Donnerwetter«, entfuhr es Andretta. »Kein Wunder, dass die Kugeln so anders als normal deformiert waren.«

Rainer übernahm die Winchester und beäugte sie von allen Seiten.

»Das ändert einiges«, verkündete er einen Moment später. »Ich schau sie mir gleich genau an. Morgen früh kann ich mehr dazu sagen.«

Er nickte Tine zu, und beide kehrten zu ihrem Dienstwagen zurück.

»Wo haben Sie die Waffe entdeckt?«, fragte Andretta.

Der Wehrführer winkte sie hinter sich her, als er auf die Ruine zuging. Mit der Hand wies er auf die Mitte, knapp neben den Trümmern des zusammengebrochenen Schornsteins.

»Schätze, das war der Flur«, erläuterte er. »Aber genau weiß ich das natürlich auch nicht. Schließlich war ich vorher nie in dem Haus.«

Andretta dankte und wollte sich in Richtung seines Alfa wenden. Doch Petersen sprach weiter.

»Übrigens. Ich bin zwar kein Experte für Brandursachenforschung, aber wenn Sie meine Meinung hören wollen: Das war Brandstiftung«, sagte er und entfernte sich zu seinem Einsatzwagen.

Damit überraschte er Andretta nicht, der so etwas befürchtet hatte. Zu offensichtlich war der Zusammenhang zwischen ihrem gestrigen Besuch und dem Brand. Nur, wie hing das alles zusammen?

Er schaute zu den kokelnden Resten des Hauses, das einmal ein Heim, ein Zuhause gewesen war. Dann wandte er sich zum Gehen.

Ein grauhaariger, grün gekleideter Mann mit ebenso grü-

nem Filzhut samt Saubart, der ihn als Förster auswies, stand
an den Resten des Wäldchens und betrachtete die verbrannten
Bäume. Andretta grüßte ihn und trat näher.

»Schlimme Sache das«, eröffnete der Förster das Gespräch
mit einem Nicken in Richtung der brennenden Fichten. Das
Feuer hatte sich noch weiter ausgebreitet. »Das werden sie
nicht so schnell löschen können. Für unseren Wald ist das
eine Katastrophe nach den Dürrejahren und dem Schädlings-
befall.«

»Borkenkäfer?«, fragte Andretta. Davon hatte er in der
letzten Zeit öfter gelesen.

»Nein, mit denen hatten wir in den siebziger Jahren schwer
zu kämpfen. Insbesondere die Grünzüge in Wyk und einzelne
Flächen in Nieblum waren davon betroffen.«

»Grünzüge?«, fragte Andretta, der den Begriff noch nie
gehört hatte.

»Lange Geschichte. So nannte man früher den Wald in
Wyk, bevor Ende der Siebziger in einem gerichtlichen Vergleich festgestellt wurde, dass es sich doch um einen Wald
handelt. Blöderweise geriet das in der Forstbehörde Anfang
der Neunziger für die nächsten zehn Jahre in Vergessenheit,
und die Flächen wurden als Parkflächen deklariert. Erst kürzlich wurde das korrigiert. Dabei ist unser Wald was ganz Be-
sonderes. Der erste richtige entstand direkt nach der Eiszeit,
verschwand aber früh wieder. 1892 wurde dann der Lembke-
Hain, so heißt der Wald in Wyk, angepflanzt, 1902 wurde er
vom Heidekulturverein groß eingeweiht.«

Dann begann der alte Mann zu Andrettas Verblüffung zu
singen:

»Wo nun so viele Bäume stehen,
Lag ehemals ein Heideland,
Kein grünes Blättchen war zu sehen,
Nur Steine, Wasser oder Sand.

Wie anders ist das doch geworden!
Im schattgen Grund am Meeresstrand
Zeigt sich dem Auge hoch im Norden
Heut unser liebes Inselland.

Ihr Männer, die ihr das errungen,
Euch danken wir, euch Preis und Ehr!
Ihr habt manch Vorurteil bezwungen
Auf unserer schönen Insel Föhr.

Sodass wir mutig weiter bauen!
Was heut geschenkt uns der Verein,
Als euer Denkmal sollen schauen
Die Enkel einst den Lembke-Hain.«

Dann verstummte seine erstaunlich melodische Bassstimme.

»Donnerwetter«, kommentierte Andretta, Maja klatschte.

»Das Lied wurde extra für die Einweihung komponiert«, erklärte der Förster. »Wir singen es regelmäßig im Gesangsverein, damit es nicht in Vergessenheit gerät.«

Er schüttelte den Kopf, während er tief Luft holte und wieder ausatmete. Dabei schweifte sein Blick erneut über die dunklen Baumstümpfe, die qualmend vor ihm aufragten.

»Na, jedenfalls mussten damals in den Neunzehnhundertsiebzigern die betroffenen Wälder wegen dem verfluchten Schädling komplett abgeholzt und wiederaufgeforstet werden. Danach haben wir keine Rotfichten mehr gepflanzt, damit der normale Borkenkäfer unsere Bäume in Ruhe lässt. Das hier waren Sitkafichten. Die werden hin und wieder durch den Riesenbastkäfer befallen. Der letzte bedeutende Befall liegt aber auch schon wieder fünfzehn Jahre zurück. Damals musste eine Menge Holz von der Insel geschafft werden. Aktuell kämpfen wir wie auch das Festland gegen die Sitkafichtenlaus, die den Baum zwar schwächt, aber nicht unbedingt zum Absterben führt.«

Er holte schwer Luft. »Das hat ja nun das Feuer erledigt. Es wird Jahre bis Jahrzehnte dauern, bis hier wieder so was Ähnliches wie ein Wald entsteht. Alle Arbeit umsonst!«

Andretta entdeckte ein leichtes Schimmern in den Augen des alten Försters. Der warf einen letzten Blick auf die verbrannten Fichten, dann trottete er gebeugt nach einem Nicken zu ihnen in Richtung eines Jeeps.

Später als geplant kehrte Andretta in die Pension zurück. Das Abendessen hatte er verpasst, doch Meike verzog keine Miene, auch nicht, als er Lisa samt Chico in seinen Alfa packte. Ohne sie einzuladen.

Sie fuhren nach Nieblum in das Café Cappuccino mitten im Ort. Inzwischen machten ihm die Unternehmungen mit seinem Mündel richtig Spaß. Bei noch immer weit über zwanzig Grad verschandelten lediglich die grauschwarzen Rauchwolken den makellosen Himmel.

Sie beschlossen, sich einen Tisch im Freien zu suchen. Doch alle Plätze waren besetzt bis auf einen mit nur einer einzigen Person: Maja. Schon von hinten erkannte er sie an ihrem vollen kastanienbraunen Pferdeschwanz. Neben ihr auf einem leeren Stuhl lag ihr Helm. Einen Moment zaudernd entschied er, doch nach drinnen zu gehen. Zu aufdringlich wäre es, ihr nach Dienstschluss mit Lisa auf die Pelle zu rücken.

Kaum hatten sie die Tür zum Innenraum des Cafés erreicht, tippte ihm jemand auf die Schulter. Verblüfft drehte er sich um und sah in Majas Gesicht, das freundlich grinsend dicht vor ihm schwebte.

»Suchen Sie einen Platz? Bei mir ist noch frei.«

Andretta schüttelte seine Gedanken ab, nickte und schob Lisa, die verlegen zu Boden schaute, vor sich her. Er hätte es albern gefunden, sich zu zieren.

»Sind Sie auf dieselbe Idee gekommen wie ich?«, fragte Maja, kaum, dass sie sich gesetzt hatten.

»Ein Eis zu essen?«, fragte er verblüfft zurück.

Seine Kollegin lachte mit ihrem glockenklaren Lachen auf. »Nein, zu prüfen, was der Lebensgefährte von Kristina von hier aus gesehen haben kann. Er hatte doch berichtet, dass er Martin in seinem Wagen vorbeifahren sah. Angeblich ist er in Richtung Inselmitte abgebogen.«

Wäre er nicht so ein alter Hase, wäre er sicherlich errötet. Mit keinem Gedanken war er darauf gekommen, das zu überprüfen. Seine junge Kollegin war nicht zu unterschätzen, glücklich das Dezernat, in dem sie später einmal arbeiten würde. Trotzdem beschloss er, bei der Wahrheit zu bleiben.

»Nein, ehrlich gesagt wollte ich Lisa ein Eis spendieren und mir noch einen Happen gönnen, nachdem ich das Abendessen verpasst habe.«

Maja nickte.

»Und du«, wandte sie sich an Lisa. »Wie hast du die Tage bisher verbracht, Engelchen?«

Andretta sah mit Freude, wie sein Mündel während des Erzählens immer lockerer wurde und Chico von Lisas Füßen zu Majas wechselte. Erst der Schokoeisbecher, den sie sich gewünscht hatte, stoppte den Redefluss.

Er selbst hatte währenddessen die Umgebung, vor allem aber die Kreuzung betrachtet, an der Martin laut Gerriet Onnen abgebogen war. Saß man, wie sie jetzt, an der richtigen Seite des Cafés, kamen die Fahrzeuge direkt an einem vorbei. Das Straßenschild wies in Richtung Alkersum und Midlum. Zufall?

Er wurde von Lisas »Oh bitte« aus seinen Gedanken gerissen.

Verwirrt schüttelte er den Kopf. »Was bitte?«

»Darf ich mitfahren?«

Andretta schaute Maja verblüfft an, die entschuldigend die Arme hob.

»Dumme Idee, sorry, ich wollte Sie nicht überrumpeln.«

»Welche?«, fragte er nach.

»Nur ein kleines Stückchen«, bettelte Lisa. Ein Verhalten, das er von ihr nicht kannte.

Maja zuckte die Schultern. »Ich habe ihr angeboten, eine kleine Runde mit dem Motorrad zu drehen.«

Einen Moment überwog die Angst um seine Tochter, nanu, schoss ihm durch den Kopf, so weit war es schon?

Dann erinnerte er sich an sein eigenes Vergnügen, hinter Maja durch die Landschaft zu brausen. Keine Sekunde hatte er Bedenken, dass sie leichtsinnig fahren könnte mit Lisa auf dem Sozius. Er nickte.

Sofort bekam er Chicos Leine in die Hand gedrückt, und dann waren die beiden unterwegs. Ein schönes Paar, das unterschiedlicher nicht sein konnte. Maja mit ihren braunen Locken in Lederkluft, Lisa engelsgleich mit offenen, wallenden Rauschgoldengelhaaren und zartem Körperbau, gekleidet in ein geblümtes Kleid, das sie noch elfenhafter erscheinen ließ.

Am nächsten Morgen erwachte Andretta zum ersten Mal seit Monaten ausgeruht. Er hatte durchgeschlafen. Nichts hätte ihn wecken können. Ob das den vielen vorherigen schlaflosen Nächten und der Anstrengung bei den Ermittlungen geschuldet war oder an der Nordseeluft und dem entspannten Abend mit Lisa und Maja lag, wusste er nicht. Ebenso wenig, ob seine Tochter, huch, da war das Wort wieder in seine Gedanken gehuscht, letzte Nacht geweint hatte. Schon war es zurück, das schlechte Gewissen.

Lisa erwartete ihn am Frühstückstisch, liebevoll und großzügig eingedeckt mit einem kleinen Blumenstrauß und einer brennenden Kerze. Wie sollte er das bei Meike jemals wiedergutmachen?

Doch sein Blick blieb an Lisa hängen, die in Jeans und Shirt mit Pferdeschwanz vollkommen verändert aussah.

»Nanu, du siehst ja völlig anders aus«, begrüßte er sie.

Erst jetzt bemerkte er, dass ihr Gesicht seine Blässe verloren und sich ein paar Sommersprossen auf ihrer Nase gebildet hatten.

Ein schelmisches Grinsen breitete sich auf ihrem Gesicht aus.

»Wie wird man Polizistin?«

12

»Bei der Tatwaffe handelt es sich um eine Winchester Replika 1866, deren Kolben und Lauf abgesägt wurden.«

Rainer drückte den Auslöser des Beamers, und das Foto eines historisch anmutenden Gewehres erschien an der Wand. Darunter war der gleiche Karabiner zu sehen, aber nur halb so lang. In der Tat ähnelte er mehr einer großen Pistole. Auffallend war, dass der Lauf und das Magazin nicht einfach gekürzt, sondern die Teile entfernt worden waren, die direkt an das Gehäuse grenzten und holzverkleidet waren. Das Visier, das normalerweise auf dem Lauf angebracht war, fehlte.

Verblüfft grunzte Adickes auf, der als Einziger die Winchester noch nicht gesehen hatte und wie üblich an ihren Besprechungen teilnahm.

»Im Originalzustand ist sie hundert Zentimeter lang und wiegt drei Komma vier Kilo. Der Täter hat sich mächtig Mühe gegeben beim Kürzen. Er hat den Lauf nicht einfach gekappt, sondern das Magazin, das unterhalb des Laufes angebracht ist, ein wenig länger gelassen. Vermutlich, um wenigstens eine Kugel mehr im Magazin zu haben, denn durch die Kürzung passten nur noch fünf statt fünfzehn Patronen rein. Eine weitere Patrone kann sich im Lauf befinden. Also hatte der Schütze mit diesem Gewehr nur sechs Schuss zur Verfügung, dann musste er nachladen.«

»Wie viele Schüsse hat er denn insgesamt auf die Opfer abgegeben?«, fragte Maja. Sie erinnerte sich an die große Anzahl von Hülsen, die sie entdeckt hatten.

»Mindestens dreizehn. So viele haben wir gefunden. Er musste also mindestens zweimal nachladen. Aus meiner Sicht ein weiterer Beweis dafür, dass nicht alle Mordopfer zur gleichen Zeit gestorben sein können, denn wenn der Täter währenddessen nachladen musste, hätten sie die Möglichkeit gehabt, zu fliehen oder ihn anzugreifen«, führte Rainer weiter aus.

»Ach ja. Eins noch. Wir suchen, wie bereits wegen des Seitenschlitzes zum Laden auf der rechten Seite vermutet, einen Rechtshänder. Auf der rechten Seite des Gehäuses sind großflächige Oxidationsspuren, wie sie nur durch häufigen Kontakt mit der gesamten Handinnenseite entstehen.«

Zur Veranschaulichung nahm er die mitgebrachte Winchester und hielt sie am Lauf hoch. Selbst auf Entfernung war zu erkennen, dass das Gehäuse im mittleren Bereich mehr glänzte als auf der anderen Seite, die Rainer anschließend präsentierte.

»Das bedeutet auch, dass der Schütze keine Handschuhe benutzte. Und ja, um eurer Frage zuvorzukommen, wir konnten Fingerabdrücke sichern. Und nein, im Register haben wir keine identischen gefunden.«

»Gibt es sonst noch was, was wir wissen müssen?«, fragte Andretta.

Rainer zuckte die Schultern. »Ich weiß nicht, ob das für die Suche nach dem Täter wichtig ist, aber ihr solltet wissen, dass die Winchester in dieser gekürzten Form zwar handlicher ist, der Rückstoß nach dem Schuss dafür aber umso stärker. Schließlich hat die Waffe dadurch vierzig bis fünfzig Prozent ihrer Masse verloren. Die reduzierte Trägheit kann die Energie des Schusses nicht so gut absorbieren wie die Originalversion der Winchester. Um das aufzufangen, muss man entweder das Gewehr vor sich halten, ohne die Arme gänzlich zu strecken, oder man hält die Waffe an der Hüfte.«

Er führte die Möglichkeiten vor.

»In beiden Fällen kann man nicht so gut zielen wie mit der langen Version. Auf jeden Fall geht dadurch die Feuerrate zurück, und die Zielgenauigkeit nimmt ab, da der Schütze seine Kraft für das Halten der Waffe in der richtigen Position und zum Abfangen des Rückstoßes benötigt. Und das Durchladen für den nächsten Schuss dauert länger, weil die linke Hand das ganze Gewicht halten muss. Ihr müsst euch das folgendermaßen vorstellen.«

Rainer schob den Hebel unter dem Gehäuse nach vorne und wieder zurück, während er das Gewehr mit angewinkelten Armen und der linken Hand am Lauf vor sich hielt. Das wiederholte er neben der rechten Hüfte. Beide Male wackelte die gekürzte Waffe während des Ladens.

»Habt ihr gesehen?«, fragte er in die Runde.

Alle nickten.

»Meiner Meinung nach muss der Schütze im Umgang mit dieser Waffe sehr geübt gewesen sein, sonst hätte er noch viel mehr Schüsse gebraucht, um alle Opfer zu töten. Und er muss einen guten Grund für die Kürzung gehabt haben, denn wie dargelegt überwogen die Nachteile deutlich.«

Andretta nickte. »Vielen Dank, Rainer, für die erhellenden Ausführungen. Hoffen wir, dass wir Fynn Bose schnellstens finden, um an seine Fingerabdrücke zu kommen. In dem abgebrannten Haus waren ja sicherlich keine mehr vorhanden. Darauf sollten wir uns auch konzentrieren. Tine, bist du bei deiner Suche nach ihm weitergekommen?«

Die junge Kommissarin schüttelte den Kopf. »Wir haben wieder das ganze Programm abgearbeitet, also Videokameraprüfung am Fährhafen, Befragung der Nachbarschaft, soweit das nach der Evakuierung möglich ist, Handydatenabgleich. Alles negativ. Er ist wie vom Erdboden verschluckt.«

Maja schaffte es nicht, sich zu bremsen. »Aber wieso sollte er sein Heim angezündet haben? Mit seiner Mutter drin.«

»Gute Frage«, konstatierte Andretta. »Die können wir ebenfalls erst beantworten, wenn wir ihn gefunden haben. Wir«, er nickte ihr zu, »fahren jetzt ins Krankenhaus zu seiner Mutter. Vielleicht sind wir danach schlauer.«

Der Weg zur Inselklinik Föhr-Amrum am Rebbelstieg war nicht weit, das zweistöckige Gebäude aus rotem Backstein überschaubar. Schnell hatten sie sich zu Verena Bose durchgefragt. Wie die Stationsschwester ihnen mitteilte, ging es ihr deutlich besser. Ja, sie könnten zu ihr rein, aber nicht allzu lange. Und nein, bisher habe sie keinen Besuch erhalten.

Die zierliche Frau lag angeschlossen an einen Tropf mit geschlossenen Augen und bis zum Hals zugedeckt in dem metallenen Krankenhausbett mit leicht hochgefahrenem Rückenteil.

»Frau Bose«, versuchte Andretta, sie zu wecken, was nicht nötig war. Sie schlug bei ihrem Namen sofort die Augen auf und richtete sich leicht auf.

»Sie wieder. Waren Sie nicht gestern auch beim Rettungswagen?«, fragte Verena.

»Sie erinnern sich?«

»Nur vage. Sie haben nach Fynn gefragt. Haben Sie meinen Jungen gefunden?«

Andretta schüttelte den Kopf.

Mit einem Seufzer und einer Träne, die ihre Wange herunterlief, sank sie zurück.

»Keine Sorge, wir suchen bereits nach ihm. Haben Sie eine Idee, wo er stecken könnte?«

Verena Bose zuckte die Achseln. »Nein, das weiß ich eben nicht.«

»Wann haben Sie ihn denn zum letzten Mal gesehen?«

»Gestern. Gestern Nachmittag.«

»Bevor es gebrannt hat?«

»Ja, das muss ein, zwei Stunden vorher gewesen sein. Nein, das war später. So gegen acht, halb neun? Sie waren vielleicht eine Stunde zuvor bei uns. Nein, eher zwei. Ach, ich weiß es nicht mehr, in meinem Kopf geht alles durcheinander. Ich kriege die Zeiten einfach nicht zusammen. Jedenfalls hat er einen Anruf bekommen und ist einfach abgehauen. Ich hab ihn noch gefragt, wo er hinwill, aber er hat es nicht gesagt. Nur, dass er bald zurück ist. Ich versteh das nicht. Er hätte doch mitbekommen müssen, dass es bei uns brennt. Warum kam er nicht, um mir zu helfen?«

Andretta schaute sie nur mitleidig an.

»Ich muss Sie etwas anderes fragen. Nach dem Brand haben wir unter dem Holzfußboden Ihres Hauses ein Gewehr gefunden. Ein auffälliges. Ein gekürztes Winchester-Gewehr. Wissen Sie etwas davon?«

Verena Bose starrte ihn mit weit aufgerissenen Augen an.

»Ein Gewehr? Unter dem Fußboden? Wo genau war das denn?«

»Ziemlich in der Mitte des Hauses. Vielleicht im Flur. Direkt daneben befand sich der Kamin.«

Sie schüttelte den Kopf. »Ich weiß, dass mein Fynn Waffen mag. Er hatte früher auch mal eine Pistole oder so was. Keine Ahnung. Aber die hat er verkauft. Das hat er Ihnen doch selbst gestern gesagt. Mein Junge lügt nicht!«

Ihr Atmen wurde hektisch, ihre Wangen röteten sich.

»Ganz ruhig, das denken wir auch gar nicht. Aber das Gewehr befand sich nun mal bei Ihnen im Haus.«

»Davon weiß ich nichts. Keine Ahnung. Ich will nur meinen Sohn zurück.«

»Hat Ihr Sohn Freunde?«

»Natürlich. Mein Sohn ist beliebt. Da können Sie jeden fragen. Auch seine Kumpel. Die haben sich regelmäßig abends im Freesenkrog getroffen.«

»Ist Ihr Sohn früher schon verschwunden?«

»Was heißt da verschwunden? Er hat Reisen unternommen. Lange und weite Reisen. Hat schon fast die ganze Welt gesehen. Auf Frachtern hat er angeheuert und überall gejobbt, um das zu bezahlen. Aber das hat er immer vorher angekündigt. Ist nicht einfach abgehauen. Hat ja auch nichts mitgenommen, gestern. Hat nur seine Jacke geschnappt, obwohl es doch so heiß war, und ist losgezogen. Sie müssen ihn suchen, irgendetwas stimmt da nicht.«

»Machen wir«, versprach Andretta.

Die Tür öffnete sich, und ein Arzt betrat das Zimmer. »Nanu, Besuch?«

»Wir sind fast schon wieder weg«, antwortete der Kommissar auf den unterschwelligen Vorwurf.

»Das will ich auch meinen. Die Patientin ist noch nicht so weit, dass sie Besuch empfangen kann. Wenn Sie also …« Er wies zur offenen Zimmertür.

»Eine kurze Frage noch«, beeilte sich Maja. »Kannten Sie die Familie Gösling, Martin Gösling?«

Verena Boses Gesicht, eben noch auf dem Weg, Farbe zu bekommen, wurde weißer als das Laken unter ihr, und ihre Hände zitterten. »Martin?«

Maja nickte.

»Ich weiß nicht, mir wird schlecht.«

»Das reicht«, verkündete der Arzt und trat näher an das Bett. Maja nickte und verließ zusammen mit Andretta das Krankenzimmer.

»Gut gemacht«, lobte sie der Kommissar. »Auf die Antwort müssen wir nicht warten. Nur woher kannten sich die beiden?«

Inzwischen war es Mittag. Wie Adickes am Morgen berichtet hatte, war das Feuer in Midlum nahezu vollständig gelöscht und die Evakuierung aufgehoben worden.

»Fahren wir in den Freesenkrog und gönnen uns ein Mittagessen«, sagte Andretta zu Maja. »Der Wirt kann uns bestimmt die Namen der Freunde von Fynn nennen.«

Der Ort war von dem Feuer verschont geblieben, doch die Umgebung sah aus wie eine Winterlandschaft. Alles Grün war verschwunden, die Gerippe der Bäume schwarz und der Boden mit weißer Asche bedeckt. Mit Schaudern dachte Maja an all die Tiere, die nicht rechtzeitig hatten fliehen können und elendig verbrannt waren. Unerträglich war ihr der Gedanke, und sie verfluchte das Schicksal oder, sollte das Feuer tatsächlich gelegt worden sein, das Monster, das dieses Leid verursacht hatte.

Sie fanden einen freien Tisch in einer gemütlichen Ecke des

Gastraumes, der mit hellblauem Linoleumboden und Holzstühlen mit ausgeschnittenen Herzen in der Rückenlehne möbliert war. Über den Tischen hingen halbierte und bemalte Milchkannen, die als Lampen zweckentfremdet waren. Ein weiterer Gastraum mit gepolsterten Stühlen, Holzfußboden und Kachelofen war überfüllt, obwohl es mitten in der Woche war. Auch sahen die Gäste nicht wie Touristen aus. Die Gespräche drehten sich ausschließlich um das Feuer, wie sie aus dem lauten Stimmengewirr heraushörten.

Eine Bedienung erschien am Tisch und reichte ihnen Speisekarten.

Andretta stellte sich vor. »Könnten wir kurz mit dem Wirt sprechen?«

Die junge, dralle Frau, das winzige Schürzchen betonte die zu breite Hüfte, schüttelte den Kopf. »Hier ist heute so viel los, da steht der Wirt selbst am Herd. Da müssen Sie schon warten, bis die Küche schließt.«

»Wann ist das denn?«

»Na, so in anderthalb, zwei Stunden.«

Es war erst zwölf Uhr. Andretta sah Maja fragend an. Zur Antwort zuckte sie die Schultern. Ihr war das recht.

»Na gut. Warten wir.«

Nachdem sie beide Scholle, die Tagesempfehlung laut der Bedienung, bestellt hatten, saßen sie sich einen Moment schweigend gegenüber. Was eigentlich hätte peinlich sein müssen, aber das Gegenteil war. Fast wie alte Freunde, dachte Maja und genoss den Moment der eigenen Stille in diesem rappelvollen, pulsierenden, von lärmenden Stimmen gefüllten Gastraum.

Dann konnte Maja die Fragen, die ihr seit Beginn ihrer Bekanntschaft im Kopf rumschwirrten, nicht mehr zurückhalten.

»Wie kommen Sie zu diesem Namen?«, platzte es aus ihr heraus.

»Mein Name?«

»Andretta. Das ist doch italienisch, oder nicht?«

Der Kommissar lachte auf. »Ja, aber die Verbindung nach Italien liegt Generationen zurück, und wie Sie sehen, ist nur der Nachname von dem Fehltritt meiner Ururgroßmutter geblieben.«

Mit seinen blauen Augen und blonden Haaren konnte er in der Tat nicht nordischer aussehen, fand Maja.

»Darf ich Sie noch was fragen? Was Persönliches?«

Andretta nickte. »Lisa«, stellte er in den Raum.

Maja nickte.

Nachdem er eine erstaunliche Geschichte über seine Schwester, zu der fast kein Kontakt bestanden hatte, und ihren tödlichen Unfall erzählt hatte, sah er ihr in die Augen.

»Quid pro quo. Jetzt bin ich dran. Was hatten Sie für Ärger in der Dienststelle?«

Maja spürte das Glühen ihres Gesichtes, den kalten Schweiß im Nacken und das Zittern ihrer Hände. Wie blöd von ihr, die Distanz aufzugeben. Doch sein Gesicht zeigte Offenheit und Neugier, ohne die Gier, die sich in dem Wort versteckte.

»Eine Anzeige. Gegen einen Kollegen in der Polizeischule Eutin kurz vor Ende der Ausbildung.«

Andretta zuckte fragend die Schultern.

»Er war übergriffig.« Blöde Formulierung, schoss ihr durch den Kopf. Wie stand sie nun da? Nein, wennschon, dennschon.

»Timo ist mir nach dem Training in die Dusche gefolgt. Ich hatte noch was zu besprechen mit dem Trainer, das hat gedauert. Alle anderen waren schon weg. Das ist ihm nicht bekommen. Hinterher hatte er ein gebrochenes Nasenbein.«

Er hatte Glück gehabt, schoss ihr durch den Kopf. Das hätte richtig übel ausgehen können. Wenn mich Menschen anfassen, ohne dass ich das will, mir wehtun oder mich bestehlen, schlage ich zu. Doppelt so fest – oder fester. Erbarmungslos. Das habe ich gelernt. Nur deswegen habe ich überlebt.

Sie holte tief Luft. Ihr Bericht war noch nicht fertig.

»Und drohte mir, mich anzuzeigen. Also hatte ich keine andere Wahl, als den Vorfall zuerst zu melden. Das hatte Konsequenzen für ihn, die er mir sehr übel nimmt. Nicht nur er. Aber leider hatte das eben auch Konsequenzen für mich. Ich habe mich nicht freiwillig für den Bäderdienst gemeldet. Auch wenn es mir jetzt gut gefällt. Jetzt, da ich bei Ihnen mitarbeiten darf.«

Wahrscheinlich hatte sie mit der Erzählung das Gegenteil erreicht und die Zusammenarbeit beendet. Alle Kollegen von der Polizeischule mieden sie nach ihrer Anzeige gegen Timo wie einen toten Hering, der tagelang in der Sonne gelegen hatte. Aber besser, sie erzählte Andretta die Geschichte selbst als die anderen Anwärter Timos Version.

»Das passiert leider öfter, zu oft. Ich denke, eine gebrochene Nase ist mehr als angemessen. Übrigens heiße ich Jan.«

Jan?

»Arbeiten wir weiter zusammen?«, fragte sie, wofür sie einen verblüfften Blick erntete.

»Warum denn nicht?«

Maja ließ die angespannten Schultern nach unten sinken, und ihr Puls entschleunigte sich.

»Darf ich?«, hörte sie die Stimme der Bedienung hinter sich.

Dann wurde ein übervoller Teller mit Scholle, Bratkartoffeln und dicken Bohnen vor sie und den Kommissar, Jan, wie sie glücklich dachte, gestellt.

Der Gastraum hatte sich deutlich geleert, ebenso wie ihre Teller. Kaum war abgeräumt, erschien ein hagerer Mann mit weißer Schürze, die mit ihren farbenfrohen Klecksen bewies, dass er der Koch war, an ihrem Tisch.

Andretta stellte sie beide vor und bot dem Gastwirt einen freien Stuhl an.

»Darf ich Ihnen etwas bestellen?«

Der Wirt, dem die spärlichen Haare dank der Hitze am

Kopf klebten und hinter dessen Ohr eine Zigarette klemmte, nickte und orderte bei der Bedienung eine Weinschorle.

»Die brauch ich jetzt ganz dringend«, verkündete er, sich mit einer Serviette Luft in dem stickigen Gastraum zufächelnd.

Nachdem er sie zur Hälfte geleert hatte, wandte er sich an den Kommissar. »Wie kann ich Ihnen helfen? Verhaften wollen Sie mich doch hoffentlich nicht«, fügte er grinsend an.

»Noch nicht. Nein, ich würde gerne mehr über Fynn Bose wissen. Der war doch laut Auskunft seiner Mutter hier regelmäßiger Gast.«

»Der Fynn. Ja, der war fast jeden Abend hier. Was wollen Sie denn genau wissen?«, fragte er nach, sein flackernder Blick verriet seine Vorsicht.

»Mit wem er häufiger zusammen war, was er so erzählt hat. Seit gestern ist er verschwunden, und wir müssen ihn dringend befragen. Haben Sie eine Idee, wo er stecken könnte?«

Der Wirt, er hatte sich als Anders Fokken vorgestellt, schüttelte den Kopf.

»Früher ist er viel gereist. Unglaublich, wo der schon überall war. Aber in den letzten Jahren ist er ruhiger, sesshafter geworden. Ich kann mich an keinen Abend in den letzten ein, zwei Jahren erinnern, an dem er nicht hier war. Natürlich außer an unserem Ruhetag. Kurzum, er ist immer hier. Ach ne, halt, vor vier, fünf Tagen hat er gefehlt. Wir haben uns alle gewundert. Und als wir ihn gefragt haben, wo er denn war, hat er einen auf geheimnisvoll gemacht. Aber das ist immer so bei ihm. Geschichten hat der drauf. Unglaublich. Ist ganz besessen davon, dass sein Vater was Besseres ist. Dabei weiß doch jeder, dass er vom Karl Herrmann abstammt. Nur, dass der ihn nicht anerkannt hat.«

»Vater? Wissen Sie, wen er damit meint?«

Der Wirt lehnte sich zurück an die Stuhllehne, als wollte er Abstand zu dem Kommissar gewinnen.

»Also ich hab nichts gesagt. Und sicher bin ich mir auch

nicht. Also bevor ich hier was Falsches sage und Ärger bekomme …«

»Riskieren Sie es. Für uns ist das sehr wichtig!«

»Na ja, also er hat behauptet, dass …«

Sie wurden von einer Sirene unterbrochen. Dann warf ein Blaulicht sein zuckendes Licht durch die Fenster. Die noch im Restaurant anwesenden Gäste standen auf und eilten hin.

Eine verrauschte und verzerrte Lautsprecherstimme erklang. »Achtung, Achtung, hier spricht die Polizei. Verlassen Sie sofort Ihre Häuser und den Ort. Gehen Sie zur Dörpstraat in Richtung Wrixum. Folgen Sie dort den Anweisungen der Polizei. Sie werden von Bussen abgeholt und in Sicherheit gebracht. Lassen Sie Ihre Fahrzeuge stehen, sonst verstopfen Sie die Straße und behindern die Evakuierung. Befolgen Sie strikt die Anweisungen der Polizei. Achtung, Achtung, hier spricht die Polizei …«

Erst jetzt wurde Maja bewusst, dass der Geruch nach verbranntem Holz in der letzten halben Stunde intensiver geworden war.

13

»Ich muss zu meinen Babys, meinen Hündchen!«

Die grauhaarige Frau, die vor Andretta stand, hyperventilierte, während ihre Stirn vor Schweiß glänzte, und zerrte an seiner Weste. Trotz der unbändigen Hitze trug sie einen Friesennerz. Eigentlich hätte sie gar nicht hier sein dürfen. Sie musste sich über einen der Feldwege herangeschlichen haben. Die Polizei konnte nicht sämtliche Wege absperren und kontrollieren. Schon so waren viel zu wenige Polizeikräfte im Einsatz. An allen Ecken und Enden fehlte es an Helfern.

Deswegen hatten er und Maja kurzerhand gelbe Polizei-Warnwesten übergezogen und sich an einer Zufahrtsstraße postiert. Die Frau war schon die fünfte Evakuierte, die er zurückweisen musste. Dabei hatte er volles Verständnis für ihre Ängste. Fand selbst die Vorstellung unerträglich, geliebte Haustiere zurücklassen zu müssen, um sich in Sicherheit zu bringen. Insbesondere seitdem er Chico kennengelernt hatte. Und trotzdem, würde er sie gehen lassen, riskierte er ihr Leben.

»Das ganze Gebiet ist abgesperrt. Schauen Sie doch selbst, hier steht alles in Flammen. Ich kann Sie nicht durchlassen, es tut mir leid.«

Sein Rücken war klitschnass geschwitzt, sein Mund trocken. Was gäbe er für einen Schluck Wasser. Wie egoistisch, so zu denken, schalt er sich selbst. Diese Leute mussten um ihre Häuser und Tiere bangen, und er hatte nichts Besseres als seinen Durst im Sinn.

Einen Bungalow am Ortsrand hatte es bereits erwischt. Die Feuerwehr tat alles, um ein Übergreifen auf den Ortskern zu verhindern.

Der Aufprall holte ihn aus seinen Gedanken in die Gegenwart zurück. Mühsam hielt er sich auf den Beinen und umklammerte die Frau, die sich mit aller Kraft gegen ihn geworfen hatte.

»Bleiben Sie vernünftig«, versuchte er, sie zu beruhigen. Doch ihr lautes Aufheulen bewies, dass sie nicht daran dachte. »Ich werde meine Hunde da rausholen. Hab sie nur eine Stunde alleine gelassen, um einzukaufen. Und jetzt soll ich nicht zu ihnen zurückdürfen? Ohne sie hab ich sowieso kein Leben mehr. Außerdem ist das meine Entscheidung. Also lassen Sie mich gefälligst durch!«

Er verstand sie ja. Aber durchlassen konnte er sie auf keinen Fall. Hinter ihr sah er weitere Leute heraneilen. Er würde einen Aufstand riskieren, wenn er sie durchließ, die anderen aber stoppte. Doch auch die Vorstellung, wie die Hunde in dem Haus verbrennen könnten, ertrug er nicht.

»Wo wohnen Sie? Geben Sie mir Ihren Hausschlüssel«, hörte er sich zu seiner Verblüffung sagen.

Majas Blick sprach Bände. Aber er konnte nicht anders.

Die fremde Frau schnappte seine Hand und küsste sie, während sie ihm ihren Schlüssel hineindrückte.

Andretta hörte das Klicken einer Kamera. Erst jetzt erkannte er, dass das Paar, das sich genähert hatte, olivfarbene Westen mit der Aufschrift »Presse« trug. Er stöhnte auf. Musste das sein? Je schneller er hier weg war, umso geringer war das Risiko weiterer Fotografien.

»Wo?«, wiederholte er genervt seine Frage.

Die Frau nannte Straße und Hausnummer und wies nach Norden, dorthin, wo das Feuer neu ausgebrochen war. Er stöhnte auf und eilte los.

Rußflocken umschwirrten ihn wie dunkler Schneefall. Die Luft kratzte beim Atmen im Rachen, alles roch nach Rauch. Um ihn herum riefen sich Feuerwehrmänner Befehle zu. Er erkannte Petersen, der einen Löschwagen positionierte und abstellte. Auch er entdeckte ihn.

»Was zur Hölle machen Sie hier?«, brüllte er ihn an.

Doch Andretta nahm sich nicht die Zeit für eine Antwort,

die lediglich dazu geführt hätte, dass der Wehrführer ihn für irre erklärt, verflucht und zurückgeschickt hätte.

Erst um zehn Uhr traf Andretta völlig erschöpft und nach Rauch stinkend in der Pension ein. War es wirklich klug gewesen, Lisa mit auf die Insel zu nehmen? Was, wenn es hier in der Nähe von Meikes Haus gebrannt hätte? Doch er war zu abgekämpft, um sich darüber den Kopf zu zerbrechen. Das musste bis morgen warten.

Deswegen lehnte er das Angebot Meikes, ihm ein schnelles Abendbrot zu richten, ab. Er hatte keinen Hunger, nur sein Durst war unerträglich.

Lisa hatte darauf bestanden, auf ihn zu warten. Nachdem er telefonisch erklärt hatte, weswegen er nicht früher nach Hause kommen konnte, hatte sie mit Chico vor der Tür gesessen und Ausschau nach ihm gehalten, wie Meike berichtete. Mit nichts hatte sie sich hereinlocken lassen.

Als er eintraf, war sie zu ihm gerannt, hatte ihre dünnen Ärmchen um ihn geschlungen und hemmungslos geweint. Kaum beruhigen hatte er sie können. Selbst Chico war kläffend um ihn herumgesprungen.

Deshalb hatte er trotz seiner Erschöpfung einen Gang ans Meer vorgeschlagen. Ausgerüstet mit einer Mineralwasserflasche waren sie gemeinsam den Kilometer zum Wasser gelaufen. Lisa hatte ihre Hand in seine geschoben und ihn immer wieder gefragt, ob alles okay sei.

Obwohl er das ein ums andere Mal beteuerte, spürte er ihre Blicke über sich wandern auf der Suche nach einer möglichen Verletzung. Sein an der linken Kopfseite angekokeltes Haar von der Hunderettung trug nicht gerade zu ihrer Beruhigung bei.

Als er endlich im Bett lag, viel zu aufgewühlt, um Schlaf zu finden, ließ ihn die Erinnerung lächeln.

Wie es schien, waren sie eine Familie geworden.

14

Um elf wachte Andretta auf, desorientiert und mit einem Hustenanfall, der nicht enden wollte. Als ihn der Geruch von Rauch aus seinem Hemd niesen ließ, er war zu erschöpft gewesen, um sich umzuziehen, kehrte die Erinnerung zurück. Er musste dringend duschen.

Lisa erwartete ihn am Frühstückstisch. Wieder war ihr Haar zum Pferdeschwanz gebunden, genau wie Maja es trug. Nichts hatte sie angerührt, nur auf die vor sich ausgebreitete Zeitung gestarrt. Als Andretta näher kam, erkannte er sein Konterfei in Großaufnahme auf der Titelseite. Gerade der Moment, in dem die Fremde seine Hand küsste, war für alle Ewigkeiten festgebannt. Dahinter war Maja zu sehen, die mit entsetztem Blick versuchte, die Frau zu erwischen, bevor sie ihm zu nahe kam. Offenbar hatte sie die Reaktion falsch interpretiert und als Bedrohung eingestuft. Trotzdem wirkte sie ängstlicher, als für eine Kollegin zu erwarten war.

Das durfte doch einfach nicht wahr sein. Andretta hasste es, öffentlich vorgeführt zu werden. Außerdem war der Artikel aufgemacht, als habe er eine fünfköpfige Familie vor dem sicheren Flammentod bewahrt. Völlig unangemessen und übertrieben. Lächerlich!

Sein Handy, das er erst am Morgen wieder eingeschaltet hatte, klingelte. Etwas, das er nie zuvor getan hatte, schließlich musste er stets erreichbar sein. Doch ein weiterer Einsatz wäre zu viel gewesen, er hätte es nicht geschafft, und den Schlaf, in den er gegen drei versunken war, hatte er dringend gebraucht.

»Na, endlich wach, Sie Held?«, meldete sich Adickes.

Andretta hätte kotzen können und fluchte etwas Unverständliches als Antwort, so leise, dass es für Lisa unhörbar war.

»Wie sieht es aus? Ist das Feuer gelöscht?«, fragte er lauter nach.

Als Andretta und Maja Midlum gegen halb zehn verlassen hatten, brannten die Baumwipfel noch immer. Ein Horrorszenario für die Feuerwehr, die nur mühsam Hubrettungsfahrzeuge mit Drehleitern heranschaffen konnte, um gezielt die Brände in dieser Höhe zu löschen.

Wenigstens hatten sie die Bodenbrände unter Kontrolle gebracht und Midlum vor dem Feuer bewahren können. Außer zwei abgebrannten Wohnhäusern war lediglich das Dach des Hauses, aus dem er die Hunde, Bulldoggen, die alles andere als freudig auf ihn reagiert hatten, geholt hatte, durch Löschwasser beschädigt worden. Die Midlumer hatten Riesenglück gehabt, berichtete Adickes.

»Wenn Sie wieder fit sind, sollten Sie schnellstmöglich herkommen. Wir haben in dem abgebrannten Waldstück eine Leiche gefunden. Sie wollen sie doch bestimmt sehen, bevor sie abtransportiert wird.«

Und ob er das wollte!

Als er den Ort, der immer noch komplett abgeriegelt war, erreichte, entdeckte er Majas Motorrad, eine alte 500er BMW, fast schon ein Oldtimer, und den Mondeo von Rainer und Tine. Auch war der Bus der Spurensicherung vor Ort. Den Wagen des Rechtsmediziners, der zur Todesfeststellung gerufen worden war, konnte er nicht entdecken. Dafür war er zu spät. Schade, er hätte gerne eine erste Meinung zu dem Toten gehört.

Das Wäldchen, in dem vor dem Brand Fichten und Laubbäume ihren Schatten auf den Boden geworfen hatten, gab es nicht mehr. Es war zu Asche und schwarzen Gerippen, die jämmerlich in den Himmel wiesen, abgebrannt. Dicht an dicht hatten die Bäume zuvor gestanden. Jetzt ähnelte die Gegend einer Mondlandschaft.

Schon aus der Entfernung erkannte er den Leichenfundort an den rot-weißen Absperrbändern und den Menschen, die sich dort aufhielten. Zu ihnen war ein schmaler Zickzackpfad mit Markierungsbändern angelegt worden, dem er folgte. Mit jedem Schritt fiel ihm die ungewöhnliche Stille, die trotz der vielen Ermittler vor Ort herrschte und beklemmend und unnatürlich war, stärker auf. Erst als Andretta nahe bei seinen Kollegen angekommen war, hörte er die Fliegen, diese Leichenfledderer, die jeden Tod begleiteten. Alle anderen Tiere waren verschwunden. Geflüchtet vor den Flammen all diejenigen, die schnell genug laufen konnten, die übrigen verbrannt.

»Warum ist der Weg markiert?«, fragte er Rainer, der am nächsten stand.

»Das Gebiet ist noch nicht sicher.«

Er wies nach oben, wo Andretta einen umgekippten Baum erkannte, dessen ehemals grüne Krone sich in dem neben ihm stehenden Baumskelett verfangen hatte. Wie Liebende schmiegten sie sich aneinander.

»Die Bäume sind brüchig, die können jederzeit ohne Vorwarnung und fast lautlos umstürzen, hat uns Petersen gewarnt. Deswegen haben sie einen sicheren Weg gesucht, den wir nutzen können. Von dem dürfen wir nicht abweichen.«

»Wisst ihr schon irgendwas über den Toten?«, fragte er.

Rainer nickte. »Dr. Frings, den hast du schon bei der Hütte kennengelernt, konnte uns sagen, dass es sich um einen Mann handelt. Aber sonst war nichts aus ihm rauszuholen. Kein Wunder«, fügte er mit einem Nicken in Richtung der Leiche vor sich an.

Die Haut der schwarz verkohlten Gestalt ohne jede Spur von Kleidung war geschmolzen und aufgeplatzt, der geöffnete Mund mit seinen hellen Zähnen zum lautlosen Schrei gebleckt. Ein grauenhafter Anblick, der gleichzeitig Mitleid erregte.

»Konnte er was zum Alter sagen?«

»Nein, das wird erst die Obduktion ergeben.«

Von hinten näherten sich Gerichtsmediziner mit einer Trage. Andretta und seine Kollegen machten ihnen Platz und sahen zu, wie die Leiche darauf gehoben wurde. Das war so ein Moment, in dem alle still wurden. Ob das aus Respekt für den Toten geschah oder aus Mitleid, vielleicht auch weil man dem Tode so nahe kam, wusste Andretta nicht. Aber es fiel ihm jedes Mal auf.

Gerade wollte er sich abwenden, da brach die Sonne durch den Rauch, der über dem Wäldchen wie festgeklebt hing, und ließ etwas an der Stelle aufblitzen, an der zuvor die Leiche gelegen hatte. Er zog Plastikhandschuhe an, die er immer in seiner Jackentasche parat hatte, und stieg über das Absperrband.

Selbst für ihn war das Berühren des Bodens, auf dem kurz zuvor ein Mensch sein Leben ausgehaucht hatte, nicht einfach. Nie würde er sich daran gewöhnen. Doch die Patronenhülse, die dank des sie schützenden Körpers nur angerußt war, wischte alle deprimierenden Gedanken beiseite. Vorsichtig hob er sie an, zückte seine Lesebrille und drehte sie so, dass er die Unterseite entziffern konnte.

»›30–30 WIN Super Speed‹.« Er schaute auf zu seinen Kollegen. »Denkt ihr, was ich denke?«

15

»Timo zeigst du an, obwohl er dir nur den Rücken schrubben wollte, aber den Herrn Kriminalhauptkommissar, diesen Möchtegern-Gigolo, lässt du ran. Klar, der kann dich ja auch beruflich weiterbringen. Hat er ja schon. Darfst jetzt die große Kommissarin spielen. Aber glaub mir, für die Rolle bist du zu klein, trotz deiner eins fünfundachtzig.«

Thorsten stand so dicht vor Maja, dass Spucketröpfchen ihr Gesicht beim Sprechen trafen. Sie zwang sich, es weder abzuwenden noch ihren Ekel zu zeigen. Das hatte jahrelanger Übung bedurft.

Als sie vom Leichenfundort in die Dienststelle zurückgekehrt war, war sie erledigt gewesen vom vorherigen Tag und von dem Morgen, der die Feuersbrunst noch getoppt hatte. Nicht nur körperlich war sie zutiefst erschöpft. Das Elend, das dieses Feuer ausgelöst hatte, und dazu die verbrannte Leiche hatten sie mental an ihre Grenzen gebracht.

In der Wache hatte sie hämisches Grinsen und abfälliges Geklatsche ihrer Kollegen von der Polizeischule Eutin erwartet. Ganz vorne hatte Thorsten gestanden und ihr die Titelseite des Flensburger Tageblatts vor die Nase gehalten. Maja hatte einen Schritt zurücktreten müssen, um erkennen zu können, was abgebildet war.

Ihr Zusammenzucken hatte sie nicht verhindern können. Kommissar Andretta war in Großaufnahme in jenem Moment zu sehen, als ihm die fremde Frau die Hand küsste. Schockierend war aber ihr eigener Blick. Sie erinnerte sich, dass sie überzeugt gewesen war, dass die Fremde sich auf ihn stürzen, ihn angreifen würde. Aufgeheizt genug war die Stimmung gewesen. Deswegen war sie mit offenen Armen nach vorne gehechtet, um sie zurückzuzerren. Ihr Blick dabei sah entsetzt, panisch und verzweifelt aus. Nichts davon war der Situation angemessen.

Wie kam das nur? Dabei wollte sie Andretta doch lediglich helfen. Klar mochte sie den Kommissar. Sie bewunderte ihn für seine Art im Umgang mit anderen, egal ob Verdächtiger oder Zeuge. Aber auch für die Tatsache, dass er Lisa zu sich genommen hatte. Donnerwetter, das hätten nur wenige alleinstehende Männer getan. Und dann das Selbstmordkommando, fremde Hunde zu retten. Ein Wahnsinn. Doch all das erklärte nicht ihren Blick.

Zu gefangen in ihren Gedanken bemerkte sie zu spät, dass Thorsten näher getreten war. Seine Hand schoss vor, packte sie und zog sie an sich.

»Lass das, fass mich nicht an«, fauchte sie ihren Kollegen an.

Doch der grinste nur, während sich sein Mund ihrem näherte.

»Ich sag es nicht noch mal«, drohte Maja mit verdächtig leiser Stimme.

Thorsten brachte seine Hände ins Spiel, die er auf Majas Rücken und in Richtung ihres Pos wandern ließ, angefeuert von den anderen Bäderdienstlern.

Das reichte. Maja krallte ihre langen Fingernägel in Thorstens Ohrmuscheln und hakte ihr rechtes Bein hinter seiner linken Wade ein. Dann schubste sie ihn zu Boden, ohne seine Ohren loszulassen. Ihr anderes Knie landete auf seiner Brust und nagelte ihn mit ihrem Gewicht unter sich fest. Er hatte keine Chance, sich zu wehren.

»Welchen Teil von ›Lass das, fass mich nicht an‹ hast du nicht verstanden?«, zischte sie nur wenige Zentimeter von seinem Gesicht entfernt.

Unverständliches Geblubber verließ Thorstens Mund, gefolgt von einem Schmerzenslaut, als Maja ihre Nägel tiefer in die Ohrmuscheln grub.

»Wie war –«

»Das reicht«, hörte sie Adickes' Brüllen hinter sich. »Was ist hier los?«

Maja starrte in Thorstens Augen. Eine stille Warnung, die er verstand, wie er mit einem angedeuteten Nicken bekundete. Dann richtete sie sich auf und zog ihn an den Händen mit in die Höhe.

»Nichts«, verkündete sie und klopfte ihm mit einem freundschaftlichen Lächeln auf den Rücken. »Ich hab Thorsten nur einen Griff des Wing Chun beigebracht. Den kannte er noch nicht. Höchst effizient, sollte es Ärger geben.«

Bei ihren Worten streifte sie ihm nicht vorhandenen Dreck von der Schulter.

»Alles gut, stimmt's?«, fragte sie Thorsten.

»Ja, so eine Übung am frühen Morgen macht doch echt locker und munter«, antwortete er. »Ist besser als schwarzer Kaffee.«

Was blieb ihm auch anderes übrig? Zu Beginn ihres Bäderdienstes hatte Adickes sie eindringlich gewarnt, dass sie ruckzuck von der Insel fliegen würden, sollte es Ärger geben. Die Warnung hatte nicht nur Maja gegolten, das war allen klar gewesen.

In dem Moment betraten Rainer und Tine die Dienststelle. Verwundert schauten sie die Gruppe an.

»Alles klar hier?«, fragte Rainer.

Bevor er eine Antwort erhielt, trat hinter ihm Kommissar Andretta in den Raum. Seine Augen zogen sich zu schmalen Schlitzen zusammen und fixierten Thorsten, als wüsste er, was geschehen war. Maja spürte die Hitze in ihre Wangen steigen und verfluchte sich dafür. Hastig zog sie ihre Hand von Thorstens Schulter.

Andretta sagte kein Wort. Das brauchte er nicht. Er strahlte eine Dominanz ab, die Adickes' Brüllen zuvor infantil wirken ließ. Prompt wandten die anderen drei Kollegen von der Polizeischule sich mit zu Boden gesenktem Blick ab und verließen den Raum.

Adickes schnaubte ihnen hinterher wie ein wütendes Walross. Dann wandte er sich an Thorsten und Maja. »Wenn ihr hier noch ein einziges Mal dieses Win Tschun oder wie das heißt, übt, seid ihr schneller auf der Fähre, als einer von euch ›Buh‹ sagen kann. Verstanden?«

Thorsten hielt den Blick nur kurz aus, dann nickte er und folgte den anderen. Maja schaffte es nicht zu antworten. Weder mit Worten noch mit Gesten. Es war so ungerecht. Verbittert schüttelte sie leicht den Kopf und wandte sich zur Tür. Dazu gab es nichts mehr zu sagen.

»Muss ich heute alleine losziehen?«, hörte sie Andrettas Stimme.

Einen Moment verharrte sie, holte tief Luft, dann drehte sie sich zu ihm. Andretta nickte ihr aufmunternd zu. Er schien damit zu sagen, dass er hinter ihr stehen würde.

Das reichte, sie war nicht mehr alleine.

»Weißt du, wo der Wirt vom Freesenkrog untergebracht wurde?«, wandte sich Andretta an Adickes.

Der warf Maja einen Blick zu, der verkündete, dass er sie im Auge behalten würde, dann wandte er sich dem Kommisar zu.

»Die meisten Bewohner von Midlum sind bei Verwandten und Bekannten untergekommen. Listen gibt es nicht, noch nicht. War ja alles furchtbar hektisch gestern. Die anderen wurden in der Sporthalle des Eilun-Feer-Skuul-Gymnasiums hier in Wyk einquartiert. Warum?«

»Wir wurden mitten im Gespräch mit dem Wirt gestern Mittag unterbrochen. Er wollte uns gerade was Wichtiges erzählen. Aber dann sind der Alarm und die Evakuierung plötzlich losgegangen, und er konnte nicht zu Ende sprechen. Ich denke, wir sollten ihn suchen und nachfragen.«

Er drehte sich zu Maja, die bisher kein Wort von sich gegeben hatte. »Du kommst doch mit?«

Als ob es eine Alternative gäbe. Sie war ihm dankbar dafür.

»Gut, wir fahren als Erstes nach Wyk, vielleicht ist er ja in der Sporthalle. Kannst du veranlassen, dass nach ihm gesucht wird, falls wir ihn dort nicht finden?«, bat er Adickes, der nickte.

»Und du, Rainer«, wandte er sich an seinen Flensburger

Kollegen, »prüfst, ob die Patronenhülse vom Leichenfundort zu der Tatwaffe passt.«

Es lag zwar auf der Hand, dass sie aus der gefundenen Winchester stammte, aber man durfte in einer Ermittlung nie zu viel voraussetzen.

Sie nahmen wieder Andrettas Alfa. Die kurze Strecke hätten sie zu Fuß zurücklegen können. Doch man konnte nie wissen, ob ein plötzlicher Einsatz zu einem Ziel führte, das nur mit dem Wagen erreichbar war.

Die hochmoderne Halle, erstaunlich groß und mit Sitzreihen und einer Empore auf einer Seite, war überfüllt. Den beigefarbenen Boden, vollgeklebt mit blauen, roten, gelben und grünen Streifen, konnte man unter den Sitzenden und Liegenden kaum erkennen. Auch die Ränge waren übervoll.

»Puh, wie sollen wir ihn hier finden?«, fragte Andretta rhetorisch.

»Am besten, indem wir anfangen«, antwortete Maja. »Ich nehme die linke Seite.«

Andretta nickte und wandte sich nach rechts.

Maja quetschte sich durch Menschengruppen, die rumstanden und sich unterhielten, stieg über Liegende und balancierte an Sitzenden vorbei. Entschuldigte sich ein ums andere Mal, nur den Wirt entdeckte sie nicht. Als sie die Halle erfolglos durchquert hatte, suchte sie die Ränge ab. Plötzlich hörte sie ein lautes »Hallo« hinter sich. Sie drehte sich um und erblickte den Gesuchten auf der oberen Reihe. Er hatte sich erhoben und winkte.

»Hallo, Frau Kommissarin, wann können wir endlich zurück?«, brüllte er ihr zu.

Die Köpfe der neben und unter ihm Sitzenden drehten sich zu ihr. Aufgerissene und hoffnungsvolle Augen, geöffnete Münder. Und alle musste sie enttäuschen. Sie schüttelte den Kopf.

»Das weiß ich leider nicht. Aber wir müssen mit Ihnen reden, könnten Sie bitte runterkommen?«

Der Wirt, Maja erinnerte sich nicht an seinen Namen, nickte und drängte sich durch die Sitzenden zu ihr. Derweil hielt sie Ausschau nach Andretta. Sie entdeckte ihn am anderen Ende der Halle, doch er sah ihr Winken nicht. Erst als sie auf zwei Fingern pfiff, bemerkte er sie und drängte sich durch die Massen zu ihnen.

»Gehen wir raus, hier drin ist es zu laut«, schlug Andretta nach der Begrüßung vor.

In der Sporthalle konnte man sich nur brüllend austauschen. Zu dritt schlugen sie sich zum Eingang durch und stellten sich in die Sonne, die so früh am Morgen noch erträglich war. Das würde sich im Laufe des Tages wieder ändern, wie der Deutsche Wetterdienst zusammen mit der inzwischen schon üblichen Warnung vor zu hohen Ozonwerten angekündigt hatte.

Der Wirt zog eine Zigarettenschachtel aus seiner Hemdtasche, schüttelte eine Marlboro heraus, bot sie ihnen an, was beide ablehnten, nahm sie und zündete sie an. Tief zog er den Rauch ein, hielt ihn einen Moment in der Lunge, bevor er ihn in Kringeln wieder ausstieß. Erst dann schaute er sie direkt an.

»Wie kann ich Ihnen helfen? Muss ja was Wichtiges sein, wenn Sie sich solche Mühe geben, mich zu finden.«

Andretta nickte. »Wir sind gestern unterbrochen worden. Es ist uns wichtig zu hören, was Sie über Fynn sagen wollten. Es ging um seinen Vater.«

»Und deswegen der ganze Aufwand? Ist doch nur Geschwätz von Fynn. Der muss immer alles aufbauschen, wichtigmachen. Liegt wohl daran, dass ihn sein richtiger Vater, der Karl Herrmann, nicht anerkannt hat.«

»Sie sagten gestern, dass er glaubt, sein Vater sei was Besseres. Wen hielt er denn dafür? An der Stelle sind wir unterbrochen worden.«

»Dazu möchte ich mich nicht äußern. Vielleicht sag ich noch was Falsches. Ne, das will ich nicht.«

»Hören Sie, das ist eine wichtige Information für uns. Es wäre schön, wenn Sie uns das jetzt und hier erzählen würden. Das würde uns allen viel Zeit und Mühe ersparen. Wir können Sie aber auch gerne mit auf die Wache nehmen und Sie offiziell vernehmen, wenn Ihnen das lieber ist.«

Das Rattengesicht des Wirtes wirkte verkniffen, vorsichtig, wachsam. Dann entspannte es sich.

»Ach, was soll's. Aber das bleibt unter uns ...«

»Das kann ich Ihnen nicht versprechen. Wenn es für die Ermittlung relevant ist, wenn es sogar entscheidend für die Anklage später ist, dann kann es sein, dass das vor Gericht öffentlich gemacht wird. Aber nochmals, wenn Sie etwas wissen, müssen Sie uns das jetzt sagen.«

Die Augen des Wirtes wurden zu Schlitzen, sein Mund zum Strich. Einen Moment starrte er Andretta feindselig an. Dann schluckte er, möglicherweise seine Wut herunter, wie Maja vermutete.

»Also, er hat da eine wüste Geschichte von einer Liebschaft seiner Mutter mit dem Typen erzählt, der die Hütte bei Witsum gebaut hat. Diese Holzhütte, die abgerissen werden soll. Dort, wo jetzt die Leichen gefunden wurden. Wo diese Familie erschossen wurde.«

»Meinen Sie Martin Gösling?«

»Wenn er so heißt.«

»Wann hat er das erzählt?«

»Ach Gottchen, ist schon lange her. Und er hat das nicht nur einmal erzählt. Das war regelmäßig Thema bei ihm. Wir konnten es schon nicht mehr hören.«

»Aber wann hat er es zum ersten Mal erzählt?«

»Keine Ahnung. Ist bestimmt schon ein paar Jährchen her. Aber das wurde immer doller. Richtig verbittert war er.«

»Warum? Hat er das begründet?«, fragte Andretta nach.

»Was? Warum er ihn für seinen Vater hält, oder warum er verbittert ist?«

»Beides.«

»Dieser Typ soll seine Mutter immer besucht haben. Deswegen kam er drauf.«

»Auch noch in der letzten Zeit?«

Der Wirt nickte.

»Regelmäßig, wenn er mit seiner Familie auf der Insel war. So hat es uns Fynn erzählt. Und wegen der Familie soll er ihn verheimlicht haben. Hatte eine reiche Schwester, die hier mit ihren Söhnen auf der Insel lebte. Die waren auch unter den Toten, wie ich gehört habe. Und die soll ihren Bruder dazu gebracht haben, ihn zu verleugnen. Ja, so war das. Das hat er hier ständig rumerzählt. Und dass er ihn hasst, seinen Vater. Hasst wie die Pest. Dafür, dass er seine ehelichen Kinder nach Strich und Faden verwöhnt und er, also Fynn, nichts davon abbekommt.«

16

»Wer hätte das gedacht?« Andretta war baff über die Informationen des Wirtes.

Inzwischen fuhren sie Richtung Inselklinik. Auch wenn Verena Bose krank war, musste sie ihnen Rede und Antwort stehen. Jetzt! Sofort!

Sie lag im selben Zimmer, dessen kühles Weiß kein Blumenstrauß milderte. Auf Nachfrage bei einer Krankenschwester erfuhren sie, dass noch immer niemand sie besucht hatte, es ihr aber deutlich besser ging.

Wie eine Dampflok stürmte Andretta in ihr Zimmer. Klar war das weder angemessen noch gerecht. Schließlich hatten sie die Frau bisher nicht nach ihrer Beziehung zu der ermordeten Familie befragt. Trotzdem konnte er sich nicht bezähmen.

»Warum haben Sie uns nicht gesagt, dass sich Fynn für den Sohn von Martin Gösling hielt?«

Erschrocken richtete sich Verena Bose in ihrem Bett auf. Dann schluckte sie und sah ihn aus weit aufgerissenen Augen an.

»Was geht Sie das denn an?«, versuchte sie, ihn abzuwehren. Doch davon ließ sich Andretta nicht aufhalten.

»Eine Menge, und das wissen Sie ganz genau. Oder wollen Sie behaupten, dass Sie nichts von der Ermordung Ihres Liebhabers mitbekommen haben? Versuchen Sie es gar nicht erst.«

»Na und, hatte ich halt einen Liebhaber. Und weiter?«

»Und weiter? Der und vier weitere Menschen wurden ermordet. Erschossen. In Ihrem Haus ist die Mordwaffe gefunden worden. Eine Winchester, die auf Ihren Sohn angemeldet war und von der Ihr Sohn behauptet hat, dass er sie verkauft hätte.«

»Ich weiß doch nichts von der Waffe.«

»Aber dass Fynn glaubt, der Sohn von Martin Gösling zu sein, das wissen Sie schon, oder wollen Sie das auch bestreiten?«

Tränen suchten ihren Weg über die Wangen der Frau, die sich auf einen Schlag in eine Greisin verwandelt hatte.

»Immer wieder hab ich ihm gesagt, dass das nicht stimmt. Sicher, der Martin war mein Freund. Das mussten wir wegen seiner Ehefrau verheimlichen. Aber das machte ihn noch nicht zu Fynns Vater. Dass der Karl Herrmann sein Vater ist. Was kann ich dafür, dass er ihn nicht anerkannt hat. Wir waren ja auch nie ein richtiges Paar. Und der wollte sich vor dem Unterhalt drücken. Na ja, so ganz sicher bin ich mir ehrlich gesagt auch nicht, von wem mein Sohn abstammt. Wir hatten so eine Zeit, Martin und ich, in der ich wollte, dass er seine Familie verlässt und zu mir zieht. Das hat er immer abgelehnt. Und da hab ich halt was mit Karl Herrmann angefangen. Aus Rache. Nur ganz kurze Zeit. Als Martin wieder ankam, hab ich mit dem anderen gleich Schluss gemacht. Blöderweise bin ich genau in der Zeit schwanger geworden. Aber ich bin mir ganz sicher, dass Fynn von Karl Herrmann ist. Die Nase, die schiefen Zähne. Die muss er von ihm geerbt haben. Der hagere Körperbau, seine Größe. Martin sah ganz anders aus. Aber mein Junge wollte das einfach nicht glauben, nicht wahrhaben. Der Karl Herrmann war ihm nicht gut genug. Musste ja jemand sein, der was hermachte.«

»Aber ausschließen können Sie nicht, dass Fynn von Martin Gösling abstammt?«

»Jetzt fangen Sie nicht auch noch an. Ich weiß doch schließlich, mit wem ich zusammen war, als ich schwanger wurde.«

»Eben haben Sie angedeutet, dass es auch anders sein könnte. Aber gut, lassen wir das erst mal. Es reicht, dass Fynn das glaubt. Und Martin Gösling dafür, dass er ihn vermeintlich verleugnete, gehasst hat. Wir haben aber auch gehört, dass Gösling Sie bis zu seiner Ermordung besucht hat, wenn er auf der Insel war. Regelmäßig soll er die Hütte, die er bei Witsum gebaut hatte, für ein paar Stunden verlassen haben. Ist er dann zu Ihnen gefahren?«

Einen Moment sah ihn Verena Bose nur an, bevor sie zögerlich nickte.

»Und Sie meinen nicht, dass das für uns wichtig gewesen wäre, als wir bei Ihnen wegen der Waffe waren?«

Verena Bose ballte die Hände zu Fäusten und löste sie wieder, ihr Blick war auf die Bettdecke gerichtet, unter der ihr Fuß rhythmisch wippte.

Andretta konnte sein Kopfschütteln nicht unterdrücken, obwohl er sich Mühe gab. Immer mehr verdichtete sich sein Verdacht, dass der Brand, der so viel Elend verursacht hatte, kein Zufall gewesen war. Dass es vielleicht anders gekommen wäre, wenn Verena früher gesagt hätte, was zwischen ihr und einem der Mordopfer gelaufen war. Aber möglicherweise musste sie einen noch viel höheren Preis als alle anderen für ihr Schweigen zahlen, sollte sich sein Verdacht, wer das Brandopfer war, bestätigen.

»Nun gut, wie oft kam er zu Ihnen? Kam er immer nur, wenn er bei der Hütte war, oder hat er Sie auch sonst besucht?«

Wieder nickte sie. »Manchmal hat er zu Hause erzählt, dass er seine Schwester auf Föhr besucht, und kam stattdessen zu mir. Seine Frau hat wohl mal wegen was Dringendem bei so einer Gelegenheit die Rüegg, also seine Schwester, angerufen. Damals, als noch nicht jeder ein Handy hatte. Die hat ihm dann die Hölle heißgemacht, dass er unser Verhältnis sofort beenden muss. Dass er für seine Familie da sein muss. Danach ist er auch tatsächlich eine Zeit lang weggeblieben. Aber irgendwann kam er immer wieder angedackelt.«

»Wusste seine Frau also davon? Hatte er deswegen zu Hause Stress?«

»Ich glaube nicht. Er gab sich immer die größte Mühe, es zu verheimlichen. Und bei der einen Gelegenheit hat er seine

Schwester überredet, seiner Frau was vorzulügen. Er wollte sich ja auf keinen Fall scheiden lassen.«

»Und die hat das mitgemacht?«

»Nur das eine Mal. Das musste er ihr versprechen. Aber sie hat wohl immer zu ihrem kleinen Bruder gehalten.«

»Hatte Ihr Sohn Kontakt zu den Göslings oder Rüeggs?«

»Um Gottes willen, nein, das hab ich ihm strikt verboten. Schwören musste er mir das. Nur ein Mal ist er wohl jemandem aus der Familie begegnet. Als alle auf der Insel waren. Zufällig. Aber sie haben nur ganz kurz miteinander gesprochen, und er hat auch nichts von uns erzählt. Das hat er mir versichert.«

»Er hatte Kontakt zu jemandem aus der Familie? Mit wem denn?«

»Keine Ahnung. Das hat er nicht gesagt. War ja auch unwichtig, weil er nichts verraten hat.«

»Wissen Sie noch, wann das war?«

Verena runzelte die Stirn.

»Das muss so um Ostern gewesen sein. Aber genau weiß ich das nicht mehr.«

»Tja«, verkündete Andretta am Nachmittag seinen Kollegen und Adickes in der Polizeidienststelle, nachdem er sie über die neuesten Ermittlungsergebnisse informiert hatte. »Sieht so aus, als hätten wir einen dringend Tatverdächtigen. Motiv, Tatwaffe, alles vorhanden. Und ihn haben wir vielleicht auch schon gefunden. Könnte Selbstmord gewesen sein, nachdem ihm das Ausmaß seiner Taten klar geworden ist. Aber beides ist reine Spekulation. Warten wir das Obduktionsergebnis morgen Vormittag ab. Kommst du mit?«, wandte er sich an Maja.

Die nickte.

»Sind inzwischen die Brandsachverständigen in Midlum?«, fragte Andretta Adickes.

»Der zuständige Staatsanwalt hat die Brandursachenermittler des LKA angefordert. Wie ich gehört habe, sind die«, er unterbrach sich für einen Blick auf seine Armbanduhr, »gerade vor Ort.«

Auch Andretta schaute auf seine Armbanduhr. Es war kurz vor vier Uhr.

»Wann findet die Obduktion statt?«, fragte er Rainer.

»Gleich morgen früh.«

»Dann fahre ich auf dem Heimweg in Midlum vorbei und schaue mal, ob sich dort schon was ergeben hat. Und morgen in aller Frühe nach Kiel.«

Warum wunderte ihn nicht, dass Maja ungefragt ihren Helm schnappte und ihm auf ihrer alten BMW nach Midlum folgte?

Als sie bei der Brandruine von Verena Boses Haus ankamen, erkannten sie nahe dem Standort des ehemaligen Schornsteins vier in weiße Overalls gekleidete Gestalten. In der Nähe parkte ein weiß-blau lackierter Mercedes Sprinter mit der Aufschrift »Polizei«. In einem weiteren Polizeiwagen mit geöffneter Heckklappe schob ein Terrier hechelnd seine Nase durch das Gitter der Tür einer Hundebox. Sein Blick war erwartungsvoll auf das ehemalige Haus gerichtet. Über ihnen zog eine Drohne ihre Kreise.

Von der Ruine näherte sich einer der Männer im Overall.

Andretta trat ihm in den Weg und stellte sie beide vor.

»Wie kann ich Ihnen helfen?«

»Haben Sie schon die Brandursache herausgefunden?«

Der Mann, der sich als Tom Claassen vorgestellt hatte, schüttelte den Kopf. »Dazu ist es viel zu früh. Wir haben gerade erst den Brandtrichter entdeckt.«

»Brandtrichter?«, fragte Andretta, dem der Begriff bisher noch nicht untergekommen war, nach.

Claassen nickte. »Feuer breiten sich vertikal aus. Die Ausdehnung in seitlicher Richtung ist wesentlich schwächer. Dadurch erscheint über dem Brandherd eine Ruß- und Feuerspur in Form eines Trichters.«

Er bildete ihn mit den Händen nach, als wüsste Andretta nicht, was ein Trichter war.

»In gleichem Maße entflammen die vorhandenen brennbaren Stoffe und Einrichtungsgegenstände, sodass sich ein dreidimensionales, trichterförmiges Erscheinungsbild, der Brandtrichter, bildet. Im Flur, dort, wo wohl mal der Schornstein stand, haben wir ihn entdeckt«, fuhr er fort.

Er wies in die Richtung, wo seine Kollegen vorsichtig Schutt beiseiteräumten und fotografierten.

»Heißt das, dass der Kamin in Brand geriet und das Feuer auslöste?«, fragte Maja.

Claassen schüttelte den Kopf. »Nein, bestimmt nicht. Ich glaube, dass es hier anders war. Leila«, er wies auf den Hund, der aufgeregt losbellte, als er seinen Namen hörte, »hat angeschlagen. Und zwar direkt hinter der Haustür. Sie ist ausgebildet für die Suche nach Brandbeschleuniger. Bisher hat sie sich noch nie geirrt. Abgesehen davon, wer würde bei den Temperaturen einen Kamin anmachen? Ist doch so schon viel zu warm. Nein, nein, so war das garantiert nicht.«

Er ging zu dem Caravan, öffnete die Tür zu Leilas Box und kraulte den Terrier liebevoll hinter den Ohren. Dann schloss er sie und wandte sich ihnen wieder zu.

»Aber wir müssen das erst noch im Labor bestätigen.«

»Aber wie passt das zu dem Brandtrichter?«, hakte Maja nach.

»Ich denke, aber das ist nur eine unbestätigte Vermutung bisher, dass jemand Benzin oder einen flüssigen Grillanzünder durch den Spalt zwischen Haustür und Boden in den Flur laufen ließ und den dann anzündete. Der Brandbeschleuniger ist bis zum Schornstein geflossen, wo er auf Brennmaterial getroffen ist, und damit nahm das Unheil seinen Lauf. Die meisten anderen möglichen Abläufe haben wir bereits überprüft und ausgeschlossen.«

»Woher wissen Sie das?«, fragte Maja weiter.

»Weil die Haustür unten auf der Außenseite Brandspuren

aufweist. Und zwar starke. Dabei würde man doch Spuren auf der Innenseite erwarten. Und der Spalt ist bei diesen alten Türen groß genug dafür.«

»Dann war es also tatsächlich Brandstiftung?«, fragte Andretta.

Der Brandursachenermittler des LKA nickte.

»Mit ziemlicher Sicherheit. Aber das müssen wir, wie gesagt, erst noch bestätigen.«

»Und was ist mit dem Waldbrand am nächsten Tag? Wurde der auch gelegt? Was meinen Sie?«

»Nein, das halte ich für äußerst unwahrscheinlich. Wir haben mit der Drohne nach einem Brandherd gesucht und nichts gefunden. Ich gehe davon aus, dass sich unentdeckte Glutnester unterirdisch ausgebreitet haben, bis sie durch Winde wieder an der Oberfläche aufgeflammt sind.«

Er wies mit der Hand zum Wäldchen.

»Ist ja auch nicht weit weg von diesem Haus. Außerdem sind wir den Wald mit Leila abgegangen, und dabei hat sie nicht angeschlagen. Ich vertraue dem Hund absolut. Wie gesagt hat sie sich noch nie geirrt.«

Er warf dem Hund, der erneut bei der Nennung seines Namens angefangen hatte zu bellen, einen liebevollen Blick zu.

»So was sehen wir oft, wenn der Boden und die Bäume so ausgetrocknet sind wie dieses Jahr. Und das wird immer schlimmer. Jedes Jahr. Mit der Erderwärmung nimmt die Trockenheit auch bei uns massiv zu. Schauen Sie sich doch nur die Temperaturen heute an. Wann haben Sie jemals zuvor so früh im Jahr solch eine Hitze und anhaltende Trockenheit im deutschen Norden erlebt? Aus dem südlichen Europa kennen wir das ja alle. Denken Sie nur an die immer wiederkehrenden verheerenden Waldbrände in Spanien und Portugal in den letzten Jahren. Inzwischen ist das auch bei uns angekommen. Und wenn dann so ein Haus nahe an einem ausgetrockneten Wald brennt, dann pflanzt sich das fort. Unterirdisch, unentdeckt.«

Er schüttelte den Kopf.

»Aber wie gesagt muss das noch ganz genau untersucht werden. Das ist nur meine vorläufige Meinung.«

Andretta bedankte sich und wanderte mit Maja zu dem inzwischen gelöschten Waldstück. Keine Vogelstimme war zu hören und kein Rascheln von Blättern. Eine tote Landschaft, die von der Sonne in gnadenlos weißes Licht getaucht wurde. Bei jedem Schritt wirbelten sie graue Asche auf, die wie Nebel aufstieg und sich einen Moment in der Luft hielt, bevor sie wieder zu Boden sank.

Andretta drehte sich um und schaute zu der Hausruine zurück. Das andere abgebrannte Haus und das mit den Hunden darin lagen an einer Straße in westlicher Richtung, die genau zu diesem Wäldchen führte, gute fünfhundert Meter entfernt von ihrem Standort.

Der Leichenfund so nahe bei dem Zuhause von Fynn Bose und sein plötzliches Verschwinden konnten kein Zufall sein. Doch Andretta musste sich gedulden, durfte sich nicht zu früh festlegen.

17

Sie nahmen die Fähre um sieben Uhr fünfzehn und kamen kurz vor neun in der Gerichtsmedizin am UKSH in Kiel an. Wieder war Dr. Martens der zuständige Obduzent. Alles wie gehabt, nur dass ihn auch sein Kollege und größter Konkurrent bei seiner Bewerbung Wolfgang Hartmann vor dem Obduktionssaal erwartete. Wie immer akkurat in Slim-Anzug mit lässigem Polohemd darunter und sockenlos getragenen weißen Wildleder-Slippern. Kaum entdeckte er ihn, sprang sein Kollege von dem Wartestuhl auf, steckte sein Handy, mit dem er beschäftigt gewesen war, in die Hosentasche und eilte ihnen entgegen. Im Gegensatz zu seiner perfekten Kleidung wirkte der weiße Schnäuzer auf Hartmanns Oberlippe direkt unter der Nase absurd. Na ja, irgendwie passte er ja zu den Schuhen, was sicherlich keine Absicht gewesen war. Die Mentholsalbe hatte nicht vor der Nase haltgemacht, sondern ihr eine weiße Spitze verpasst. Dabei war die Luft hier vor der Tür frisch und frei von den Gerüchen, die sie bei den Autopsien erwarteten.

Andretta stöhnte auf. Was hatte das nun wieder zu bedeuten? Hartmann hasste Obduktionen, mied sie wie die Pest.

»Tolles Foto von euch«, begrüßte er sie.

Andretta stellte Maja vor. Dabei entdeckte er ein Zittern um ihre Nase, das nur von einem unterdrückten Kichern stammen konnte. Ihm selbst war das Lachen trotz des weißen Kleckses vergangen. Es konnte nichts Gutes bedeuten, dass sein Kollege hier aufgekreuzt war.

»Nanu, was treibt dich zu so früher Stunde hierher?«, fragte er mit wenig Begeisterung in der Stimme, wie er selbst wahrnahm.

Hartmann zuckte die Schultern.

»Der Banküberfall ist so weit aufgeklärt, die Täter gefasst, der Rest ist Routine. Da dachte ich mir, dass ich dich unterstützen könnte. Bei so vielen Toten und nun auch noch einem Brandopfer, das ist doch zu viel für so eine kleine Ermittlergruppe.«

An unserem aufsehenerregenden Fall willst du teilhaben, dachte Andretta. Eine weitere Kerbe für die Bewerbung auf die Position des Leiters des Zentralen Kriminaldienstes willst du schlagen. Die Fleißarbeit haben wir erledigt, die Presse konzentriert sich nicht mehr auf den Banküberfall, sondern auf das Feuer und die Opfer auf Föhr, und daran willst du teilhaben. Nichts anderes.

Seine Gedanken wurden von Hartmann unterbrochen.

»Wie ich sehe, hast du ja Verstärkung bekommen.«

Sein Blick wanderte über Maja, von oben nach unten und zurück. Zumindest äußerlich nahm sie es gelassen hin. Andretta konnte das nicht glauben und entdeckte ein Funkeln in ihren Augen, das seinen Verdacht bestätigte.

Um die Situation zu entschärfen, wandte er sich zu dem Raum mit den Besucher-Overalls.

»Na, dann lasst uns mal reingehen, Dr. Martens ist doch bestimmt schon drin.«

Andretta wusste genau, warum Hartmann vor der Tür des Obduktionssaales gewartet hatte, obwohl er durch die Milchglasscheibe Bewegungen ausmachen konnte, die zeigten, dass die Obduktion begonnen hatte. Und dass der Anblick, der sie erwartete, kaum erträglich war, schließlich hatte er das Opfer bereits gesehen. Mit Schadenfreude lauerte er auf Hartmanns Reaktion. Sonst war er nicht so, aber in diesem Fall war das die gerechte Strafe für dessen Unverschämtheit gegenüber Maja. Und das Sich-in-die-Ermittlung-Drängen.

Wie erwartet stand der Gerichtsmediziner an dem Stahltisch und diktierte die Formalien.

»Ach, da sind Sie ja endlich«, begrüßte er die Gruppe, die in weiße Overalls geschlüpft war, bevor sie den Saal betreten hatte und nachdem sein Kollege die Mentholsalbenschicht verdoppelt hatte.

Im Gegensatz zu Hartmann trat Maja sofort an den Obduktionstisch und beäugte den Toten genau.

»Ist das ein Jugendlicher?«, fragte sie mit entsetztem Blick auf die obsidianschwarze Leiche vor ihr.

Andretta wunderte die Frage nicht. Er hatte genau die gleiche bei seiner ersten Autopsie einer Brandleiche gestellt. Im Wald hatte die Leiche größer gewirkt, doch hier auf dem Stahltisch unter dem unerbittlichen weißen Neonlicht wirkte sie kleiner.

Dr. Martens schüttelte den Kopf.

»Je länger ein Mensch dem Feuer ausgesetzt wird und je höher die Temperaturen waren, umso mehr Wasser und Fett gehen verloren. Dadurch schrumpft der Leichnam. Zudem ziehen sich Sehnen und Muskeln durch das Feuer zusammen, sodass Brandleichen oft eine Embryonalstellung einnehmen oder zumindest verkrümmt sind, wie hier. Unser Opfer wurde von der Hitze in der Fechterstellung fixiert.«

Der Tote hatte die Knie wie im Cowboysitz gegrätscht, und einer seiner Arme ragte im Neunzig-Grad-Winkel vom Körper in die Höhe, als weise er gen Himmel, in den er aufsteigen wollte.

Maja trat noch näher heran und betrachtete die Leiche intensiv. Andretta wusste, was sie sehen würde. Kleidung und Haut waren fast komplett verbrannt, nur an den Beinen klebten Reste einer Jeans, ebenfalls schwarz verfärbt. Das darunterliegende Gewebe war an vielen Stellen aufgerissen und sah aus wie schwarzer Erdboden nach einer Trockenzeit.

Maja schnupperte an der Leiche. »Das riecht ja wie verbranntes Huhn.«

»Ist schließlich auch nur Fleisch«, antwortete Dr. Martens. »Ob man ein Steak, ein Hühnchen oder Menschenfleisch anbrennen lässt, macht beim Geruch keinerlei Unterschied, auch wenn das hart klingen mag.«

Dann wandte er sich an Andretta.

»Ich habe schon mal mit der äußeren Leichenbeschau begonnen.«

»Und, konnten Sie etwas feststellen?«, fragte Andretta, während er näher an den Stahltisch herantrat.

»Bis jetzt nichts. Ich kann mit Sicherheit ausschließen, dass der Tote Stich- oder Schussverletzungen hat. Aber ob Würgemale vorhanden waren, kann ich nicht beurteilen, dazu ist die Haut zu verbrannt. Es wird sich gleich, wenn ich mit der inneren Beschau beginne, zeigen, ob er Einblutungen oder Knorpelverletzungen hat. Ebenfalls nicht entdeckt habe ich bisher eindeutige Zeichen, dass das Opfer durch das Feuer gestorben ist. Krähenfüße hat er jedenfalls nicht.«

Dr. Martens wies auf eine Stelle neben dem rechten Auge.

»Krähenfüße?«, fragte Maja nach.

»Ja, Krähenfüße. Kommt Rauch in die Augen, versucht der menschliche Körper sie instinktiv zu schließen, dadurch entstehen kleine Falten in den Augenwinkeln, in denen sich der Ruß nicht niederschlagen kann. Aber das muss nicht unbedingt etwas heißen. Wir werden gleich nach verschlucktem oder eingeatmetem Ruß in Magen und Lunge suchen. Mir ist da allerdings an seinem Kopf eine Stelle aufgefallen, die ich gleich röntgen lassen will.«

Erwartungsgemäß hatte sich Hartmann in der zweiten Reihe positioniert und den Blick strikt auf den Fußboden gesenkt, als ob er dort die Lösung finden würde, wie das Opfer auf dem Stahltisch gelandet war.

»Hat sich bestätigt, dass es sich um einen Mann handelt?«, fragte Maja nach.

Andretta ahnte ihre scharrenden Hufe. Seine junge Kollegin hatte Blut geleckt.

Martens nickte.

»Was denken Sie, wie alt er war?«

Die Hufe scharrten weiter.

Der Gerichtsmediziner lachte auf.

»Sie können sich aber überhaupt nicht bezähmen, was? Muss an Ihrem Alter liegen. Das ist bei einem Brandopfer wie diesem natürlich nicht einfach festzustellen. Weder die Körpergröße, die ja wegen des Feuers geschrumpft ist, noch die äußere Einschätzung des Alters ist hier noch möglich. Aber ich gehe davon aus, dass wir es mit einem Erwachsenen zu tun haben, wenn Ihnen das weiterhilft. Nach der Obduktion kann ich Ihnen mehr dazu sagen.«

»Haben Sie irgendetwas entdeckt, was uns bei der Identifizierung weiterhelfen könnte?«, fragte Andretta.

»Das Gesicht ist, wie Sie sehen, nicht mehr erkennbar, und Fingerabdrücke sind ebenfalls nicht mehr vorhanden. Wir haben am kleinen Finger rechts einen Ring entdeckt, aber noch nicht gesichert. Wenn der nicht weiterhilft, müssen Sie nach alten Röntgenaufnahmen bei den Zahnärzten suchen, schlimmstenfalls können wir eine DNA-Probe entnehmen. Haben Sie schon eine Idee, wer das sein könnte? Haben wir die Chance, an Vergleichsmaterial zu kommen?«

»Ich weiß nicht. Es ist bisher nur eine vage Vermutung. Aber wenn sie stimmt, wird es damit schwierig, weil auch sein Zuhause abgebrannt ist. Ach, halt, eine Probe seiner Mutter würde doch weiterhelfen?«

Dr. Martens nickte.

»Wenn wir richtigliegen, wäre es wichtig herauszufinden, ob eventuell Selbstmord vorliegen könnte«, fuhr Andretta fort.

»Auch das wird sich zeigen. Nun gut, fangen wir an.«

Maja blieb dicht am Tisch stehen und beobachtete jeden Schnitt des Obduzenten.

»Der brösel ja gar nicht«, entfuhr ihr, als der Gerichtsmediziner den Y-Schnitt ausführte.

Dr. Martens lachte erneut auf.

»Da haben Sie wohl zu viele Krimis geschaut. Nein, eine Brandleiche brösel nicht unter den Händen weg, wenn man sie berührt oder gar aufschneidet. Trotzdem muss man dabei vorsichtiger als mit anderen Leichen vorgehen, das ist schon wahr.«

In aller Ruhe arbeitete er sich unterstützt von einem jungen Kollegen vor. Nachdem die inneren Organe entnommen, die Lungenflügel untersucht, der Kopf geröntgt und die Aufnahmen begutachtet worden waren, streifte er die Handschuhe ab und die Maske vom Gesicht.

»Wie ich Sie kenne«, dabei blieb sein Blick an Maja haften, »wollen Sie gleich ganz viel wissen. Normalerweise mache ich das ja nicht, aber bei so einer neugierigen jungen Dame kann ich nicht widerstehen.«

Sein charmantes Lächeln wirkte in der Umgebung und bei den vielen Falten, die sein Gesicht furchten, plump. Doch Andretta wusste es besser. Dr. Martens versuchte nicht, zu flirten, sondern mochte wissbegierige junge Leute. Genau wie er selbst. Deswegen verzieh er ihm die unpassende Wortwahl und Mimik.

»Kommen Sie mit in mein Büro, dann spendiere ich Ihnen einen Kaffee.«

Nachdem alle ihre Overalls abgestreift und in einem Spezialcontainer entsorgt hatten, nahmen Andretta und Maja gegenüber dem überdimensionierten und vollgepackten Schreibtisch Platz. Hartmann stellte sich breitbeinig hinter sie. Auch so eine Unart, um vermeintliche Überlegenheit zu demonstrieren, die er sich angewöhnt hatte. Andretta beschloss, ihn zu ignorieren.

Als vor allen eine Tasse Kaffee aus einer Kaffeemaschine stand, die eher an einen dampfenden Computer erinnerte und ein Vermögen gekostet haben musste, setzte sich der Gerichtsmediziner hinter den Schreibtisch.

»Fangen wir mit dem Wichtigsten an. Details können Sie dann dem Bericht entnehmen. Das Opfer war zwischen zwanzig und Mitte dreißig. Die Größe schätze ich auf etwa einen Meter siebzig, das muss ich nachher noch genau ausrechnen. Körperlich war das Opfer völlig gesund und hätte ein hohes

Alter erreichen können, hätte ihm nicht jemand oder etwas den Schädel zertrümmert.«

Er ließ die Worte wirken, die die Anwesenden elektrisierten. Maja zuckte zusammen, Andretta schnaubte, Hartmann riss erwartungsvoll die Augen auf.

Das hatte sein Kollege wohl zu hören gehofft. Ein weiteres Mordopfer, ein weiterer Paukenschlag für die Presse. Ach, wie nervte ihn das an seinem früher so engagierten Kollegen. Engagement hatte er heute noch, das konnte Andretta nicht leugnen. Nur leider in die falsche Richtung.

Andretta löste sich aus seinen Gedanken, als Dr. Martens fortfuhr.

»Was ich ganz sicher sagen kann, ist, dass sich kein Ruß in der Lunge oder im Magen befand und ich damit den fürchterlichen Tod im Feuer ausschließen kann. Aber das hatte sich ja schon durch die fehlenden Krähenfüße angedeutet. Das heißt also, dass er bereits tot war, als der Brand losging.«

»Also ist er weder im Feuer gestorben, noch war es Selbstmord?«, fragte Maja.

Dr. Martens nickte. »Gut zusammengefasst. Wenn er nicht kopfüber von einem Baum gesprungen oder ihm ein dicker Zweig zielgenau auf den Schädel gefallen ist, muss jemand nachgeholfen haben. Haben Sie in der Nähe des Kopfes einen schweren Ast entdeckt?«

Maja schaute zu dem Kommissar und schüttelte den Kopf.

»Ich kann mich auch nicht erinnern«, antwortete er. »Aber das Feuer war so heiß, dass es alles in Asche gelegt hat. Sollte da ein Ast gewesen sein …«

»Das habe ich befürchtet. Lag das Opfer unter einem Baum?«

Maja nickte. Andretta erinnerte sich ebenfalls daran, dass der Körper dicht bei den Resten eines Baumstammes gelegen hatte. Das sagte er Dr. Martens.

»Hm, also könnte es tatsächlich ein Unfall gewesen sein. Aber wenn Sie mich fragen, unwahrscheinlich. Wenn er gesprungen wäre, sähe der Schädel anders aus. Es sei denn, er wäre genau passend auf einen am Boden liegenden Ast gefallen. Und wenn einer auf ihn herabgefallen wäre, müsste er schon haargenau auf seinen Schädel geprallt sein.«

Der Gerichtsmediziner blätterte in den Unterlagen, bis er zu einem Tatortfoto gekommen war. Intensiv begutachtete er das Bild. Im Raum war es still, alle warteten auf seine Einschätzung. Dann schüttelte er den Kopf.

»Nein, die Wunde ist genau mittig am Hinterkopf mit leichter Tendenz zur Basis hin. Die Verletzung sieht genau so aus, als habe jemand hinter ihm gestanden und auf ihn eingeschlagen. Dann ist er zusammengesackt. Er lag auf dem Rücken, als Sie ihn fanden, richtig?«

»Ja«, antwortete Maja, die vor Andretta am Leichenfundort gewesen war.

»Hm, das passt nicht, denn eigentlich müsste er durch den Schlag nach vorne gefallen sein. Aber gänzlich ausschließen kann ich es trotzdem nicht. Auch wenn so ein Schlag tödlich ist, gibt es doch Fälle, in denen das Opfer sich noch bewegt. Ganz instinktiv. Wegkriecht oder sich umdreht. Sie glauben nicht, was es alles gibt.«

Nach einem letzten Blick in die Akte schloss er sie und legte sie zur Seite.

»Ich denke, dass er von hinten erschlagen wurde. Aber so wird das natürlich nicht in meinem Bericht stehen, sondern nur, dass die Verletzung am Hinterkopf die Todesursache war. Der Rest ist Ihr Job.«

»Können Sie uns schon etwas dazu sagen, wann das Opfer gestorben ist?«, fragte Maja.

»Die Feststellung des Todeszeitpunkts bei verbrannten Leichen ist deutlich komplizierter als bei anderen Todesopfern. Nicht nur weil die Totenstarre durch die Fechterstellung verfälscht wird. Auch Totenflecken sind bei starker Verkohlung nicht mehr erkennbar. Aber meine Erfahrung sagt mir, dass der Eintritt des Todes ein bis zwei Tage zurückliegt.«

Natürlich hätte der Gerichtsmediziner auch einfach darauf hinweisen können, dass das Opfer aufgrund des fehlenden Rußes in der Lunge vor dem Brand, also spätestens vorgestern Morgen, gestorben sein musste. Doch er hatte wohl Gefallen an Majas Fragen gefunden.

»Die Röntgenbilder des Gebisses werden wir schnellstmöglich an unseren Verteiler für Zahnärzte senden. Ich habe da eine frische Füllung entdeckt. Ich hoffe, die Identifizierung wird schnell gehen.«

»Ich brauche allerdings zusätzlich noch eine Abstammungsanalyse über die DNA«, sagte Andretta.

Erstaunt zog Dr. Martens die Augenbrauen hoch.

»Wofür? Ich denke, dass die entbehrlich ist, dass wir den Zahnarzt schnell finden werden. Schließlich ist Föhr nicht groß, und allzu viele Zahnärzte wird es dort nicht geben. Und Sie wissen ja, dass die Sicherstellung von DNA bei Brandopfern nicht ganz einfach ist.«

Er räusperte sich, dann warf er einen kurzen Blick auf Maja.

»Ich muss schauen, wo das Erbgut noch erhalten ist. Ist ja viel von dem Feuer zerstört worden. Bei einer Feuerbestattung geht in der Regel sämtliches genetisches Material verloren. Vielleicht haben wir bei unserem Toten Glück bei den Backenzähnen, die noch nicht so abgeschliffen sind und durch den Kieferknochen in der Regel weniger Feuer abbekommen. Es dauert ja lange, bis ein Knochen – etwa der Beckenkamm – wirklich so verbrannt ist, dass alle genetischen Informationen verloren sind.«

Andretta ließ Dr. Martens dozieren. Er brauchte ihn für etwas anderes, etwas nicht ganz Legales. Etwas, das eigentlich erst von einem Gericht angeordnet werden musste.

»Nicht für die Identifizierung. Ich möchte Sie bitten, die DNA auf eine mögliche Vaterschaft zu überprüfen.«

»Okay«, kam gedehnt. »Sie wissen, dass ich das eigentlich nicht darf. Dass Sie dafür einen Beschluss besorgen müssen. Also zur Sicherstellung DNA entnehmen ja, zur Identifizierung des Opfers ebenfalls, aber für einen Abstammungsabgleich ... Von wem stammt denn das Vergleichsmaterial?«

»Das haben Sie bereits, also zumindest die Leiche, mit deren DNA Sie das Material von diesem Opfer vergleichen sollen.«

»Aha. Und um wen handelt es sich?«

»Martin Gösling.«

Dr. Martens' Adamsapfel tanzte aufgeregt. Dann flog sein Blick zu Hartmann. Auch bei ihm war sein Kollege nicht sonderlich beliebt. Andretta verstand, dass er ungern etwas Illegales vor ihm zugestehen würde.

»Ich verstehe Ihre Bedenken natürlich, war auch nur eine Frage, um das Ganze abzukürzen«, sagte Andretta in der Hoffnung, dass er den Funken in Dr. Martens' Hirn gepflanzt und seine Neugier geweckt hatte. »Ich will Sie ja keinesfalls in Verlegenheit bringen ...«

»Nun, wenn ich genau nachdenke, fällt mir ein, dass wir im Fall der fünf Mordopfer ohnehin DNA gesichert haben. Vorsichtshalber. Man weiß ja nie. Und bei unserem neuen Opfer müssen wir das sicherheitshalber ebenfalls tun. Nicht verboten ist ja, sich die beiden Proben gleichzeitig anzusehen. Ich werde mal schauen, was ich machen kann. Aber Sie wissen ja, dass es dauern kann, bis das Material bei dem Brandopfer sequenziert wurde.«

Andretta nickte. Das beschleunigte die Ermittlung ungemein.

Nachdem sie das Büro des Gerichtsmediziners verlassen hatten, blieb Hartmann stehen.

»Ich komme heute Nachmittag nach Föhr und unterstütze euch. Gibt es da noch irgendwo freie und bezahlbare Zimmer?«

Andretta wurde übel. Genau das hatte er befürchtet. Hartmann startete einen weiteren Wettkampf.

Aber er konnte nicht ablehnen. Er hatte ja recht. Sie waren eindeutig zu wenig Ermittler für so viele Tote. Und jetzt ein zusätzliches Mordopfer.

Doch er brauchte selbst einen Erfolg. Wie, wenn nicht über diese Position, auf die er sich ebenfalls in Flensburg beworben hatte, sollte er das Zusammenleben mit Lisa geregelt bekommen? Verbittert schüttelte er unmerklich den Kopf.

Welche Gedanken auf einmal wichtig waren. Dieser alles andere verdrängende Konkurrenzkampf, der die Motive in die falsche Richtung verschob, war unerträglich. Er atmete schwer. Jetzt war nicht der Moment, in solchen Kategorien zu denken, mahnte er sich. Er sah Hartmann an.

»Wird schwierig. Hochsaison, du weißt schon. Ich hatte selbst großes Glück. Aber vielleicht finden wir ja was für dich.«

Maja sagte nichts. Ihr Unwillen war ihr in den vertikalen Falten auf der Nasenwurzel anzusehen.

»Na dann«, verabschiedete sich Andretta, »wir sehen uns drüben.«

Während der ganzen Fahrt von Kiel nach Dagebüll zur Fähre schwieg Maja. Ob er ihr mit der Obduktion der übel zugerichteten Leiche doch zu viel zugemutet hatte, überlegte Andretta. Nein, seine Kollegin hielt was aus. Wenn sie schwieg, dann nur aus einem einzigen Grund: Sie hatte nichts zu sagen. Das zeichnete sie aus.

Er hatte richtig geraten. Kaum standen sie an der Reling der Fähre und ließen sich vom Fahrtwind nach der Hitze im Auto abkühlen, platzte es aus ihr heraus.

»Damit ist ausgeschlossen, dass Fynn erst sein Zuhause angesteckt und sich anschließend umgebracht hat.«

Andretta staunte immer wieder darüber, wie wortkarg seine Kollegin war, wenn es um Unwichtiges ging. Und wie alles sofort aus ihr heraussprudelte, wenn sie meinte, etwas zu sagen zu haben. Er mochte das.

»Können wir wirklich ausschließen, dass er vor seinem Tod sein Zuhause anzündete? Schließlich brannte der Wald, in dem er gefunden wurde, erst am nächsten Tag.«

»Stimmt. Damit hätte er theoretisch die Möglichkeit gehabt. Aber warum hätte er das tun sollen? Und wie kam er an die Stelle, an der er starb? Und warum?«

Andretta lachte auf. »Ganz schön viele Fragen auf einmal. Wenn wir die alle beantwortet haben, ist der Fall gelöst. Fangen wir mit der einfachsten an. Laut seiner Mutter hat er am Vorabend des Hausbrandes, nachdem wir bei ihm waren, das Haus verlassen. Ohne Gepäck, nur mit Jacke. Was an sich schon auffällig ist, weil es an dem Abend noch immer heiß war, wie wir aus eigener Erfahrung wissen. Wollte er also länger wegbleiben? Bis in die Nacht hinein? Bis es abkühlte?«

Maja schaute ihn mit großen Augen an, dann nickte sie langsam.

»Noch haben wir nicht einmal die Bestätigung, dass es sich bei der Brandleiche um Fynn handelt. Das mag zwar alles hervorragend zusammenpassen, aber ein Beweis ist das noch lange nicht«, fuhr der Kommissar fort.

»Da war ich wohl zu schnell mit meinen ach so unlogischen Schlussfolgerungen.«

Andretta lachte leise.

»Sind wir das nicht alle? Als guter Ermittler muss man sich dazu erziehen, manchmal zwingen, sich nicht zu schnell festzulegen. Das ist das oberste Gebot bei einer Ermittlung. Sonst kommt man in die falsche Spurrinne. Das müssen wir vermeiden. Halten wir uns einfach erst einmal an das, was wir sicher wissen.«

»Okay«, antwortete Maja. Dann schwieg sie eine Weile.

Andretta ließ ihr die Zeit.

»Also, wir wissen, dass er nach dem Gespräch mit uns telefonierte und hastig das Haus verließ. Dann wissen wir, dass das Haus der Mutter in der Nacht angezündet wurde, und zwar laut Brandursachensachverständigem von der Außenseite der Haustür. Er hatte ja gesagt, dass der Brandbeschleuniger unter der Tür durchgeflossen ist. Das ist jedenfalls ein Argument gegen Fynn als Brandstifter. Der hätte das nicht von außen machen müssen, sondern hätte reingehen können, so weit richtig?«

Andretta nickte und sah sie erwartungsvoll an. Mal schauen, wie weit sie Majas Überlegungen brachten.

Die sah ihn einen Moment lang kritisch an, dann ging es auch schon weiter. Offenbar hatte sie mal wieder überlegt, ob sie sich besser zurückhalten sollte.

»Wir wissen außerdem, dass Fynn Bose mit dem Fünffachmord in Verbindung steht, denn die Tatwaffe gehörte ihm und befand sich in dem Haus seiner Mutter. Und er hat gelogen, als wir ihn danach fragten.«

Wieder nickte Andretta nur. Er wollte ihre Gedankengänge nicht unterbrechen.

»Was wissen wir noch?«, fragte sie sich selbst. »Dass Fynn sich für den Sohn von Martin Gösling hielt. Und dass er ihn dafür hasste, dass der ihn nicht anerkannte. Dabei ist unklar, ob er tatsächlich von Gösling abstammte. Ist das relevant? Nein, in meinen Augen nicht. Es genügt, dass er das glaubte. Richtig?«

Ein weiteres Mal nickte Andretta.

»Und dann haben wir die Aussage seiner Mutter, dass er jemanden aus der Familie Ostern getroffen hat.«

»Und was schließen wir daraus?«, fragte Andretta.

Aus heiterem Himmel verzauberte ein Grinsen ihr Gesicht, entspannte es und ließ es von innen leuchten.

»Gar nichts«, verkündete sie. »Denn sonst würden wir uns zu früh festlegen!«

In der Wache erwarteten sie Tine und Rainer. Auch Adickes gesellte sich dazu, als sie von der Obduktion und den vorläufigen Ergebnissen des Gerichtsmediziners und Brandursachenermittlers am Vortag berichteten.

»Puh, das sind ja mal Neuigkeiten«, stöhnte Adickes. »Jetzt haben wir es nicht nur mit einem Sechsfachmörder zu tun, sondern auch noch mit einem Brandstifter. Damit sind wir hier eindeutig überfordert. Am besten, wir rufen gleich die Kavallerie«, fügte er mit genervtem Blick an.

Andretta konnte es ihm nicht verdenken. Zu viele Menschen waren in kurzer Zeit gewaltsam auf Föhr gestorben. Und keiner wusste, ob das Morden weitergehen würde.

»Habt ihr was herausgefunden?«, wandte er sich an Rainer.

»Wer auch immer das war, wenn nicht Fynn Bose der Mörder war, kennt er sich verdammt gut hier auf Föhr aus. Weiß, wo die Blitzer stehen und dass auf dem Fähr-Terminal Videokameras zur Überwachung angebracht sind. Und einen Wagen hat er bestimmt auch nicht mitgebracht, denn wir haben alle Kennzeichen überprüft, die auf den Fähren seit dem Mord an den Göslings und Rüeggs aufgezeichnet wurden. Absolute Fehlanzeige.«

Andretta nickte. »Und die Fahndung nach Fynn Bose? Hat die irgendwas erbracht? Hat ihn jemand gesehen?«

Tine schüttelte den Kopf. »Wie vom Erdboden verschluckt. Es hat sich niemand gemeldet, der ihn nach dem Zeitpunkt, als er vorgestern Abend das Haus verließ, getroffen hat. Seine Kumpel haben wir noch nicht aufspüren können. Kollege Adickes unterstützt uns bei der Suche. Noch sind nicht alle Einwohner von Midlum zurück in ihre Häuser gekehrt. Aber wir kommen vorwärts. Vielleicht erfahren wir von denen ja noch was Entscheidendes.«

»Ja, macht weiter damit. Fragt auch den Wirt vom Freesenkrog, Anders Fokken. Wenn Fynn an dem Abend noch im Krog war, weiß er es bestimmt. Zu blöd, dass wir nicht gleich danach gefragt haben. Ach, und fragt bei der Gelegenheit auch, ob die jemanden aus der Familie Rüegg oder Gösling mit ihm zusammen gesehen haben. Wir wissen zuverlässig, dass es um Ostern einen Kontakt gab. Vielleicht traf er sich ja öfter mit demjenigen. Das würde uns wesentlich weiterbringen.«

Tine nickte und notierte, was er gesagt hatte. »Gibt es einen

Hinweis darauf, wer das gewesen sein könnte?«, hakte sie nach.

Andretta schüttelte den Kopf. »Nicht den geringsten. Noch nicht einmal, ob es sich um ein männliches oder weibliches Familienmitglied handelte. Wie sieht es inzwischen mit den Löscharbeiten aus? Ist es jetzt sicher in Midlum? Sind alle Brände gelöscht, oder kann das noch mal plötzlich losgehen wie vorgestern?«

Adickes holte tief Luft. »Das will ich wirklich nicht hoffen. Petersen, den habt ihr, glaube ich, kennengelernt, legt sich nicht mehr fest. Wie auch, nach dem Schock. Es ist ständig eine Brandwache vor Ort, und Tanklaster mit Löschwasser stehen in Reserve. Hoffen wir das Beste.«

Andretta nickte. »Etwas ganz anderes. Ein weiterer Kollege kommt auf die Insel und will uns unterstützen. Könntest du mir helfen, ihm eine Unterkunft zu suchen?«

»Ein Kollege?«, hörte er hinter sich von Rainer.

Er nickte. »Hartmann kommt zur Unterstützung rüber.«

»Oh nein, muss das sein? Wir kommen bestens klar dank den Kollegen in der Dienststelle hier. Ohne ihn!«

Andretta zuckte die Schultern. Er sah es ebenso, doch was nützte es?

»Das sehe ich genauso. Aber ich kann ihm ja schlecht sagen, dass er wegbleiben soll«, auch wenn ich das gerne getan hätte, vollendete Andretta den Gedanken.

Aussprechen würde er ihn niemals. Es reichte, dass niemand mehr Hartmann wohlgesonnen war, seitdem er sich aufgemacht hatte, den Sieg bei der Bewerbung zu erringen. Gnadenlos hatte er in der Vergangenheit alle Erfolge der Mordermittlungsgruppe an sich gerissen und als seine verkauft.

Doch Andretta würde das Feuer nicht weiter schüren. Das wäre nicht okay. Schließlich waren sie Kollegen.

»Nein, tut mir leid. Bei dem Wetter ist die Insel gnadenlos überfüllt. Ich fürchte, die Feuer haben zudem ein paar Schaulustige rübergelockt. Und natürlich die ewigen Youtuber, die nichts Besseres zu tun haben, als spannende Filmchen zu drehen. Nein, ich fürchte, da musst du Meike fragen. Die ist die Einzige, von der ich weiß, dass sie noch unbelegte Zimmer hat.«

Andretta stöhnte innerlich auf. Auch das noch. Dann würde sein Konkurrent mitbekommen, dass er inzwischen ein Kind betreuen musste. Nein, wollte, korrigierte er seine Gedanken.

Aber was sollte es, früher oder später würde das ohnehin herauskommen. Dann eben gleich.

Meike hatte zugestimmt, zu Andrettas großem Ärger. Doch auch wenn es ihm zutiefst widerstrebte, so überwog sein Teamgeist. Ein Kollege benötigte Unterstützung, also half er ihm. So war das eben, so war er nun einmal.

Nach seiner Ankunft auf Föhr war Hartmann ihm mit seinem eigenen Wagen zur Pension gefolgt und hatte Meike gleich beflirtet.

Wie peinlich, fand Andretta. Wie hatte sich sein Kollege nur verändert. Früher war er zurückhaltend gewesen, freundlich und hilfsbereit. Doch dann hatte er den Workshop eines Gurus belegt, der behauptet hatte, in nur drei Wochen jeden in einen Erfolgsmenschen zu verwandeln. Das Gelernte hatte Hartmann sofort für die Bewerbung umgesetzt. Mit fatalem Ergebnis, wie Andretta fand.

Sein Kollege hatte das noch freie Zimmer auf der anderen Seite von Lisas bekommen. Beim ersten gemeinsamen Abendessen waren ihm fast die Augen aus dem Kopf gefallen, als Andretta Lisa als sein Kind vorstellte. Etwas anderes kam ihm nicht in den Sinn.

Prompt erschien ein anzügliches Grinsen auf seinem Gesicht.

»Und die Mutter? Wo ist die?«

Lisa wurde so blass wie die weiße Tischdecke vor ihr. Dann

schluckte sie schwer, stand auf, murmelte etwas von »keinen Hunger« und verschwand.

Hartmann schaute betreten drein. Was bei seiner neu erworbenen Mimik äußerst ungewöhnlich und eigentlich abtrainiert war.

»Hab ich was Falsches gesagt?«, fragte er verblüfft.

Andretta schüttelte den Kopf und zuckte ambivalent die Schultern.

»Nein, schon gut«, antwortete er.

Alles in ihm wehrte sich dagegen, Hartmann Lisas Geschichte und ihr Verhältnis zueinander zu offenbaren.

Nein, so gut verstanden sie sich wirklich nicht mehr.

18

Lisa erwartete ihn nicht wie sonst jeden Morgen am Frühstückstisch. Hartmann hatte stattdessen ihren Platz eingenommen. Ein mieser Tausch, fand Andretta.

Trotzdem setzte er sich zu seinem Kollegen, was auch sonst. Meike brachte den Frühstückskaffee und stellte das Radio lauter. Andretta war ihr dafür dankbar. Er hatte nicht die geringste Lust auf Small Talk am frühen Morgen. Schon gar nicht mit Hartmann.

Die Nachrichten waren durch, es folgte die Wetterprognose für die nächsten Tage. Die Hitze hatte sich über Deutschland festgesetzt und würde so schnell nicht vergehen. Temperaturen von mehr als dreißig Grad wurden angekündigt, verbunden mit einer Warnung vor der deutlich erhöhten Waldbrandgefahr. Offenes Feuer wurde in den Gärten strikt verboten, Grillen strengstens untersagt. Sogar die Entnahme von Wasser aus Flüssen und Seen stand unter Strafe. Zudem wurde auf die Gefahren für ältere Leute hingewiesen und an die knapp fünfzehntausend Hitzetoten 2003 in Frankreich erinnert. Es folgte ein Bericht über die aktuellen Waldbrände im Harz am Brocken und in der Sächsischen Schweiz.

An die Nachrichten schloss sich eine Reportage über »Zombie«-Brände an, von denen Andretta nie zuvor gehört hatte. Danach »überwinterten« manche in der warmen, trockenen Jahreszeit ausgebrochene Waldbrände, die scheinbar gelöscht worden oder von alleine ausgegangen waren. Das bedeutete, wie die Moderatorin erklärte, dass sie nicht wirklich erloschen waren, sondern in den tiefen, organischen Waldböden der nördlichen Hemisphäre weitergeschwelt hatten. Nach dem Ende des kalten und nassen Winters flammten sie erneut auf. Laut den Forschern sorgte die fortschreitende Klimaerwärmung für immer günstigere Bedingungen für dieses Phänomen.

Schöne neue Welt, schoss Andretta durch den Kopf. Seine düsteren Gedanken wurden von Hartmann unterbrochen.

»Ich wusste gar nicht, dass du ein Kind hast. Wo ist denn nun die dazugehörige Mutter? Die Antwort bist du mir gestern Abend schuldig geblieben.«

Andretta hatte zwar nicht die geringste Lust, seinem Konkurrenten die Geschichte zu erzählen, doch es würde Gerüchte geben, wenn er nicht klarstellte, wie es zu ihrem Zusammenleben gekommen war. Also erzählte er die Kurzversion.

Erst wurde der Blick von Hartmann weich und mitfühlend, so wie er früher gewesen war. Dann stahl sich ein Blitzen in die Augen. Er hatte wohl erkannt, dass ihm das einen weiteren Pluspunkt bei der Bewerbung einbringen konnte. Ein alleinerziehender Vater in der angestrebten Position war schwierig. Meinte er. Andretta sah das anders, sagte es aber nicht. Er hatte sich geschworen, jedem Stress mit Hartmann auszuweichen. Der würde sonst nur die Ermittlung belasten.

»Sag mal, hattet ihr, also du und deine Tochter, gestern Nacht Streit?«, fragte Hartmann, nachdem er einen Bissen Toast heruntergeschluckt hatte.

Andretta schaute ihn verblüfft an.

»Nein, wieso?«

»Weil sie heute Nacht so bitterlich geweint hat. Ich bin davon wach geworden. Ich dachte schon, es wäre was passiert, und hab an ihre Zimmertür geklopft. Aber dann hat ihr Hund geknurrt, und da bin ich wieder ins Bett gegangen. Geht mich ja auch nichts an. Und der Hund passt offensichtlich gut auf sie auf. Aber was war da los?«

Andretta erstarrte. Er war so erschöpft gewesen, dass er ausnahmsweise sofort eingeschlafen war und nicht ein einziges Mal aufgewacht war.

So ging es nicht weiter. Er musste dringend mit Lisa reden und klären, was sie jede Nacht quälte. Gleich heute Abend, schwor er sich.

Bevor sie zur Polizeistation aufbrachen, klopfte Andretta an Lisas Zimmertür. Als sie ihm öffnete, trug sie ihr Haar wieder offen wie ein Rauschgoldengel. Das verzauberte sie zwar in eine zarte Elfe, doch ihm wäre die zukünftige Polizistin mit Pferdeschwanz lieber gewesen. Denn da hatte Leben in dem Mädchen gesteckt, das jetzt mehr einer durchscheinenden Märchenfigur glich und genauso unwirklich schien.

»Was habt ihr heute vor?«, fragte er. Zu gerne hätte er sie zur Begrüßung umarmt, traute sich aber nicht. Fast fürchtete er, sie würde sich durch die Berührung auflösen, verflüchtigen, Angst vor ihm bekommen, sich bedrängt fühlen.

Lisa zuckte die Schultern. »Weiß nicht«, flüsterte sie.

»Kommst du mit Meike klar?«

»Schon.«

»Stimmt was nicht, soll ich dir eine andere Betreuung für die Zeit, in der ich arbeiten muss, suchen?«

»Nein, alles gut.«

»Hör zu, Lisa. Heute Abend unternehmen wir was gemeinsam. Nur wir zwei. Okay? Dann müssen wir auch reden.«

Lisas Blick flackerte. Vor Angst?

»Worüber denn? Hab ich was falsch gemacht?«

Andretta überwand seine Unsicherheit und Bedenken und strich ihr über den Kopf.

»Nein, alles in Ordnung«, versprach er, selbst nicht wissend, was er damit meinte. »Ich möchte nur mal hören, wie es dir so geht und wie du dich fühlst. Wir hatten bisher ja kaum Zeit, mal richtig miteinander zu reden.«

Das Mädchen sah ihn nur stumm und mit weit aufgerissenen Augen an.

Kaum hatten Andretta und Hartmann die Dienststelle betreten, läutete in dem kleinen Büro der Kripo das Telefon. Maja war ihnen in den Raum gefolgt.

»Martens hier.«

Andretta stellte den Lautsprecher an, damit seine Kollegen mithören konnten, was der Gerichtsmediziner zu sagen hatte.

»Hören Sie«, fuhr der fort, »ich hab mir überlegt, wie es mit der Abstammungsprüfung schneller und einfacher gehen könnte. Es dauert ja immer noch ein paar Tage, bis wir die DNA sequenziert haben und ich das Ergebnis bekomme. Deswegen habe ich das Blut unseres Brandopfers analysiert. Bei dem vermeintlichen Vater Martin Gösling hatten wir das ja automatisch gemacht, um die Blutspuren am Tatort zuordnen zu können. Ich habe sie bereits verglichen.«

»Haben Sie etwa schon etwas herausgefunden?«, fragte Andretta aufgeregt.

»Mit nur diesen beiden Blutproben funktioniert das leider nicht. Aber es gibt zwei sichere Methoden, die Vaterschaft von Martin Gösling in kurzer Zeit auszuschließen. Die Bestätigung, dass er der Vater ist, bekommen wir dagegen nur über die DNA, und die dauert. Wenn ich Sie richtig verstanden habe, würde Ihnen das aber erst einmal genügen, richtig?«

»Ja, das wäre perfekt. Wie funktioniert das?«

»Ich benötige dafür die Blutgruppe und den Rhesusfaktor der Mutter. Am schnellsten könnten wir über den Rhesusfaktor die Vaterschaft ausschließen.«

»Wie das?«

»Sie wissen sicherlich, dass jede Blutgruppe einen Rhesusfaktor hat. Den gibt es positiv und negativ. Für die Nachkommenschaft, also Kinder, gibt es eine ultimative Regel: Zwei Eltern mit einer Blutgruppe Rhesusfaktor negativ können kein Kind zeugen, bei dem er positiv ist, und umgekehrt. Der Rhesusfaktor bei dem Brandopfer ist positiv, der von Martin Gösling negativ. Wenn er also bei der Mutter ebenfalls negativ ist, kann Gösling nicht der Vater sein.«

»Aha. Aber was ist, wenn die Mutter Rhesusfaktor positiv ist?«

»Dann können wir über die Blutgruppe die Abstammung weiter abklären, also eventuell ausschließen. Unser Brandopfer hat die Blutgruppe B Rhesusfaktor positiv. Martin Gösling hat Blutgruppe A negativ. Die Mutter müsste also eine der Blutgruppen B oder AB positiv haben. Wenn nicht, kann Martin Gösling nicht der Vater sein. Denn dann müsste der richtige, andere Vater das B in die Blutgruppe gebracht haben. Das ist zumindest eine Möglichkeit, die schneller funktioniert als eine Abstammungsprüfung per DNA.«

»Das klingt doch hervorragend und hilft uns enorm weiter. Zumal wir auf diesem Wege vielleicht auch ausschließen können, dass es sich bei dem Brandopfer tatsächlich um die Person handelt, die wir vermuten. Wir fahren gleich zu der Mutter und fragen nach. Anschließend melde ich mich, einverstanden?«

»Natürlich, ich bin schließlich auch nur ein Mensch und neugierig!«

Andretta bedankte sich und wandte sich an Maja.

»Auf, wir fahren gleich ins Krankenhaus zu Verena Bose und fragen sie.«

»Ist nicht nötig«, schaltete sich Hartmann an Maja gewandt ein. »Du hast ja bestimmt Besseres zu tun und eigentlich andere Aufgaben. Ich fahre mit.«

Wenn man ihn so hörte, konnte man meinen, dass er die Ermittlung leitete. Wie vom Donner gerührt starrte Maja ihn an. Andretta sah die Fassungslosigkeit in ihren Augen. Und Enttäuschung.

Er selbst war über so viel Dreistigkeit erschüttert. Obwohl er ja inzwischen gelernt und am eigenen Leib gespürt hatte, zu was sein Konkurrent mutiert war. Aber er würde das nicht hinnehmen. Er und Maja waren ein Team, das funktionierte und harmonierte. Das würde er sich nicht von Hartmanns Ehrgeiz kaputtmachen lassen!

»Kommt nicht in Frage. Die Mutter hatte eine schwere Rauchgasvergiftung und liegt im Krankenhaus. Da muss man Rücksicht nehmen. Uns kennt sie bereits. Wie wäre es, wenn du derweil dafür sorgst, dass die Kinder und der Neffe der ermordeten Familien zum Verhör erscheinen? Wir haben da eine neue Information, die wir überprüfen müssen. Tine und Rainer haben die Adressen.«

Hartmanns Augen wurden zu Schlitzen. Doch man konnte die Gedanken in seinem Kopf rattern sehen. Offenbar wog er ab, was ihn weiterbringen würde. Die Aussicht auf die Vernehmungen, die er zweifellos an sich reißen würde, gewann.

Verena Bose saß fertig angekleidet auf dem Bett, neben sich auf dem Nachttischchen ein kläglicher Strauß rosa Nelken.

Sie stand kurz vor der Entlassung, wie sie berichtete. Mit leichter Röte auf ihren Wangen erklärte sie, dass Karl Herrmann, der potenzielle Vater von Fynn, sie abholen würde. In der nächsten Zeit könnte sie bei ihm leben, nachdem ihr Haus abgebrannt und damit unbewohnbar war.

Andretta hatte sich auf der Fahrt überlegt, wie er sie nach ihrer Blutgruppe fragen könnte, ohne davon zu berichten, dass sie das Brandopfer für ihren Sohn hielten. Er hatte keine Lösung gefunden. Also fragte er direkt.

»Wir brauchen Ihre Blutgruppe und den Rhesusfaktor.«

Wie erwartet kam die sofortige Frage nach dem Warum.

»Haben Sie von dem Toten gehört, den wir im abgebrannten Wald gefunden haben?«

Sofort sackte das in ihre Wangen geschossene Blut aus ihrem Gesicht und ließ es wie eine Totenmaske erscheinen.

»Sie meinen … Also das könnte …?«, stammelte sie.

»Ganz ruhig. Wir wissen noch gar nichts. Der Tote ist noch nicht identifiziert, sein Zustand macht das schwierig. Was wir haben, ist seine Blutgruppe und den Rhesusfaktor. So können wir am schnellsten ausschließen, dass das Ihr Sohn ist.«

Nicht erwähnte er, dass es auch das Gegenteil belegen könnte. Oder doch eine Identifizierung der Leiche erforderlich wäre, was er ihr möglichst ersparen wollte, um sie in ihrem Zustand nicht weiter aufzuregen. Sie sah noch immer mitgenommen aus mit den schwarzen Ringen unter ihren Augen und den hängenden Schultern.

Es war ihm nicht gelungen. Tränen schossen in ihre Augen und ließen sie verschwimmen.

In dem Moment öffnete sich die Tür, und ein in Jeans und ein verwaschenes T-Shirt mit der kaum erkennbaren Aufschrift »AC/DC« gekleideter Mann betrat das Zimmer. Bei jedem Schritt wippte der Bierbauch, der über den Bund der Hose quoll.

Er warf einen kritischen Blick auf Andretta und Maja, dann wandte er sich Verena Bose auf dem Bett zu.

»Alles klar, können wir?«

Sie schüttelte den Kopf.

»Was brauchen Sie noch mal?«, fragte sie den Kommissar.

»Blutgruppe und Rhesusfaktor.«

»Weiß ich nicht, hab ich nie gebraucht.«

Andretta nickte.

»Gut, dass wir im Krankenhaus sind. Das kann hier gleich untersucht werden, wenn Sie dazu bereit sind.«

Eine Stunde später hatten sie die Ergebnisse, rasten zurück ins Polizeipräsidium und riefen Martens an.

»Die Mutter hat Rhesusfaktor positiv und Blutgruppe A.«

Andretta hatte sich nicht merken können, was das bedeutete.

Das zufriedene Grunzen von Dr. Martens am anderen Ende der Leitung lieferte ihm die Antwort.

»Ha, hab ich es doch gewusst«, freute sich der Gerichtsmediziner. »Da haben wir es. Martin Gösling kann unmöglich der Vater des Brandopfers sein!«

19

»Und was bedeutet das jetzt?«, fragte Maja.

»Das bedeutet, dass sich Fynn in etwas reingesteigert hat, das nicht stimmte. Obwohl ihm seine Mutter stets das Gegenteil erzählte und er auch äußerlich diesem Karl Herrmann deutlich mehr ähnelte als Martin Gösling.«

Maja erinnerte sich an die schlanke, groß gewachsene Gestalt des Mordopfers. Und wie klein und krumm Fynn dagegen ausgesehen hatte. Ganz wie Karl Herrmann, der noch immer in Verena Bose verliebt schien.

»Aber hat das Relevanz für die Ermittlungen?«

»Wahrscheinlich nicht. Denn er war ja überzeugt, der Sohn zu sein, und nährte daraus seinen Hass auf die Familie. Tragisch, wirklich tragisch.«

»Wenn er die Wahrheit gewusst hätte, vielleicht wäre dann alles anders gekommen«, mutmaßte Maja. »Wenn er tatsächlich derjenige war, der geschossen hat!«, fügte sie an. Die Lehre, niemals zu viel vorauszusetzen oder sich zu früh festzulegen, hatte sie inzwischen verinnerlicht.

»Aber warum wurden beide Familien erschossen? Das macht doch keinen Sinn. Es sei denn, Fynn glaubte, ebenfalls zu erben. Hat er nicht immer darüber geschimpft, dass die richtigen Kinder von Martin verwöhnt werden, aber er nichts davon abbekommt?«

Andretta nickte auffordernd.

»Also, warum mussten beide Familien sterben und warum jetzt? Da fehlt mir der Trigger.«

Hartmann kam in das Büro.

»Und, alles klar?«

Andretta schüttelte den Kopf und berichtete von dem Ergebnis des Blutgruppenvergleiches.

In dem Moment klingelte das Telefon. Wieder war der

Gerichtsmediziner dran. Andretta aktivierte erneut den Lautsprecher.

»Heute ist Ihr Glückstag«, verkündete Dr. Martens. »Nicht nur dass wir die Vaterschaft ausschließen konnten, nun hat sich auch noch ein Zahnarzt aus Nieblum gemeldet und uns Röntgenaufnahmen eines seiner Patienten gemailt. Was soll ich sagen: Ihr Brandopfer heißt Fynn Dose und stammt aus Midlum.«

Der Obduzent ließ seine Worte wirken. Dann fuhr er fort: »Die Übereinstimmung beim Zahnstatus ist eindeutig, zumal dieser Bose erst kürzlich bei ihm wegen Zahnschmerzen war und deswegen neue Röntgenaufnahmen gemacht wurden. Wie ich richtig erkannt habe, war die Füllung tatsächlich ganz frisch, kein halbes Jahr alt.«

Die Tür zum Büro öffnete sich, und Tine betrat den Raum. Andretta bedeutete ihr zu warten.

»Als kleinen Bonus kann ich bestätigen, dass das Brandopfer durch Fremdeinwirkung gestorben ist. Ich habe eben erst die Röntgenaufnahmen genau prüfen können, und da habe ich entdeckt, dass nicht nur eine Wunde auf dem Kopf vorhanden ist. Eine weitere, vom zweiten Schlag fast komplett verdeckte befand sich darunter. Das war kaum zu erkennen, weil die Verletzungen nahezu deckungsgleich waren. Großer Zufall das. Absichtlich schafft man das kaum. Tja, und nun zeigen Sie mir den Ast, der zweimal auf dieselbe Stelle fällt.«

Der Stolz auf seine Leistung war deutlich aus der Stimme herauszuhören.

»Donnerwetter«, antwortete Andretta.

Da hatten sie also den Beweis. Fynn hatte sich nicht aus schlechtem Gewissen selbst getötet. Und ein Unfall war das ebenfalls nicht gewesen.

Der Gerichtsmediziner verabschiedete sich.

Nachdem Andretta aufgelegt hatte, wandte er sich an Tine.

»Du kannst die Fahndung nach Fynn Bose abblasen, wir haben ihn gefunden.«

»Das Brandopfer?«, fragte sie. Sie hatte den Anfang des Telefonates nicht mitbekommen.

Andretta nickte.

»Und was bedeutet das nun alles?«, stellte sie die Frage, die allen im Kopf herumschwirrte.

»Das weiß ich auch noch nicht. Treffen wir uns in einer halben Stunde und sprechen darüber.«

Bis die anderen eintrafen, schwieg Andretta. Maja kam das gelegen, denn ihre eigenen Gedanken rotierten. Was hatte das alles zu bedeuten, und wo führte das hin? Fynn, der Mörder von fünf Menschen und nun selbst ermordet. Wie passte das zusammen? Hatten sie überhaupt einen Beweis außer der Winchester, dass Fynn der Fünffachmörder war? Nichts stimmte mehr, alles bisher Gedachte stand auf dem Kopf.

Maja schaute auf die Uhr. Fünf Minuten bis zum Teamtreffen. Sie erhob sich, ging in die kleine Küche und holte zwei Becher schwarzen Kaffee.

Als sie zurückkam, saßen Rainer und Tine an dem kleinen Besprechungstisch, den Adickes in den Raum hatte quetschen lassen. Ihr Chef saß am Kopfende, und hinter sich hörte sie Hartmann eintreten. Was ein Idiot, dachte Maja. Was ein überheblicher, selbstverliebter Gockel.

Er stellte sich vor das Fenster und verschränkte die Arme vor der Brust. Ob der sich jemals normal und entspannt benehmen konnte? Maja zweifelte daran. Er musste Stunden vor dem Spiegel damit zugebracht haben, die Posen einzuüben.

Andretta saß wie zuvor mit dem Gesicht dem Fenster zugewandt am Schreibtisch. Als sie ihm den Kaffee hinstellte, drehte er sich um und dankte mit einem Nicken, begleitet von einem leichten Lächeln um die Mundwinkel. Majas Magen zog sich zusammen. Bloß keine Gefühle ins Spiel bringen, ermahnte sie sich.

Andretta nahm einen Schluck, dann richtete er sich auf seinem Schreibtischstuhl auf.

»Für diejenigen, die es noch nicht wissen: Wir haben Fynn Bose, den Besitzer der Tatwaffe, also der Winchester, gefunden. Er lag in dem abgebrannten Waldstück bei Midlum.«

Adickes atmete schwer, sein Gesicht entspannte sich.

»Damit ist der Mordfall Gösling und Rüegg ja wohl gelöst. Gott sei Dank. Ich hätte das zwar nie von Bose gedacht, aber was soll's. Und das Motiv kennen wir auch. Hass, weil er von seinem Vater, dem Martin Gösling, nicht anerkannt, sondern verleugnet wurde«, verkündete er.

»Ich fürchte, dagegen sprechen zwei Punkte. Ad eins war Gösling nicht Fynns Vater, das wissen wir inzwischen sicher. Und ad zwei wurde er ebenfalls umgebracht.«

Adickes' zufriedenes Grinsen fiel in sich zusammen, und sein Gesicht mutierte zu einem Fragezeichen.

»Was?«, fragte er.

Andretta nickte zur Bestätigung.

»Aber …«

Nun zuckte Andretta die Schultern.

»Wir müssen ganz neu denken, einen neuen Ansatz finden. Deswegen habe ich alle zusammengerufen. Die wichtigsten Fragen lauten: War Fynn der Mörder der beiden Familien, und wenn ja, wieso und von wem wurde er ermordet?«

20

Alles zurück auf Anfang. Das war das Ergebnis der Besprechung.

Sie hatten in jede mögliche Richtung überlegt, sämtliche Argumente abgewogen, im Licht der neuen Erkenntnisse den Gedanken freien Lauf gelassen. Es hatte sie nicht weitergebracht. Konnte sie nicht weiterbringen, weil zu viel ungeklärt war.

Natürlich lag es nahe, dass Fynn die beiden Familien ermordet hatte, im Haus der Boses war schließlich die Tatwaffe gefunden worden. Nicht beweisbar war, dass er auch damit geschossen hatte. Die auf dem Schaft gefundenen Fingerabdrücke konnten sie nicht mit Fynns vergleichen, da seine Fingerkuppen verbrannt waren. Sämtliches Vergleichsmaterial, das sich in seinem Zuhause hätte finden lassen, war ebenfalls dem Feuer zum Opfer gefallen.

Trotzdem hatte Tine den Auftrag erhalten, danach zu suchen. Möglicherweise gab es bei Freunden, Bekannten oder Behörden ein Schriftstück, das er in der Hand gehalten hatte. Keine leichte Aufgabe. Aber wenn jemand etwas fand, dann seine Kollegin, die sich in der Vergangenheit durch außergewöhnliche Ideen ausgezeichnet hatte.

Aber was würden sie damit beweisen können? Dass er die Waffe in den Händen gehalten hatte. Das verstand sich von selbst, er war ihr Eigentümer gewesen.

Einen weiteren, anderen Fingerabdruck? Einen, der nicht zu Fynn gehörte? Einen, der auf einen Mittäter hindeuten könnte? Den Gedanken hatte er an die Gruppe weitergegeben.

»Wie, noch ein Mörder auf unserer kleinen Insel?«, hatte Adickes gefragt und den Kopf heftig geschüttelt.

Weil nicht sein kann, was nicht sein darf, dachte Andretta. Er bedauerte den Leiter der Zentralen Polizeistelle Wyk. Der

Druck auf ihn musste enorm sein. Nicht nur wegen des Fünffachmordes, auch wegen der Brände, die zumindest anfangs absichtlich gelegt worden waren. Offenbar hatte er mit dem Fund der Mordwaffe auf das Ende der Ermittlungen und die Rückkehr von Ruhe und Beschaulichkeit auf die Insel gehofft. Den Gefallen konnte ihm Andretta nicht tun.

»Ich ergänze meine beiden Fragen«, verkündete er. »Wieso wurde das Haus der Boses in Brand gesteckt? Von demselben, der Fynn erschlagen hat? Warum?«

Maja räusperte sich. Das konnte nur bedeuten, dass sie etwas zu sagen hatte, sich aber nicht vordrängen wollte. Das kannte er von ihr.

Er nickte ihr aufmunternd zu.

»Was, wenn er nicht alleine gehandelt, also die beiden Familien erschossen hat? Wir hatten uns doch ohnehin gefragt, wie der Täter es geschafft haben soll, so viele Opfer gleichzeitig in Schach zu halten. Auch wenn zunächst die Göslings und ein paar Stunden später die Rüeggs ermordet wurden, so waren es immer mehrere Leute, die gleichzeitig angegriffen wurden. Ein zweiter Täter könnte das erklären.«

»Aber wer sollte das gewesen sein?«, hakte Andretta ein.

»Da kommen wir zum Motiv«, führte Maja aus. Es war, als spielten sie einander Argumente und Fragen wie Tennisbälle zu.

»Wir sind bisher bei Fynn von Hass ausgegangen. Aber vielleicht war das wirkliche Motiv Gier. Vielleicht auch beides.«

»Gier?«, spornte Andretta die junge Frau an.

»Ja, Gier. Und die nicht nur bei Fynn, der es ja bekanntermaßen für ungerecht hielt, dass lediglich die leiblichen Kinder von Martin Gösling von ihm verwöhnt wurden, wie er meinte. Wenn er ebenfalls sein Sohn gewesen wäre, hätte auch er Anspruch auf das Erbe gehabt. Wir sollten nach den Testamenten der Göslings und Rüeggs suchen. Insbesondere dem der Tante, die ja im Gegensatz zu ihrem Bruder richtig reich war.«

»Aber er stammte doch gar nicht von Martin ab«, mischte sich Hartmann in die Diskussion.

»Aber er glaubte es, war fest davon überzeugt«, konterte Maja.

Andretta wandte sich an Rainer.

»Habt ihr bei der Durchsuchung des Hauses von Helena Rüegg das Testament gefunden? Maja hat recht, wir müssen unbedingt klären, ob sie für diesen Fall, also dass ihre Söhne vor oder gleichzeitig mit ihr sterben, eine Regelung getroffen hat. Wer also am meisten von der Ermordung aller Rüeggs profitiert.«

Rainer schüttelte den Kopf. »Nein, auch sonst keine wichtigen Dokumente.«

»Vielleicht hatte sie ein Bankschließfach«, warf Tine ein.

»Gute Idee, kannst du das klären?«, wandte sich Andretta an Rainer. »Und falls das so ist, kümmere dich doch bitte auch gleich um einen Durchsuchungsbeschluss dafür. Wer ist der zuständige Staatsanwalt?«

»Remmers«, antwortete Rainer.

»Bestens, der ist schnell und kooperativ. Bitte ihn, den Antrag kurzfristig bei dem Untersuchungsrichter zu stellen.«

»Da fällt mir ein, dass ich Kontoauszüge in dem Haus gesehen habe. Auf einem Sekretär im Wohnzimmer. Die haben wir sichergestellt. Ich schau gleich mal nach, bei welcher Bank sie war. Wenn, dann hatte sie doch bestimmt auch dort das Schließfach«, sagte Rainer.

»Sie war Kundin bei der Vereinigten VR Bank in der Boldixumer Straße hier in Wyk«, sagte Adickes.

Alle Augen richteten sich auf ihn.

»Na ja, ich hab da auch mein Konto und habe sie in der Filiale ab und an getroffen«, erklärte er. »Die Welt auf Föhr ist eben klein.«

»Bestens, damit ersparst du uns eine Menge Arbeit. Check das doch gleich mal, Rainer.«

Sein Flensburger Kollege nickte und verließ den Raum.

»Wie sieht es aus«, wandte er sich nach einem Moment des Nachdenkens an Hartmann, »hast du die Kinder und den Neffen erreicht und Termine für die Vernehmung vereinbaren können?«

Hartmann warf ihm einen genervten Blick zu.

»Ist ja keine besonders schwierige Aufgabe gewesen«, sagte er mit einem kurzen Nicken.

Offenbar war er sauer, dass er nicht an der vordersten Front mitmischte. Sein Problem.

»Heute Nachmittag kommt der Neffe. Um drei. Die Vernehmung werde ich durchführen. Ihr könnt ja dazukommen.«

Andretta schluckte schwer. Sein Kollege war überhaupt nicht auf dem aktuellen Stand der Ermittlungen. Und es war seine, Andrettas, Aufgabe als Ermittlungsleiter zu entscheiden, wer was zu erledigen hatte. Doch jetzt hier einen Krieg lostreten?

Er entschied sich dagegen. Sein Konkurrent würde schnell mit seinen Fragen am Ende sein. Und dann würde er mit Maja weitermachen. Vielleicht kapierte er so, dass er nicht in die erste Reihe gehörte. Nicht hier. Nicht in seinem Fall.

Er wandte sich an die junge Kollegin. »Sag mal, um wie viel Uhr waren wir bei Verena Bose und haben Fynn getroffen?«

»Ich denke, so gegen fünf, halb sechs. Wieso?«

»Verena hat ausgesagt, dass Fynn danach das Haus verlassen hat und nicht mehr zurückkam. Wann wurde der Brand im Haus von den Boses gemeldet?«, wandte er sich nun an Adickes.

»Moment«, verkündete er und verließ den Raum. Nach knapp fünf Minuten, in denen im Büro eisiges Schweigen geherrscht hatte, kehrte er zurück.

»Um halb fünf Uhr morgens ging bei uns die Meldung ein.«

»Vermutlich ist Fynn irgendwann in diesem Zeitraum gestorben. Schließlich gehen wir davon aus, dass nicht er den

Brand an seinem Zuhause gelegt hat. Wo aber war Fynn in der Zwischenzeit, und was hat er gemacht?«

»Sie vermuten, dass er sich mit seinem Mörder getroffen hat, richtig?«, fragte Maja.

Andretta nickte. »Das ist zumindest eine Möglichkeit.«

»Was hat noch mal dieser Anders Fokken vom Freesenkrog gesagt? Dass Fynn vor ein paar Tagen ausnahmsweise nicht in dem Lokal war. Er hat nichts dazu gesagt, ob er am Abend des Brandes, nachdem wir bei ihm wegen der Waffe waren, da war, richtig?«, fragte Maja.

»Stimmt. Sag mal, Tine«, wandte Andretta sich an seine junge Flensburger Kollegin. »Habt ihr schon mit ihm deswegen sprechen können?«

Die schüttelte den Kopf. »Dazu sind wir noch nicht gekommen.«

»Dann sollten wir unbedingt herausfinden, ob Bose sich an dem Abend seines Todes im Freesenkrog aufgehalten hat. Vielleicht ist ja einer von seinen Kumpeln der Mörder. Man weiß ja nie und darf nichts ausschließen«, hängte Maja grinsend an.

Andretta packte seine Jacke, die er über die Rückenlehne des schon etwas klapprigen Bürostuhles gehängt hatte. Er brauchte zwar keine bei den unerträglichen Temperaturen, aber sie war praktisch zum Unterbringen seiner Sachen.

Hartmann griff nach seiner trendigen Herrenhandtasche und dem Jackett, das er mit Unwillen im Gesicht ausgezogen hatte. Was anderes war ihm in dem überhitzten Büro nicht übrig geblieben, auch wenn es ihm schwerfiel, sein perfektes Outfit dem Wetter zu opfern.

Andretta wandte sich ihm zu.

»Wolltest du nicht mit der Vernehmung von Max Pongatz um drei Uhr beginnen?«

Demonstrativ schaute Andretta auf seine Uhr.

»Es ist schon halb zwei. Wir werden es kaum rechtzeitig schaffen, den Wirt vom Freesenkrog und die Freunde von

Fynn zu finden und zu befragen und pünktlich zurückzukehren. Also ist es am besten, du wartest hier und nimmst ihn in Empfang. Die Akten liegen bereit, du kannst dich vorher noch einlesen. Du wolltest doch die Vernehmung leiten ...«

Andretta wusste, dass Hartmann das Aktenstudium zu statisch war. Er war ein Mann der Tat, wie er immer betonte. Nun denn, jetzt hatte er Zeit dafür.

»Aber lass Pongatz nicht gehen, bevor wir ebenfalls mit ihm gesprochen haben.«

Hartmanns Mund öffnete sich mehrfach zum Widerspruch, was ihn aussehen ließ wie einen nach Luft schnappenden Fisch auf dem Land. Dann schloss er ihn wieder und warf einen anerkennenden Blick zu Andretta. Wenigstens erkannte er, wenn er sich selbst ins Abseits manövriert hatte.

»Sind die Einwohner von Midlum alle wieder in ihre Häuser und Wohnungen zurückgekehrt?«, fragte Andretta Adickes, der sich ebenfalls erhoben hatte.

»Ja, sie durften alle zurück. Ob sie tatsächlich schon wieder da sind, weiß ich natürlich nicht. Aber wenn ihr einen Midlumer suchen wollt, dann fangt dort an.«

21

Eine Viertelstunde später erreichten Maja und Andretta verschwitzt von der kurzen Fahrt in dem überhitzten Alfa den Freesenkrog in Midlum, der inzwischen wieder geöffnet hatte. Der Wirt begrüßte sie verhalten mit einem Nicken vom Tresen aus. Er war voll im Stress, zapfte ein Bier nach dem anderen. Kein Wunder, das Restaurant platzte aus allen Nähten, und das Stimmengewirr hatte die Lautstärke eines Rockkonzerts. Eines kleinen, wie Maja fand. Sie nahmen an dem letzten freien Tisch Platz und baten die Bedienung, ihn zu holen.

Er eilte zu ihnen, während sein Blick über die vollen Tische und Teller in dem Gastraum huschte. Dann entspannte er sich, offensichtlich zufrieden mit dem, was er gesehen hatte.

Zur Begrüßung nickte Andretta.

»Schon wieder offen? Das ging aber schnell«, begann er das Gespräch.

»Der Rubel muss rollen«, verkündete Anders Fokken. »Schließlich laufen die Kosten, da müssen auch Einnahmen her. Deswegen …«

Er deutete auf die voll besetzten Tische um sie herum.

Andretta nickte. »Machen wir es kurz. War an dem Abend, als das Haus der Boses brannte, Fynn hier? Sie sagten, er wäre fast jeden Abend gekommen.«

»Puh, so genau weiß ich das gar nicht mehr. War schließlich die Hölle los an dem Abend und seitdem.«

Seine Stirn kräuselte sich, so scharf schien er nachzudenken.

»Beim besten Willen, ich weiß es nicht. Aber warten Sie mal.«

Der Wirt sah sich erneut um.

»Ja, dahinten ist der Erich. Das ist der beste Kumpel von Fynn. Vielleicht kann der Ihnen mehr sagen. Die glucken immer zusammen. Aber dem haben wir gerade das Tagesgericht serviert. Wollen Sie auch etwas essen?«

Ein Blitzen war in seine Augen getreten. Very busy, der Herr Wirt, schoss Maja durch den Kopf. Sie hatte sein Schielen zur Eingangstür bemerkt, in der weitere Gäste auf Plätze im Restaurant warteten. Sie sah den Kommissar fragend an.

»Wollen wir?«, fragte er sie. »Ist schon nach halb zwei, und ich habe Hunger. Außerdem ist die Dienststelle in besten Händen bei meinem Kollegen. Da können wir uns eine kleine Auszeit gönnen. Was meinst du?«

Sie nickte.

Nachdem sie dem Wirt ihre Bestellung aufgegeben hatten und der sich verpflichtet hatte, Fynns Kumpel an ihren Tisch zu schicken, sowie er mit dem Essen fertig war, wandte sie sich an Andretta.

»In den besten Händen?« Noch nie hatte sie ihn ein lästerliches Wort über andere sagen gehört.

Andretta zuckte die Schultern.

»Hartmann ist eigentlich ein ganz ausgezeichneter Ermittler. Wir sind mal hervorragend miteinander ausgekommen. Leider ist das Vergangenheit.«

»Dunning-Kruger-Syndrom?«

»Was?«, fragte Andretta mit hochgezogenen Augenbrauen.

»Völlige Selbstüberschätzung«, antwortete sie.

Ein kaum wahrnehmbares Grinsen stahl sich um den Mund von Andretta. Doch es verschwand ebenso schnell, wie es aufgetaucht war, und er schüttelte leicht den Kopf.

»Er war mal ganz anders. Ein richtig guter Kollege, mit dem ich wirklich gerne zusammengearbeitet habe. Aber dann haben wir uns auf dieselbe Stelle beworben. Ich brauche sie, um Lisa betreuen zu können, und er, um seine neue Liebe zu halten.«

»Wie das?«, fragte Maja nach.

»Na ja, er hat sich in eine ehrgeizige, junge Jura-Assessorin verliebt, die unbedingt Staatsanwältin werden will. Und die meint, ein einfacher Kriminalhauptkommissar würde als Begleiter in ihrem Leben nicht genügen.«

»Ernsthaft?«

Andretta nickte.

»Dafür hat er sogar mehrere Kurse belegt, die ihn zum Ziel bringen sollen. Seitdem veranstalten wir ein Wettrennen. Oder besser gesagt, er. Das ist so anstrengend. Am liebsten würde ich meine Bewerbung zurückziehen. Zumal ich überhaupt keine Lust auf den Job habe. Mir gefällt es, Mordermittler zu sein. Ich bin einfach kein Mann für den Schreibtisch. Aber hast du eine Idee, wie ich das mit Lisa vereinbaren soll? Sie braucht mich. Gerade jetzt.«

Maja nickte. »Aber der Preis ist hoch.«

Andretta ließ den Kopf hängen. »Ja, aber das ist es mir wert.«

»Gibt es keine Alternative?«

»Wenn du eine hast, dann her damit. Niemand wäre glücklicher.«

In dem Moment wurde ein Teller, vollgepackt mit Bratkartoffeln und Fischstücken darauf, vor sie auf den Tisch geschoben.

»Einmal Pannfisch«, verkündete die Bedienung.

Kaum hatten sie fertig gegessen, tauchte ein schwergewichtiger Mann mit hochroten Wangen und mindestens vierzig Kilo Übergewicht an ihrem Tisch auf. Andretta bot ihm einen Platz an.

»Ganz schön trockene Luft hier«, verkündete Erich, wie er sich vorgestellt hatte.

Andretta gab der Bedienung, die hinter seinem Platz gewartet hatte, ein Zeichen. Keine zwei Minuten später stand vor ihrem Gast ein frisch gezapftes Jever Pilsener.

»Wir haben gehört, dass Sie ein guter Kumpel von Fynn Bose waren, ist das richtig?«

Sofort leuchteten seine Augen. »Waren?«

Andretta wurde blass. Es war noch nicht offiziell verlautbart worden, dass sie ihn tot aufgefunden hatten. Nicht einmal seine Mutter war informiert.

»Vor dem Brand«, sprang Maja ein, selbst wissend, dass das die Frage nicht beantwortete.

Andretta warf ihr einen dankbaren Blick zu.

»Ja, ich meine, vor dem Brand, als hier die Welt noch in Ordnung und er noch nicht verschwunden war.«

Einen Moment fixierte sich der leicht verschwommene, bierselige Blick auf den Kommissar, dann entspannte er sich. Erich nickte.

»Ja, kann man so sagen. Jedenfalls sah er das so. Die anderen hatten die Nase reichlich voll von ihm und seinem ewigen Geschwafel. Wenigstens war er großzügig. Danke übrigens«, er schwenkte das leere Glas vor sich.

Andretta gab der Bedienung Zeichen, ein neues zu servieren.

»Sagen Sie, war Fynn Bose an dem Abend hier, als es mit den Bränden losging?«

»Ja, war er. Warum?«

»Nun, Sie wissen ja, dass er seitdem gesucht wird. Wir versuchen, die letzten Stunden vor seinem Verschwinden zu rekonstruieren. Vielleicht ergibt sich daraus etwas, was uns die Suche erleichtert. Wie hat er an dem Abend auf Sie gewirkt?«

»Aufgedreht war er. Hat geschimpft auf die Polizei ...«

Er wandte sich der Bedienung zu, die ein frisches Pilsener vor ihn stellte. »Danke!«

Nach einem Schluck, der das halbe Glas leerte und ein leises Rülpsen auslöste, schaute er den Kommissar wieder an.

»Nichts für ungut. Ich hab kein Problem mit Ihnen.«

Andretta winkte ab.

»Na ja, da waren wohl zwei ziemlich dämliche Polizisten am Abend bei seiner Mutter und haben nach einem Gewehr gefragt. Darüber hat er sich total aufgeregt.«

emons: Tel. 0221-56977-0 · info@emons-verlag.de

Bitte senden Sie mir das aktuelle Verlagsprogramm zu

Ich möchte den Newsletter von emons: **per E-Mail erhalten**

Ich habe Interesse an Krimis aus folgender Region:

Besuchen Sie uns auch auf www.facebook.com/EmonsVerlag

Name

Straße

PLZ/Ort

E-Mail

Ich bin damit einverstanden, dass meine hier angeführten Daten zu dem folgenden Zweck »Versand von Kundenprospekt« erhoben, verarbeitet und genutzt sowie unter Umständen an unseren Dienstleister zum Versand des angeforderten Kundenprospektes weitergegeben bzw. übermittelt und dort ebenfalls zu dem folgenden Zweck »Versand von Kundenprospekt« verarbeitet und genutzt werden. Hier werden die Daten unmittelbar nach dem Versand gelöscht. Im Fall des Widerrufs werden mit dem Zugang meiner Widerrufserklärung meine Daten gelöscht.

emons: **verlag**
Cäcilienstraße 48

50667 Köln

01/2023

SPANNENDER ALS DIE ZUKUNFT

INÈS KEERL   **ANDREAS J. SCHULTE**   **DORIS RÖCKLE**

ISBN 978-3-7408-1707-7 · (D) 15,00 €

ISBN 978-3-7408-1256-0 · (D) 16,00 €

ISBN 978-3-7408-1524-0 · (D) 14,00 €

**Ergreifend,
authentisch
und glänzend
recherchiert.**
Ein mitreißender
Roman über Liebe,
Mut und Abenteuer.

**Lebendig,
facettenreich und
bilderstark.**
Mord im Kloster:
Hildegard von Bingen
ermittelt!

**Konstanz
in Aufruhr**
Von Ratsherren,
Beutelschneidern
und Meuchel-
mördern.

emons:
www.emons-verlag.de 🇫 🄾 🅈

Maja entschlüpfte ein Kichern. Schnell zog sie ein Tempo aus ihrer Tasche und schnäuzte sich, um es zu verbergen. Andrettas Gesicht verzog sich nicht. Sie musste unbedingt so ein Pokerface einüben.

»Warum? Was war so schlimm daran?«, fragte er Erich.

»Ja, was soll ich sagen. So war er halt. Hat sich immer schnell aufgeregt und fühlte sich ständig hintergangen und schlecht behandelt. Sie hätten mal hören sollen, wenn er über seinen Vater sprach.«

»Was hat er denn so erzählt?«

Erich leerte das Bierglas in einem Zug.

»Sorry«, verkündete er. »Ich hab so schnell einen trockenen Hals.«

Andretta nickte und winkte erneut der Bedienung.

»Na, dass der schwerreich wäre und seine Kinder, er hatte laut Fynn zwei eheliche, nach Strich und Faden verwöhnt. Und er ging leer aus, hat er immer gesagt. Dabei weiß doch jeder, dass der Karl Herrmann sein Vater ist. Das sieht man auf den ersten Blick, so ähneln die sich. Aber der war ihm ja nicht gut genug.«

»Hat er Ihnen verraten, wer sein angeblicher Vater ist?«

»Ja klar. Wenn er richtig betrunken war, hat er uns immer damit genervt, dass wir ihn Fynn Gösling nennen sollen. Wir haben mitgemacht, dann hat er nämlich immer eine Runde geschmissen. Bei jedem ›Herr Gösling‹. Wir haben uns einen Spaß draus gemacht und uns auf seine Kosten volllaufen lassen.«

»Sagen Sie, wie kam er darauf, dass der sein Vater war?«

Erich zuckte die Schultern. »Das hat er früher schon immer behauptet. Aber nachdem er einen von denen getroffen hat, war er nicht mehr davon abzubringen.«

»Wen hat er getroffen?«

Die Antwort verzögerte sich, als sein neues Jever vor ihn gestellt wurde.

»Keine Ahnung. Woher soll ich das wissen?«

»Sie sagten doch, dass es schlimmer wurde, nachdem er einen von denen getroffen hat. Wen genau hat er getroffen?«

»Na, einen von denen!«

»Von wem?«

Maja bemerkte ein leichtes Zwinkern in Andrettas Augen. Wurde er etwa ungeduldig mit dem Zeugen? Sie wäre längst ausgerastet.

»Na, aus der Familie. Hab ich doch schon gesagt. Oder nicht?«

Andretta schüttelte leicht den Kopf.

»Hat er Ihnen einen Namen genannt? Wann war das überhaupt?«

Erichs Stirn zog sich zur horizontalen Ziehharmonika zusammen. Dann setzte er sein Glas an und leerte es wieder. So langsam hatte Maja Bedenken, ob er nicht zu betrunken war für weitere Fragen. Doch sein Blick war nur leicht getrübt, als er es absetzte. Offenbar war er solche Mengen gewohnt.

»Tja, wann war das noch mal? Ich glaube, im Frühjahr. Er hat nie verraten, wer das war. Ich hab ihn gelöchert. Aber da war er eisern.«

»Können Sie die Zeit genauer eingrenzen?«

»Puh, also ich denke, es war irgendwann über Ostern. Genauer bekomme ich das nicht hin.«

Wieder schwenkte er sein Glas provokant. Demonstrativ schaute Andretta hinter ihn in den Gastraum, als suche er die Kellnerin. Dann zuckte er die Schultern, als habe er sie nicht entdeckt.

Wieder hielt Majas Tempo dafür her, ihr Grinsen zu verdecken. Erich konnte nicht sehen, dass die Bedienung am Nachbartisch Geschirr abräumte.

»Gut, kommen wir zurück zu dem Abend des Brandes. War da Fynn anders als sonst? Ist Ihnen etwas aufgefallen?«

»Außer dass er sich über die Bullen aufgeregt hat, nicht.«

»Wann ist er gegangen?«

Nochmals schwenkte Erich sein Glas und schaute hinein,

als könne er die Füllung herbeisehen. Wieder blickte ihm Andretta über die Schulter, die Bedienung zwei Tische weiter ignorierend. Dann verzog er das Gesicht bedauernd.

»Lassen Sie mich mal nachdenken. Er ist vor mir gegangen, das weiß ich noch genau. So gegen neun vielleicht?«

»Er ist also nicht bis zum Schluss geblieben?«

»Nein, er hat gesagt, dass er jemanden treffen will. Der Dieter hat ihn gefragt, ob er ein Date hat, weil er einen auf geheimnisvoll gemacht hat. Dabei weiß jeder, dass die Weiber ihn nicht mögen. Kein Wunder, so wie der immer drauf war.«

»Sie meinten also, dass er sich mit einer Frau treffen wollte?«

»Das wollte er gerne, dass wir das glauben. Dabei wussten wir das alle besser. Aber es hat uns eine Freirunde eingebracht, also haben wir ihm das durchgehen lassen.«

Mehr hatten sie nicht herausbekommen. Zum Schluss hatte Andretta Erich ein weiteres Bier spendiert, dann waren sie gegangen.

Es war inzwischen nach drei Uhr.

22

Alicia Pongatz wartete vor der Tür zum Vernehmungsraum. Schon länger, wie an ihrer mürrischen Begrüßung zu erkennen war.

»Wie lange soll das hier noch dauern? Und wieso darf ich nicht dabei sein, wenn mein Sohn befragt wird? Überhaupt war er zu Hause, als meine Geschwister umgebracht wurden. Das hab ich Ihnen doch schon gesagt!«

Andretta grüßte nur mit einem Nicken, dann betrat er gefolgt von Maja den Raum. Max Pongatz und Hartmann saßen sich schweigend gegenüber.

»Was soll das hier?«, schnauzte sie Pongatz zur Begrüßung an. »Ich hab Besseres zu tun, als meine Zeit abzusitzen. Wenn Sie also auch keine Fragen mehr haben, dann geh ich jetzt.«

»Einen Moment noch«, antwortete Andretta, winkte Hartmann vor die Tür und zog ihn ein Stück weg von Alicia, die den Ermittlern giftige Blicke nachwarf.

»Hast du etwas herausbekommen?«

»Natürlich nicht. Was auch? Außer dass er für die Zeit der Morde ein Alibi hat.«

»Ein Alibi?«

»Ja klar. Er war in Osnabrück, das bestätigt seine Mutter.«

»So, tut sie das?«

»Natürlich habe ich sie gleich danach gefragt.«

»Ist das alles?«

Hartmann zuckte mit den Schultern. Um nichts in der Welt würde er Andretta gegenüber zugeben, dass er keine Ahnung hatte, was er überhaupt fragen sollte. Und sicherlich hatte er sich nicht die Mühe gemacht, in der Zeit bis zu Pongatz' Eintreffen die Akte zu studieren.

Andretta ließ es dabei bewenden. Wozu ihn vorführen? Das brachte doch nichts außer Stress. Und Hartmann hatte verstanden. Egal, wie sich sein Kollege verändert hatte, verblödet war er sicher nicht.

»Nun gut, dann übernehmen wir jetzt. Willst du dabeibleiben?«

Hartmann nickte.

»Sind wir nun endlich fertig?«, murrte Pongatz, als sie in den Raum zurückkehrten.

»Noch nicht ganz. Können Sie uns sagen, wo Sie Ostern waren?«

»Ostern?«

»Ja, Ostern. Das war Mitte April. Ist ja noch nicht so lange her. Also, wo waren Sie in der Zeit?«

»Keine Ahnung. Woher soll ich das wissen?«

»Nach gerade einmal drei Monaten? Daran können Sie sich doch bestimmt erinnern.«

»Nein, kann ich nicht.«

»Gar nicht?«

Pongatz schüttelte den Kopf.

»Gut, fragen wir Ihre Mutter, vielleicht hat die ja ein besseres Gedächtnis. Bleib du hier«, wies er Hartmann an, während er Maja zunickte.

Das brachte ihm einen neuerlich genervten Blick von seinem Flensburger Kollegen ein. Andretta war ein geduldiger Mensch, der keinen Stress suchte. Aber er wich ihm auch nicht aus. Und Hartmann hatte in seiner Ermittlung nichts zu suchen, war nur geduldet. Das durfte er ruhig spüren, fand er.

»Sagen Sie«, wandte er sich an die unwillig dreinschauende Alicia Pongatz, nachdem er die Tür zum Vernehmungsraum geschlossen hatte, »können Sie uns sagen, wo Ihr Sohn Ostern war?«

»Ostern?«, fragte sie, als wüsste sie nicht, was das war.

»Ja, Ostern. Ihr Sohn meinte, dass Sie zusammen hier in der Gegend waren.«

Andretta hatte nicht das geringste schlechte Gewissen bei seiner Lüge, die nur eine Ungenauigkeit war, wie er meinte.

»Ach ja, stimmt«, antwortete sie. »Da war ich doch in Kur.«

»Wo?«

»Na, in Husum, im Reha-Zentrum Westküste. Ich bin im Februar auf Glatteis gestürzt und hab mir den Oberschenkel gebrochen. Und weil das nicht besser wurde, hat mir der Arzt eine Kur verschrieben. Hat gut geholfen.«

»Und Ihr Sohn hat Sie begleitet?«

»Na klar, mit 'nem kaputten Oberschenkel kann man schlecht Auto fahren. Er hat sich ein Zimmer in Husum genommen. War teuer genug. Zum Essen ist er immer in die Klinik gekommen. Das war günstiger als im Restaurant. Wir haben christlich geteilt.«

Andretta nickte und kehrte zurück in das Vernehmungszimmer.

»Sie waren Ostern in Husum. Das ist ganz schön nahe bei Föhr. Und Sie hatten einen Wagen dabei. Verraten Sie uns, was Sie die ganze Zeit getrieben haben, während Ihre Mutter behandelt wurde?«

Pongatz zuckte die Schultern. Sein flackernder Blick verriet seine Unruhe bei der Frage.

»Keine Ahnung mehr. Bin vielleicht in der Gegend rumgefahren.«

»Sind Sie? Oder sind Sie nicht?«

Pongatz zog die Augenbrauen hoch. »Werde ich wohl gemacht haben. Hatte ja sonst nichts zu tun.«

»Kann es sein, dass Sie auch einmal auf Föhr waren?«

»Vielleicht, vielleicht auch nicht. Kann mich nicht so genau erinnern.«

»Aber Sie wussten schon, dass Ihre reiche Tante dort auf der Insel lebte, oder?«

Wieder nur Schulterzucken, das alles bedeuten konnte.

»Waren Sie denn gar nicht neugierig darauf zu sehen, wie sie so lebt?«

»Ich bin kein neugieriger Mensch. Nein, ich denke nicht, dass ich mir ihr Haus angeschaut habe.«

»Aha, also wussten Sie, dass sie ein Haus besitzt.«

»Klar, natürlich. Schließlich war sie stinkreich.«

»Kann es auch sein, dass Sie jemanden auf der Insel getroffen haben?«

»Na, hören Sie mal«, empörte sich Max Pongatz. »Ich weiß ja noch nicht mal mehr mit Sicherheit, dass ich überhaupt auf Föhr war. Ich war auf einer der Inseln. Aber welche das war … Woher soll ich dann wissen, ob ich jemanden getroffen habe? Wen denn überhaupt?«

»Einen jungen Mann, der glaubte, der uneheliche Sohn Ihres Onkels Martin Gösling zu sein.«

Max Pongatz lachte laut auf.

»Dieser Betbruder und Saubermann hatte einen unehelichen Sohn? Ich lach mich tot. Und auf meine Mama haben sie herabgeschaut und sie verachtet. Dabei hatte er ein Kind mit 'ner anderen. Wenn das nicht der Witz des Tages ist. Das muss ich gleich Mama erzählen. Der geht einer ab, wenn sie das hört.«

»Sagen Sie, Sie sind doch nach unserer ersten Vernehmung in der Gegend geblieben, also nicht zurück nach Osnabrück gefahren. Wo haben Sie in der Zeit gewohnt?«, fuhr Andretta fort.

Er erntete ein neuerliches Schulterzucken.

»Das ist jetzt nicht Ihr Ernst, dass Sie uns weismachen wollen, Sie wüssten nicht, wo Sie derzeit wohnen? Oder sind Sie umgezogen?«

»Sind wir. Mama meinte, dass die Pension, in der wir gewohnt haben, nicht gut genug ist. Wir sind dann umgezogen in ein Hotel in Flensburg.«

»Soso, nicht gut genug. Wieso das?«

Pongatz' Blick flackerte. Die ganze Zeit war er übervorsichtig und vage bei seinen Aussagen geblieben. Nun hatte er sich verplappert.

»Nun gut. Sie wollen uns also nicht sagen, woher das Geld für den Ortswechsel kommt. Auch das ist ein Statement, Herr Pongatz!«

Andretta ließ seine Worte einen Moment wirken. Das Flackern in Pongatz' Augen nahm zu.

»Sie haben aber gewiss keine Probleme damit, uns zu verraten, was Sie in der Zwischenzeit so alles unternommen haben.«

»Was heißt da ›unternommen‹? Wir mussten ein paar Wege erledigen und haben Ausflüge gemacht. Schöne Gegend hier.«

»Was gab es denn zu erledigen?«

»Na, wir mussten uns einen Anwalt suchen. Schließlich haben wir auch Rechte.«

»Sicher. Kann ich gut verstehen. Was hat der denn gesagt?«

»Dass wir zu den Erben gehören. Also wenn nichts anderes im Testament steht. Das müssen wir abwarten. So lange bleiben wir noch hier.«

Andretta nickte. »Waren Sie diesmal auf Föhr?«

»Natürlich«, antwortete Max Pongatz empört. »Wir mussten schließlich nachschauen, was da als Erbe zu haben ist.«

»Nanu, eben haben Sie uns noch erklärt, dass es Sie Ostern überhaupt nicht interessierte, wie Ihre Tante mit ihren Söhnen lebte.«

»Na also, ich bitte Sie, da wussten wir ja auch noch nicht, dass wir was erben würden.«

»Wann war das genau?«

»Keine Ahnung, vor zwei, drei Tagen.«

»Um welche Uhrzeit waren Sie hier auf der Insel?«

»Was soll denn das nun wieder? Ist doch egal!«

»Nein, so ganz egal ist das nicht. Also bitte, je schneller Sie antworten, umso früher können Sie wieder weg.«

»Tagsüber, irgendwann halt.«

»Muss ich tatsächlich erst wieder Ihre Mutter fragen?«

Pongatz grunzte unwillig auf. »Wir kamen nachmittags und haben hier zu Abend gegessen. Anschließend sind wir mit der letzten Fähre zurück aufs Festland.«

»War das vor den Bränden oder danach?«

Wieder legte sich seine Stirn in Falten, als müsse er scharf nachdenken.

»Muss vorher gewesen sein. Wir haben uns später noch Sorgen gemacht, ob das Haus abgebrannt sein könnte und ob es wohl nach dem Tod von Tante Helena noch feuerversichert ist.«

Weiteres Nachbohren brachte keine neuen Erkenntnisse. Sie baten ihn, einen Moment vor der Tür zu warten.

»Er war hier, über Ostern«, konnte sich Maja nicht bremsen, kaum dass Max den Verhörraum verlassen hatte.

Andretta nickte. »Und auch jetzt, bevor es in Midlum brannte. Das heißt, er könnte das ominöse Familienmitglied gewesen sein, das Fynn traf.«

»Aber er hat ein Alibi für den Tag, an dem die beiden Familien ermordet wurden. Wenn auch nur von seiner Mutter bestätigt«, mischte sich Hartmann ein.

»Ja, das müssen wir unbedingt überprüfen. Kannst du das übernehmen?«, fragte Andretta ihn. »Einer muss nach Osnabrück fahren und das Alibi checken. Er hat uns in der ersten Vernehmung erzählt, dass er sich ständig mit seinen Freunden trifft. Lass dir die Namen und den Treffpunkt geben. Und die Nachbarn müssen ebenfalls befragt werden. Ach ja, wir brauchen auch seine Handynummer.«

Wider Erwarten nickte Hartmann.

»Wann kommen die Kinder der Göslings?«

»Morgen Vormittag. Um neun der Sohn und um elf die Tochter.«

Andretta und Maja gingen zu Tine, die einen freien Schreibtisch für ihre Arbeit organisiert hatte.

»Bist du fündig geworden bei den Fingerabdrücken von Fynn?«

Seine Kollegin schüttelte den Kopf. »Nein, er hat zwar erst kürzlich einen neuen Personalausweis beantragt, aber der Antrag wurde eingescannt, und das Original ist nicht auffindbar. Ich hab den Scan trotzdem an die Spezialisten in Kiel am Kriminaltechnischen Institut weitergeleitet. Vielleicht finden die ja was darauf. Sonst war da nichts. Ich habe auch im Freesenkrog nachgefragt, ob es da einen Stammtisch oder so was gibt, einen Platz, an dem er immer und nur er saß, aber das haben sie nicht. Auch seinen letzten Deckel hat der Wirt nicht aufgehoben. So langsam gehen mir die Ideen aus.«

Andretta nickte. »Ist keine leichte Aufgabe. Und nun habe ich noch einen wichtigen Job für dich. Du musst bitte eine Funkzellenabfrage für diese Nummer hier«, er reichte ihr den Zettel mit der Telefonnummer von Pongatz' Handy, »machen. Und zwar bis vor Ostern. Auch brauchen wir die Verbindungsnachweise. Haben wir die Rufnummer von Fynn Boses Handy?«

Tine nickte. »Wir haben sie von seiner Mutter. Das Handy ist mit verbrannt.«

»Gut, ich brauche so schnell wie möglich die Anrufnummern von dem Abend, an dem er gestorben ist. Kannst du das auch übernehmen?«

Sie konnte.

Andretta schaute auf die Uhr. Schon wieder nach sechs. Er musste beizeiten in der Pension sein, um mit Lisa in Ruhe über das reden zu können, was er so lange aufgeschoben hatte. Aber vorher musste er einen weiteren schweren Gang hinter sich bringen.

»Jetzt kommt der üble Teil. Wir müssen endlich Verena Bose über den Tod ihres Sohnes informieren. Ich habe ein ganz schlechtes Gewissen, dass wir das erst jetzt machen. Du musst nicht mitkommen, ich erledige das auf dem Heimweg in die Pension«, sagte er Maja.

Die schnaubte nur und holte ihren Motorradhelm.

Als Andretta endlich völlig erschöpft gegen acht in der Pension ankam, erwartete ihn nicht wie üblich Lisa. Von Meike erfuhr er, dass sie bereits im Bett lag.

»Was ist los?«, fragte er.

»Ihr war schlecht. Keinen Happen hat sie heute angerührt. Ich habe schon überlegt, einen Arzt zu rufen. Aber das hat sie strikt abgelehnt.«

Andretta hastete zu ihrem Zimmer. Er konnte sie kaum im Bett erkennen, sie hatte die Bettdecke bis zu ihrem Haaransatz hochgezogen. Chico lag auf ihren Füßen. Der Raum war zu heiß, die Fenster geschlossen, die Vorhänge zugezogen. Nanu, wunderte er sich.

Er setzte sich auf die Bettkante und rief sie leise. Doch Lisa reagierte nicht, dafür knurrte Chico. Ein perfekter Wachhund.

Was war hier los?

Vorsichtig zog er die Bettdecke von ihrem Gesicht. Zwei riesige Augen starrten ihn panisch an. Hatte sie wirklich solche Angst vor ihm? Warum nur? Er beschloss – wie immer – den Rückzug.

»Soll ich einen Arzt rufen?«, fragte er so neutral wie möglich.

Lisa schüttelte heftig den Kopf und starrte ihn weiterhin wie paralysiert an.

»Gut, dann drehe ich noch eine Runde mit Chico, und dann gehe ich auch ins Bett. Wenn was ist, ich bin nebenan, weck mich einfach, okay?«

Lisas Augen verkleinerten sich auf normale Größe, das Flackern darin verschwand.

Was machte er bloß falsch?

Er schnappte sich Chicos Leine, die auf dem kleinen Tischchen vor dem Fenster lag, und rief den Hund. Wenigstens der schien keine Angst vor ihm zu haben, sondern folgte brav zur Tür.

Andretta warf einen letzten Blick zurück in das Zimmer, einen mädchenhaft eingerichteten Raum mit Blümchentapete und rosa bezogenen Stühlen. Die Bettumrandung und die Bettwäsche waren ebenfalls in dem Ton gehalten. Viel passender zu seiner kleinen Fee als ihr Zimmer in seinem Häuschen.

Wieder schoss ihm durch den Kopf, was für ein erbärmlicher Mutterersatz er war.

Er legte Chico die Leine an und wanderte mit dem Hund durch die Dünen in Richtung Meer.

Seine Gedanken schweiften zurück zu Verena Bose.

Bei ihrem Eintreffen war Andretta überrascht von dem adretten Häuschen von Karl Herrmann gewesen. An dem in makellosem Weiß gestrichenen Landarbeiterhaus aus den späten Fünfzigern prangten in Blumenkästen unter sämtlichen Fenstern Geranien, die in ihrem feurigen Rot um die Wette strahlten. Der frisch gemähte Rasen um das Haus hätte Wimbledon Ehre gemacht. Erstaunlich für den Mann, der im Krankenhaus unrasiert und mit zerknitterter Kluft aufgetaucht war.

Verena hatte die schlimme Nachricht gefasst aufgenommen. Gelassener als Karl Herrmann, der offenbar späte Vatergefühle entwickelt hatte und sich die Haare, viele waren es nicht mehr, vor Kummer raufte.

»Finden Sie raus, wer meinem Jungen das angetan hat«, hatte Verena Bose am Ende gefordert.

Andretta hatte es mit einem Nicken versprochen.

Und nicht erwähnt, dass sie möglicherweise eine weitere schlimme Nachricht erwartete, wenn sich ihr Verdacht erhärtete.

Er verdrängte die Gedanken an Fynn Bose. Sofort musste er wieder an Lisa denken.

Was war das nur? Warum hatte sie solche Angst vor ihm? Was musste er tun, damit sie die verlor? Wen konnte er fragen?

Er hatte keine Idee. Nur dass es so nicht weitergehen konnte, das war klar. Er erinnerte sich, wie verändert sie gewesen war, als sie Maja getroffen hatten. Leider hatte das nicht lange angehalten.

Ob er seine Kollegin, die ihn mit ihrer ausgeglichenen, scharfsinnigen Art beeindruckte, bitten könnte, mit Lisa zu sprechen? Nein, das ging nicht. Zu sehr würde die private mit der beruflichen Ebene vermengt. Auch wenn er nichts dagegen hätte, ihr außerdienstlich näherzukommen. Wenn sie nur nicht so verdammt jung wäre. Mindestens fünfzehn Jahre jünger als er.

Unsinn, was dachte er denn da? Hier drehte es sich um Lisa. Doch es war passiert, er konnte sich nicht mehr konzentrieren. Seine Gedanken wanderten ab in Richtung seiner Kollegin.

Hör auf, schalt er sich und bemerkte erst jetzt, dass er am Strand angekommen war.

Eine leichte Dünung kräuselte das Wasser, das kurz vor dem Muschelrand und Teek, die vom letzten Hochwasser zurückgeblieben waren, in kleinen Wellen auslief. Ein glatt polierter Stein lag genau vor seinen Füßen.

Andretta hob ihn auf, genoss die kühle Glätte in seiner Hand, ging leicht in die Knie und ließ ihn auf dem Wasser springen. Achtmal tauchte er wieder auf, bevor er versank.

Chico sprang kläffend hinterher und starrte auffordernd zu Andretta zurück, als er ihn nicht fand. Der fand einen rindenfreien, von der langen Zeit im Wasser ausgelaugten weißlichen Stock, den er weit ins Meer warf, Chico hinterher.

Was hatte es der Hund gut. Bei den Temperaturen einfach schwimmen gehen zu können. Die Hitze hatte weiter zugelegt, und keine Änderung war in Sicht. Wenn das so weiterginge, könnten sie auf Föhr bald Palmen pflanzen.

Doch warum sollte er nicht ebenfalls im kühlen Nordseewasser schwimmen?

Er schob alle Bedenken beiseite, streifte Cargohose, Polohemd und Slipper ab, dann folgte er Chico, der begeistert neben ihm herschwamm, in seinen Boxershorts.

Als er sich dem Ufer zuwandte, entdeckte er Meike, ihre Wirtin. Gerade öffnete sie den obersten Knopf ihres Kleides, wohl um ihm zu folgen.

Andretta spürte, wie die lange verdrängte Lust sich seiner bemächtigte, und genoss den Anblick einen Moment.

Die Realität holte ihn ein, und er wusste, dass er das nicht konnte. Nicht jetzt. Nicht mit ihr.

Doch mit wem dann? Ein weiterer Gedanke, den er ganz nach hinten schob.

Eine Gruppe Urlauber näherte sich und ersparte ihm die Peinlichkeit, Meike vor den Kopf zu stoßen.

23

Einer unruhigen Nacht, in der er mehrfach aufgestanden war und an Lisas Tür gelauscht hatte, folgte ein einsames Frühstück. Hartmann war schon früh nach Osnabrück aufgebrochen. Lisa war im Bett liegen geblieben und hatte über Übelkeit geklagt, als er sich in ihr Zimmer getraut hatte. Meike hatte sich ebenfalls nicht blicken lassen.

Er konnte es ihr nicht verdenken. Sein Abgang am Meer war nicht gerade feinfühlig gewesen. Vor allem hatte er ihr nicht geben können, was sie sich erhofft hatte. Oder wollen. Ob sie trotzdem in der Pension wohnen bleiben konnten? Wie sollte es überhaupt weitergehen, wenn der Fall abgeschlossen war? Lisas Ferien hatten erst begonnen, und er wollte mit ihr die restliche Zeit auf der Insel verbringen.

Eins nach dem anderen. Jetzt mussten sie zunächst einmal die Morde aufklären. Dann würde er weitersehen.

Als er um halb neun die Wache betrat, erwartete ihn Rainer.

»Bingo. Ich habe das Schließfach von Helena Rüegg gefunden, und der Durchsuchungsbeschluss ist auch schon da.«

»Na allerbestens! Hast du auch schon einen Termin bei der Bank gemacht?«

»Nein, ich wollte erst fragen, ob du mitkommen willst.«

Andretta nickte.

»Am besten, wir fahren noch vor dem Termin mit Hannes Gösling hin. Der Inhalt des Testamentes könnte für die Vernehmung wichtig sein.«

Er schaute auf seine Uhr. Es war Viertel vor neun. »Das wird knapp. Um neun ist der Vernehmungstermin. Na, dann muss er eben warten. Das Testament und damit die Info, wer erben wird, ist zu wichtig. Vielleicht haben wir ja Glück, und es liegt tatsächlich im Schließfach. Ruf doch eben bei der Bank an und frage, ob wir sofort kommen können.«

Rainer nickte und grüßte mit einem Nicken Maja, die die Wache betrat.

Andretta berichtete ihr den neuesten Stand. Rainer kehrte mit einem breiten Grinsen zurück.

»Alles klar, wir können sofort vorbeikommen. Der Herr Direktor murrte zwar, aber dann hat er eingelenkt, als ich ihm die Bedeutung unserer Untersuchung für die Insel und den Tourismus klarmachte.«

»Prima«, antwortete Andretta und wandte sich an Maja. »Kannst du bitte hierbleiben und Hannes in Empfang nehmen?«

Die nickte.

Fünf Minuten brauchten sie für die kurze Strecke zur Bank. Sie wurden sofort zu Jens Albrecht geführt, der sich als Vorstandsmitglied vorstellte. Mit ihm hatte Rainer telefoniert.

»Sie wissen, worum es geht«, stellte Andretta fest.

Albrecht nickte.

»Wir haben es eilig«, fuhr er fort. »Können wir gleich zum Schließfach gehen?«

Mit weit ausgestreckten Armen, als wolle er die beiden Ermittler umarmen, und einem wohl lange vor dem Spiegel eingeübten Lächeln, als seien sie die Rothschilds, führte er sie durch die Schalterhalle. An deren Ende gelangten sie zu einer schweren Eisentür mit einem Gitter dahinter, die einen quadratischen Raum mit einer geöffneten Panzertür absicherte. An den Wänden waren flache und schuhkartonhohe Metalltüren angebracht.

Der Bankvorstand trat an die Fächer heran und schloss eines der größeren mit zwei Schlüsseln auf. Dann ging er einen Schritt beiseite, um Andretta Platz zu machen.

Andretta zog den schweren Kasten aus der Öffnung und stellte ihn auf einem breiten Regal an der Wand ab.

Rainer und der Banker als Zeuge postierten sich rechts und links von ihm mit Blick auf den Kasten.

Andretta hob den Deckel an. Die Kiste war bis oben hin gefüllt mit Schmuckschatullen und Briefumschlägen. Ein kurzer Blick genügte, um zu erkennen, dass sämtliche Umschläge Bargeld enthielten. Die gingen ihn nichts an. Ebenso wenig der Schmuck in den Schatullen. Laut Durchsuchungsbeschluss durften sie lediglich nach dem Testament suchen. Nur dafür galt er.

Sie mussten die Kiste komplett leer räumen, bis sie auf dem Boden einen letzten Umschlag fanden, der mit »Testament« beschriftet war. Andretta zeigte ihn Albrecht, der den Fund später möglicherweise bei Gericht bezeugen musste, zog seine Lesebrille auf und öffnete ihn.

Auf einem linierten weißen Blatt Papier war handschriftlich nochmals als große Überschrift »Testament« vermerkt. Rainer war dichter an ihn herangetreten und las den Text mit. Albrecht reckte den Hals, um es ihm nachzutun.

Helena hatte all ihre Besitztümer ihren Söhnen vermacht. Sollte einer von ihnen vor ihr versterben, so sollte der andere alles erben. Es folgte eine Auflistung, was welchem Sohn zugedacht war. Ein Vermächtnis zugunsten ihrer Haushälterin, der sie fünftausend Euro für ihre treuen Dienste zudachte, komplettierte die Verfügungen.

Die Liste der Immobilien war lang, länger, als Andretta erwartet hatte. Darunter befanden sich diverse Wohnungen in Frankfurt, München und Berlin. Zudem besaß sie ein Haus in Zürich und eines auf Mallorca.

Ihre Aktien sollten hälftig an ihre Söhne verteilt werden.

Albrecht stöhnte laut auf.

»Ich hatte keine Ahnung, wie groß ihr Vermögen war«, verkündete er.

Andretta nickte. Und stellte fest, dass weder ein Ersatzerbe noch eine Regelung für den Fall in dem Testament aufgenommen war, dass ihre Söhne vor Helena oder gleichzeitig mit ihr starben.

Zurück in der Wache, es war Viertel vor zehn, wurden sie von einem aufgebrachten, wie verrückt auf seinem Kaugummi rumknatschenden Hannes Gösling erwartet, der einen Anwalt mitgebracht hatte. Das Gesicht des trotz der Hitze in einen grauen Anzug mit streitlustig wirkender rot karierter Krawatte gekleideten Anwaltes spiegelte die Farbe seines Schlipses wider. Er reichte Andretta eine Karte, die ihn als Dr. Ernst Junger, Hamburger Medienanwalt, auswies. Der Kommissar stutzte. Ein Medienanwalt?

Er sah ihn fragend an. Doch der verzog keine Miene.

»Wieso mussten wir so lange warten? Ich hab Besseres zu tun«, platzte aus dem Sohn des ermordeten Ehepaares heraus.

»Wichtige Ermittlungen, die auch unser Gespräch betreffen«, antwortete Andretta.

Der nette Nebeneffekt des Wartens war, dass Hannes Gösling nervös geworden war. Warten erzeugte immer diese Wirkung, die dem Vernehmer zugutekam.

»Setzen wir uns«, forderte Andretta den Anwalt und seinen Mandanten auf. »Kaffee, Wasser?«

Beide schüttelten den Kopf.

»Nun gut. Fangen wir an. Mit einer ganz einfachen Frage: Wo waren Sie Ostern, Herr Gösling?«

»Ostern?«, kam zwischen zwei Kauern.

»Ja, Ostern dieses Jahres. Ist ja erst drei Monate her.«

»Lassen Sie mich nachdenken. Ostern, wo war ich da? Ach ja«, er streckte den rechten Zeigefinger gen Decke wie ein Schüler, der etwas zu sagen hat.

»Da waren wir alle hier auf Föhr. Richtig, war ja eine goldene Regel bei uns, dass wir uns dann hier einzufinden hatten. Bei gutem Wetter bei der Hütte, bei schlechtem bei Tante Helena. Dieses Jahr war exzellentes Wetter!«

Andretta nickte.

»Können Sie sich erinnern, wer alles anwesend war?«
»Na alle.«

»Etwas genauer bitte, wir veranstalten hier kein heiteres Ratespiel.«

Hannes seufzte theatralisch auf, dann kaute er weiter.

»Alle Rüeggs und wir, also Mutter, Vater, Schwester, ihr Zukünftiger und ich.«

»Aha, wann waren Sie da? Über alle Festtage ging ja schlecht, zumindest in der Hütte. Schließlich befand sich dort kein einziges Bett.«

»Geschlafen haben wir wie immer bei Tante Helena. Angereist sind wir am Karfreitag und geblieben bis Ostermontag.«

»Sind Sie in der Zeit auch mal alleine auf der Insel unterwegs gewesen?«

Hannes zuckte die Schultern, wieder übertrieben, und kaute mit offenem Mund. Ob der auch normal reagieren konnte, fragte sich Andretta. Tat aber so, als würde er die melodramatische Gestik nicht wahrnehmen.

»Keine Ahnung, das kann man doch gar nicht mehr so genau wissen.«

»Also konkreter: Waren Sie nur bei der Hütte und im Haus von Frau Rüegg?«

»Also wenn Sie so fragen. Kann schon sein, dass ich mir neue Kaugummis kaufen gegangen bin. Hier auf der Insel sind die Läden ja auch über die Feiertage geöffnet.«

»Sind Sie, oder sind Sie nicht?«

Schulterzucken, dann ein knappes »Wird schon so gewesen sein«.

»Und die anderen? Haben die ebenfalls zwischendurch die Grundstücke verlassen?«

Hannes lachte laut auf. »Ich weiß ja nicht mal mehr so genau, ob ich das getan habe. Woher, in drei Teufels Namen, soll ich dann wissen, was die anderen gemacht haben?«

»Also nicht. Richtig?«

»Nicht wissen oder nicht verlassen?«

Hannes' Augenbrauen waren bei der Frage die Stirn hinaufgewandert und ließen ihn aussehen wie einen strengen Lehrer.

»Nun gut. Lassen wir das. Haben Sie inzwischen herausgefunden, wie das mit dem Erbe Ihrer Eltern und Ihrer Tante ist? Haben Sie das Testament einsehen können?«

»Nein, aber das interessiert mich auch gar nicht.«

»So, dann wird es Ihnen auch egal sein, was in dem Testament von Frau Rüegg steht.«

Sofort stoppte das Kauen, und seine Augen leuchteten auf.

»Haben Sie es gefunden?«

»Nanu? Eben noch haben Sie behauptet, dass Ihnen das Erbe egal ist.«

Hannes errötete anstandshalber, nachdem er so offenkundig gelogen hatte.

»Ja, wir haben es gefunden. In Helena Rüeggs Bankschließfach. Und damit ein starkes Motiv für den Mord an ihr. Ein sehr starkes.«

Selbst der Anwalt rutschte auf seinem Stuhl nach vorne, näher zu dem Kommissar.

»Was steht drin?«

»Nichts, was die Erbfolge nach dem Tod der Söhne betrifft. Ich bin zwar kein Erbrechtsspezialist, aber nach meiner Einschätzung dürften dann Sie, Ihre Schwester und Alicia Pongatz die Erben sein. Ich bin allerdings wie gesagt auch nur Laie. Das kann Ihnen sicherlich Ihr Anwalt besser beantworten.«

Bei seinen Worten schaute er den Rechtsanwalt von Hannes direkt an.

»Nur zum Verständnis. Ihre Söhne sind tot?«, fragte der Andretta.

»Bekanntermaßen.«

»Gestorben vor oder nach der Erblasserin?«

»Warum?«, fragte Hannes. Seine Augen hatten sich zu Schlitzen zusammengezogen.

»Sie konnten nur erben, wenn ihre Mutter vor ihnen starb.«

»Was macht das für einen Unterschied?«, fragte sein Mandant.

»Sollte einer der Söhne ein Testament zugunsten einer anderen Person verfasst haben und nach seiner Mutter gestorben sein, sie also beerbt haben, und sei es nur für Sekunden, dann würde diese Person seinen Erbteil erhalten. Wenn alle anderen tot wären, dann alles.«

Hannes wandte sich an Andretta. »In welcher Reihenfolge sind die Rüeggs denn gestorben?«

Andretta zuckte die Schultern. »Sagen Sie es mir.«

»Ha, ha. Netter Versuch. Hat der Gerichtsmediziner nichts dazu gesagt? Die können doch heute alles Mögliche herausfinden.«

»Tja, so genau eben doch nicht.«

Gösling wandte sich wieder an den Juristen.

»Wie ist die Erbfolge, wenn das nicht festgestellt werden kann?«

»Dann ist laut Gesetz mangels besseren Wissens davon auszugehen, dass die Personen zeitgleich verstorben sind, das heißt, dass keiner den anderen beerben kann.«

»Ja und, was bedeutet das?«, fuhr er seinen Anwalt an, als der nicht sofort weitersprach.

»Dass das Testament auf eine Ersatzerbenregelung geprüft werden muss. Ihren Ausführungen«, er wandte sich direkt an Andretta, »entnehme ich, dass zumindest bei der Mutter keine weiteren Erben genannt sind. Da die Söhne nicht erben konnten, weil sie nach der Fiktion des Gesetzes alle gleichzeitig gestorben sind, erben die gesetzlichen Erben der Erblasserin das Vermögen. Und dort nach der Ordnung der gesetzlichen Erbfolge.«

»Also wir«, stellte Hannes mit entspanntem Gesicht fest und kaute wieder los. Nur partiell konnte er sein Grinsen verbergen.

»Wenn es keine anderen Personen gibt, die direkt vom

Erblasser abstammen, dann erben die, die von seinen Eltern abstammen. Da Helena Rüeggs Eltern sicherlich bereits tot sind, sind das also ihre Geschwister und in dem Fall, dass auch sie bereits verstorben sind, deren Kinder und Enkel«, ergänzte der Anwalt.

Hannes' Grinsen verstärkte sich.

»Wer hätte das gedacht. Dabei war Tantchen immer so vorausschauend, wie sie meinte. Wie nachlässig, für solch einen Fall keine Regelung zu treffen. Aber wer rechnet schon mit so was?«

»Das ist selbstverständlich nicht amtlich. Ich brauche den Namen des Anwaltes Ihrer Tante. Vielleicht ist bei ihm ein neueres Testament hinterlegt. Das müssen wir dringend überprüfen«, bremste Andretta die Freude von Hannes. »Für uns bedeutet das natürlich, dass Sie ein starkes Motiv, ein millionenschweres Interesse daran hatten, dass nicht nur Ihre Tante, sondern auch Ihre beiden Cousins sterben.«

»Aber hallo?«, empörte sich Hannes. »Ich hab Ihnen doch gesagt, dass mich das nicht interessiert. Was ist schon Geld? Wie können Sie mir da was anhängen? Schauen Sie sich lieber die Pongatz an. Dieses asoziale Pack.«

»Kannten Sie diesen Familienzweig schon vorher?«

»Nein, ich hatte keine Ahnung, dass es da noch eine Schwester meines Vaters gab. Hätte nach meinem Geschmack auch dabei bleiben können.«

»Wieso?«

»Sind gleich am nächsten Tag zu mir gekommen und wollten doch tatsächlich einziehen. Ich kann gut verstehen, dass meine Familie mit denen nichts zu tun haben wollte. Dieser versoffene Max und seine verschlampte Mutter.«

»Das ändert natürlich auch Ihren Erbanteil, da weitere gesetzliche Erben vorhanden sind.«

»Das wollen wir erst einmal sehen. Kommen einfach so aus ihrem Loch gekrochen und wollen was abhaben. Das wird mein Anwalt«, er deutete mit dem Daumen neben sich,

»alles prüfen. Wäre doch gelacht, wenn die plötzlich erben würden.«

Der Anwalt warf ihm einen indignierten Blick zu.

»Ich dachte, Geld wäre Ihnen egal?«

»Natürlich! Hier geht es ums Prinzip! Tante Helena würde sich im Grab umdrehen, wenn von ihrem hart ersparten Geld ein Teil an diese Leute gehen würde.«

»Etwas anderes. Wo waren Sie vor zwei Tagen abends?«

»Wann?«

»Vorvorgestern.«

Hannes schaute fragend zu seinem Anwalt, als wüsste er nicht, welcher Tag das war. Der schaute nur zurück.

Andretta seufzte.

»Das war der Abend, an dem hier auf Föhr die Brände losgingen. Das haben Sie aber mitbekommen, oder?«

»Ja, natürlich. Wir haben uns schon Sorgen um Tante Helenas Haus gemacht.«

Andretta konnte nicht verhindern, dass sich seine Stirn runzelte.

Der Anwalt beugte sich zur Seite und flüsterte Hannes etwas ins Ohr.

Der zuckte nur die Schultern und kaute intensiver auf seinem neuen Kaugummi herum, das er gerade ausgepackt hatte. Hatte Andretta seine Hand unter dem Tisch verschwinden sehen? Er wäre nicht der Erste, der das alte darunterklebte, um es loszuwerden.

»Also, wo waren Sie an dem Abend?«

»Lassen Sie mich nachdenken. Ich muss zu Hause gewesen sein, weil ich das in den Nachrichten mitbekommen habe. Ich habe mir auch noch die Sondersendungen dazu auf NDR angeschaut, weil ich mir Sorgen um«, er stockte, warf seinem Anwalt einen kurzen Blick zu, dann fuhr er fort, »also um die armen Leute da auf der Insel gemacht habe.«

Ja klar, dachte Andretta. Wenn einer nur auf sich und seinen Vorteil fixiert ist, dann du.

»Waren Sie alleine?«

»Vielleicht? Ich weiß es nicht mehr.«

»Kommen Sie, Herr Gösling, Sie werden doch noch wissen, ob vor zwei Tagen abends jemand bei Ihnen war.«

»Also geschlafen habe ich bei meiner Freundin Andrea in Kiel. Das weiß ich noch.«

»Und wann sind Sie hingefahren?«

»Hingefahren? Keine Ahnung. War wohl schon spät. Ich musste mich erst wieder fangen.«

»Was ist für Sie spät?«

»Oh Mann, Sie wollen es aber auch genau wissen. Da muss ich erst Andrea fragen.«

»Das brauchen Sie nicht, geben Sie uns einfach Namen, Adresse und Telefonnummer, dann fragen wir sie selbst. Das haben wir ohnehin vor.«

Ein selbstgefälliges Grinsen machte sich auf Hannes' Gesicht breit, während er auf einem Zettel die geforderten Angaben notierte.

»Gut, das reicht für heute«, verkündete Andretta. Er hatte genug gehört. »Ich brauche noch die Daten zu dem Anwalt von Helena Rüegg.«

Er schob einen weiteren Zettel über den Tisch und wartete ab, bis Hannes fertig war.

»Eine letzte Frage doch noch. Warum sind Sie eigentlich mit einem Medienanwalt hierhergekommen?«

»Mit wem denn sonst?«

»Na, zum Beispiel einem Strafrechtler, schließlich ist das hier ein strafrechtliches Ermittlungsverfahren, in dem wir Sie befragen.«

Hannes schaffte es, mit heruntergezogenen Mundwinkeln zu lächeln. Den Kopf hatte er leicht gesenkt, und er schaute ihn zum ersten Mal in dieser Vernehmung direkt an.

»Als Zeuge, Herr Kommissar, als Zeuge. Richtig? Das ist ein großer Unterschied zu einem Beschuldigten, wie mir mein Anwalt, Herr Junger«, er wies neben sich, »erklärt hat.

Wozu also ein Strafrechtler? Schließlich bin ich unschuldig. Nein, ich muss vor allem meine Rechte schützen. Das ist viel wichtiger. Ich werde mit einer Zeitung, der BILD, um genau zu sein, zusammenarbeiten und denen Liveinterviews zu den Ermittlungen und dem Sachstand geben. Da muss ich mich natürlich absichern, und deswegen wird mich Dr. Junger von jetzt an überallhin begleiten.«

Selbst Andretta fehlten die Worte. Er hatte in seinem langen Berufsleben schon vieles erlebt, aber das noch nicht. Ein Hinterbliebener, der nichts anderes zu tun hatte, als den Medien sein Wissen zu verkaufen. Man musste schon extrem gierig und einzig auf sich und seinen Vorteil bedacht sein, um das zu tun. Gleichgültig gegenüber den Opfern, in diesem Fall seinen eigenen Eltern.

Was sagte das über Hannes Gösling? War er dann auch ein eiskalter Fünffachmörder? Ein Mörder mit dem Gesicht eines jungen Mannes, gerade der Pubertät entwachsen, bei dem die ersten Barthaare noch keinen Rasierer erforderlich machten? Bei der Vorstellung würgte es ihn vor Abscheu.

Maja ließ sich an die Stuhllehne sinken und stöhnte auf, kaum dass sich Hannes und sein Anwalt verabschiedet hatten.

»Was war das denn?«, fragte sie.

Andretta konnte nur mit einem Schulterzucken antworten. Auch ihm fehlte das Verständnis. Dann schüttelte er sich wie ein nasser Hund, nur dass er das Gehörte loswerden wollte.

»Wir müssen unbedingt Kontakt zu diesem Rechtsanwalt aufnehmen. Kannst du mir gleich die Nummer raussuchen?«, fragte Andretta, nachdem er sich gefangen hatte.

Maja nickte und verließ den Raum. Eine willkommene Gelegenheit, seine Gedanken vor der nächsten Vernehmung zu ordnen. Sicher, Hannes Gösling war unsympathisch, gierig und nervend. Aber das machte ihn nicht zum Täter. Als Ermittlungsleiter musste er neutral bleiben, um die Ermittlung keinesfalls zu früh in eine Richtung zu lenken.

Maja kam zurück mit einem Zettel in der Hand, den sie ihm reichte. Er wählte die Nummer darauf.

Die Sekretärin von Dr. Hinz teilte ihm mit, dass der Rechtsanwalt drei Tage verreist sei.

Andretta ließ sich gleich für den ersten Morgen nach dessen Rückkehr einen Termin geben.

24

Es blieb noch eine Viertelstunde, bis Hannes' Schwester Kristina erscheinen sollte.

»Schauen wir mal, wie weit Tine mit den Handydaten gekommen ist«, sagte Andretta.

Maja folgte ihm in das andere Büro, in dem sich Tine einquartiert hatte.

»Und«, fragte Andretta, »wie schaut es aus?«

»Ja, ich habe die Funkmast-Verbindungsdaten von Fynn, die Erstellung der Liste der Anrufnummern zu und von seinem Handy dauert allerdings noch. Ich rechne aber im Laufe des Tages mit ihr.«

»Konntest du feststellen, wo er sich am Tage seines Todes aufgehalten hat? Ich meine natürlich sein Handy«, korrigierte sich Andretta.

»Der nächste Funkmast zu Midlum steht in Alkersum. Und mit dem war sein Handy den ganzen Abend seines Todes verbunden.«

»Aha. Wo stehen denn die nächsten Masten?«

»In Nieblum und Wyk.«

»Okay, dann ist klar, dass er in der Nähe seines Zuhauses seinen Mörder getroffen haben muss. Wie sieht es aus mit dem Tag der Fünffachmorde in Witsum?«

»Da wird es interessant. Bis morgens gegen halb neun war es mit dem Mast in Alkersum verbunden, doch dann hat es sich in den in Nieblum, Standort bei der Kirche, und anschließend Nieblum Strandstraße verbunden. Dort blieb es etwa eine halbe Stunde, bevor sich das Handy mit dem Sendemast am südlichen Ende von Süderende bei der Kirche verbunden hat.«

»Wo ist das genau?«, fragte Andretta.

»Ein ganzes Stück nördlich von Midlum, aber näher an dem Tatort als der Funkmast in Nieblum.«

»Heißt das, dass sich Fynn der Hütte der Göslings genähert hat?«

Tine nickte. »Davon gehe ich aus. Aber du weißt ja, dass das sehr ungenau ist.«

»Schon klar. Nun zur nächsten spannenden Frage. Wie lang ist er in dem Funkmastbereich Süderende geblieben?«

Ein Lächeln entspannte Tines Gesicht. »Bis zum späten Nachmittag, so gegen sechzehn Uhr.«

»Da haben wir ihn«, konnte sich Maja nicht bremsen. Daran musste sie noch arbeiten. Immer wenn sie sich freute, verlor sie ihre Zurückhaltung. Es tröstete sie, dass sich auch Andrettas Mund in die Breite zog, die Mundwinkel nach oben gerichtet.

»Ja, aber war er es alleine? Und wer hat ihn umgebracht? Das sind jetzt die entscheidenden Fragen.«

Er wurde von einem Polizisten der Wache unterbrochen, der zu der Gruppe trat und in Richtung Eingang deutete.

Maja erkannte Kristina Gösling zusammen mit ihrem Verlobten.

Nachdem vor beiden eine Tasse Kaffee stand, fragte Andretta, wo sie das letzte Osterfest verbracht hatten.

Kristina schaute zu Gerriet Onnen, dann wandte sie sich wieder dem Kommissar zu.

»Wir waren hier auf Föhr. Das ist alte Familientradition. Entweder werden die Ostertage bei Tante Helena«, sie unterbrach sich und setzte ein ernstes Gesicht auf, »wurden bei Tante Helena oder in der Hütte verbracht, je nach Wetter. Geschlafen wurde immer bei ihr mangels entsprechender Möglichkeiten in der Hütte.«

»Sie waren also zusammen hier auf der Insel?«

Kristina und Gerriet Onnen nickten synchron.

»Das war mein erster Oster-Aufenthalt auf der Insel. Hat mir gut gefallen. Tolles Haus, das von den Rüeggs. Kennen Sie es?«, fragte Onnen.

Andretta nickte und schaute zu Kristina.

»Waren Sie nur mit der Familie zusammen, oder haben Sie auch alleine Ausflüge unternommen?«

»Das Wetter war so herrlich dieses Jahr, das haben wir alle genossen und uns dort gesonnt oder sind an den Strand gegangen. Der ist ja ganz nahe.«

»Sie haben sich nicht Föhr angeschaut?«, hakte Andretta nach.

»Nein, die Insel kannten wir beide ja schon. Ich denke, dass wir die ganze Zeit bei der Familie geblieben sind«, antwortete Onnen.

»Waren Sie tatsächlich die ganze Zeit nur bei der Hütte?«

Kristina öffnete den Mund zur Antwort, doch ihr Verlobter kam ihr zuvor.

»Ja, wir waren nur bei der Hütte, am Strand und in dem Haus der Rüeggs.«

Andretta sah den Verlobten von Kristina einen Moment lang intensiv an. Dann sagte er: »Wir müssen Ihnen leider gleich mal die Fingerabdrücke abnehmen. Wäre das okay für Sie?«

»Wieso?«, kam es lang gezogen.

»Um Ihre Fingerabdrücke von den nach den Morden in der Hütte gefundenen und sichergestellten Abdrücken auszuschließen. Das ist das übliche Vorgehen bei einem Tatort. Bisher wussten wir ja nicht, dass Sie sich bereits vor den Morden dort aufgehalten haben. Die von Ihrer Verlobten und ihrem Bruder haben wir bereits.«

Tatsächlich hatten die Kriminaltechniker gleich zu Beginn der Ermittlungen von den Geschwistern Fingerabdrücke genommen, wie sich Maja erinnerte. Sie wunderte sich allerdings über den Zeitpunkt, das bei Kristinas Verlobtem nachzuholen. So mitten in der Befragung.

Das tat auch Gerriet Onnen. Trotzdem antwortete er nach einem Moment: »Können wir machen. Gleich im Anschluss an die Vernehmung.«

»So was soll man immer gleich erledigen«, konterte Andretta lächelnd und wandte sich an Maja, jeden weiteren Widerspruch im Keime erstickend. »Könntest du das bitte veranlassen?«

Die nickte noch immer verwundert und bedeutete Gerriet Onnen, ihr zu folgen. Noch während sie den Raum verließ, machte es klick. Andretta wollte Onnen loswerden, er hatte seine Verlobte kaum zu Wort kommen lassen.

Deswegen beeilte sie sich nicht, um alles zu organisieren, insbesondere einen Kollegen zu suchen, der Zeit hatte, die Prozedur durchzuführen. Und ihm zuzuraunen, dass er langsam machen und Onnen so lange wie möglich festhalten solle.

Als sie in das Vernehmungszimmer zurückkehrte, wirkte Kristina wie ein verschrecktes Huhn. Zuerst sah sie hoffnungsvoll auf, als Maja die Tür öffnete, dann sackten ihre Mundwinkel vor Enttäuschung ab, als wolle sie losheulen. Schließlich huschten ihre Augen durch den Raum auf der Suche nach einem Fixpunkt, nachdem ihr Onnen als solcher genommen war.

»Gut, Sie haben also Ostern die Familiengrundstücke nicht verlassen beziehungsweise sind lediglich an den Strand gegangen, richtig?«

Offenbar hatte Andretta mit der weiteren Vernehmung auf ihre Rückkehr gewartet, wie Maja erfreut feststellte.

Kristina nickte, ihre Augen starrten auf den Mund des Kommissars.

»Warum sind Sie so nervös?«, stellte Andretta die Frage, die Maja die ganze Zeit auf der Zunge gelegen hatte.

»Bin ich nicht. Überhaupt nicht. Ich hab nur so ein miserables Gedächtnis. Können wir mit Ihren Fragen nicht warten, bis Gerriet wieder da ist? Der kann das viel besser.«

»Nein, so viel Zeit haben wir leider nicht«, behauptete Andretta. »Wir haben anschließend noch einen Termin.«

Dabei wusste Maja, dass das nicht stimmte.

»Gut, kommen wir zu einer anderen Frage. Wo waren Sie

vor zwei Tagen? Das war der Tag, an dem es hier auf der Insel anfing zu brennen, so als kleine Gedächtnisstütze.«

»Vorvorgestern?«, fragte Kristina lahm nach.

Andretta nickte.

»Vorvorgestern also.« Ihr Gesicht leuchtete auf, sie sah Andretta direkt in die Augen. »Zu Hause«, verkündete sie, als habe sie die Hunderttausend-Euro-Frage beantwortet.

»Wo zu Hause?«

»In unserer Wohnung in Flensburg.«

»Den ganzen Tag?«

»Ja«, antwortete sie zufrieden lächelnd.

»Was ist mit dem Abend?«

Das Lächeln wurde schmaler, die Mundwinkel sackten kaum merkbar ab.

»Auch. Ich sagte doch, dass wir den ganzen Tag dort verbracht haben. Warum wollen Sie das wissen? Wieso brauche ich ein Alibi? Ich habe doch nichts getan!«

Andretta überging die Fragen.

»Gibt es dafür Zeugen?«

»Zeugen?«, kam gehaucht zurück. Alle Farbe wich aus ihrem Gesicht.

»Ja, Menschen, die bestätigen können, dass Sie die Wohnung nicht verlassen haben.«

»Da muss ich Gerriet fragen. Ich weiß das nicht mehr.«

»Sagen Sie, kennen Sie Fynn Bose?«

»Wen?« Ihr Gesicht entspannte sich.

»Das ist, nein, war ein junger Mann, der sich für Ihren Halbbruder gehalten hat.«

Kristina lachte auf. »Sie verschaukeln mich, oder?«, fügte sie mit aufgerissenen Augen an.

Andretta zog nur die Augenbrauen hoch.

»Wie soll das denn gehen? Den Namen habe ich noch nie gehört. Halbbruder?«

»Ja, er dachte, dass er der uneheliche Sohn Ihres Vaters wäre.«

»Was? Wie bitte? Mein Vater auch seiner? Niemals. Das hätte Papa nie gemacht. Der hat die Familie immer hochgehalten. Oder wurde der vor der Ehe meiner Eltern geboren?«

Der Kommissar schüttelte den Kopf.

»Das kann nicht sein, ganz bestimmt nicht!«

»Und doch glaubte er es. Sie können sich also nicht vorstellen, dass Ihr Vater eine außereheliche Beziehung hatte?«

»Nein, absolut nicht.«

»Aber das war der Fall. Und zwar über Jahre und auch noch bis zu seinem Tod. Fynn Bose war der Sohn der Geliebten Ihres Vaters.«

»Was erzählen Sie denn da? Das glaube ich nicht. Mein Vater hat meine Mutter geliebt und war ihr immer treu, dafür lege ich meine Hand ins Feuer. Ich hätte doch gemerkt, wenn er eine Geliebte gehabt hätte. Oder Mutti. Das hätte sie mir ganz sicher erzählt. Außerdem waren sie immer zusammen, wann sollte er sich denn mit der Frau getroffen haben? Nein, das glaube ich einfach nicht.«

»Wie er das früher gehändelt hat, weiß ich nicht. Aber wie Sie mir selbst erzählt haben, verschwand er regelmäßig an den Wochenenden von der Hütte. In der Zeit hat er seine Geliebte in Midlum besucht. Das hat sie zumindest ausgesagt.«

Kristina saß mit offenem Mund da und brachte kein Wort heraus.

»Kommen wir zu etwas anderem. Wer wird Ihre Eltern und Tante beerben? Wissen Sie das schon?«

Kristina schluckte schwer, bevor sie antwortete.

»Meine Eltern haben ein Testament zugunsten von Hannes und mir aufgesetzt. So ein Berliner Testament. Das haben sie uns damals gezeigt und gesagt, wo sie es hinterlegt haben. Wir haben damit bereits den Erbschein beantragt. Damit wir alles erledigen können. Sie wissen schon, Wohnung kündigen und so was. Aber Tante Helena? Die hatte auch alles ihren Söhnen vermacht. Das weiß ich, das hat sie irgendwann einmal erzählt. Doch was nun wird, wo auch die tot sind? Keine Ahnung.

Es bleiben ja nur noch wir und diese Alicia Pongatz und ihr Sohn.«

Tränen funkelten in ihren Augen, die für Maja echt aussahen. Wenigstens eine in der Familie, die um ihre Eltern trauerte.

»Wussten Sie, dass es noch eine weitere Schwester von Ihrem Vater und Frau Rüegg gab?«

»Ich kann mich ganz vage erinnern, dass die mal Thema bei einer Familienfeier war. Als meine Eltern glaubten, dass ich das nicht mitbekomme. Eine Prostituierte sollte das gewesen sein. Mit der man nichts mehr zu tun haben wollte. Aber das hatte ich völlig vergessen, bis sie plötzlich vor unserer Tür stand. Der Kontakt war ja auch abgebrochen.«

In dem Moment öffnete sich die Tür, und Onnen kam in das Vernehmungszimmer. Er schaute seine Verlobte scharf an, dann den Kommissar.

»Alles klar?«, fragte er.

»Kannst du dir das vorstellen, Papa hatte ein Verhältnis«, platzte es aus Kristina heraus, kaum dass Onnen Platz genommen hatte.

»Was ist los?«

»Ja, er hatte eine Freundin, die er bis zu seinem Tod regelmäßig besucht hat. Wo lebt die überhaupt?«, wandte sie sich an Andretta. »Etwa auf Föhr? Anders geht es ja nicht, wenn er sie immer bei seinen Aufenthalten hier besucht hat. Er war ja schließlich nur ein, zwei Stunden weg.«

Andretta nickte.

»Das gibt's doch nicht. Dein Vater? Unmöglich. Unglaublich.«

»Doch, stell dir das vor. Und einen Sohn soll er auch mit der Frau haben!«

Onnen schüttelte mit aufgerissenen Augen und offenem Mund den Kopf.

»Das konnten wir inzwischen widerlegen, er ist nicht Ihr Halbbruder.«

»Nicht?«, fragte Onnen mit hochgezogenen Augenbrauen.

Andretta nickte.

Maja wunderte sich, dass er nicht von Fynns Tod berichtete.

»Nun gut, kommen wir zu einem anderen Thema.«

Er wandte sich direkt an Onnen. »Wussten Sie von der Existenz der Familie Pongatz?«

Der schüttelte den Kopf. »Es wäre mir auch lieber, wenn es so geblieben wäre. Ordinäres Pack. Kommen aus heiterem Himmel angeschneit und wollen sich breitmachen. Stellen Sie sich das mal vor: Die wollten doch gleich in die Wohnung meiner verstorbenen Schwiegereltern einziehen. Nach dem Motto, die steht ja jetzt bis auf Hannes leer, da können wir umsonst wohnen. Meinten, dass sie wegen der Regelung der Erbschaft bleiben müssten, bis alles in trockenen Tüchern ist. Unverschämtheit das.«

»Also nicht. Sagen Sie, können Sie uns Zeugen dafür benennen, dass Sie beide vor zwei Tagen ganztägig zu Hause waren? Ihre Verlobte meinte, dass Sie das könnten.«

»Sicher. Aber da muss ich erst nachschauen. Der eine oder andere hat bestimmt angerufen. Das ist so, wenn man im IT-Bereich selbstständig ist. Dann rufen die Leute zu jeder Tages- und Nachtzeit an, wenn es Probleme mit ihrem Computer gibt. Als hätte das nicht Zeit bis zum nächsten Morgen oder Werktag. Ich schau mal in meiner Zeiterfassung nach und rufe Sie dann an.«

Damit war die Vernehmung beendet.

»Was hältst du von den beiden?«, fragte Andretta Maja.

»Ich verstehe nicht, warum Kristina so nervös wurde, als es um ihr Alibi ging.«

»Das ist dir also auch aufgefallen. Gut. Warten wir ab, ob sie uns tatsächlich Alibi-Zeugen benennen können.«

»Und wie machen wir jetzt weiter?«, fragte Maja.

»Jetzt überlegen wir, was wir herausgefunden haben und

was das über die mögliche Täterschaft der potenziellen Erben aussagt.«

Andretta sah auf seine Uhr. Es war kurz vor elf.

»Ich muss dringend zurück in die Pension zu Lisa. Sie war gestern Abend krank und ist auch heute Morgen nicht beim Frühstück aufgetaucht. Ich mache mir Sorgen um sie.«

»Was hatte sie denn?«

»Das weiß ich nicht so genau. Ihr war wohl schlecht, und sie hatte keinen Hunger. Gefroren muss sie auch haben, denn sie hatte ihre Bettdecke bis über beide Ohren hochgezogen.«

»Soll ich mitkommen? Vielleicht muntert sie eine kleine Spritztour mit dem Motorrad auf. Ich hab ohnehin Lust auf eine kleine Pause und eine Tour.«

Andretta sah sie intensiv an mit seinen blauen Augen, die es ihr angetan hatten. Ja, gestand sie sich in diesem Moment ein, diese Augen hatten etwas. Etwas, das sie fesselte. Mist! Denn wenn sie ehrlich zu sich war, betraf das nicht nur die Augen. Seine Art, wie er sich um sein Mündel sorgte, wie er sich als alleinstehender Mann, der keine eigenen Kinder hatte und völlig ungeübt im Umgang mit ihnen war, um sie bemühte.

So einen Menschen hatte sie noch nie getroffen. Wie auch? Sie selbst war in einem Kinderheim aufgewachsen, nachdem sie im Millenniumsjahr in Hamburg als eines der ersten Babys in einer der frisch eröffneten Babyklappen abgelegt worden war. Bis zu ihrem zwanzigsten Geburtstag wurden dort sechsundfünfzig Kinder hineingelegt, sechzehn davon später von den Müttern zurückgeholt. Sie gehörte nicht dazu.

Aber nicht nur das faszinierte und begeisterte sie an dem Mann. Er hatte in ihren Augen das gewisse Etwas, das bei Frauen den Blutdruck hochjagte und den Magen krampfen ließ. Auch bei ihr.

Doch all diese Gedanken packte sie schnell wieder weg. Etwas, das sie im Kinderheim perfektioniert hatte. Alle Überlegungen, die sie nicht ertrug oder die sie blockierten, legte sie gedanklich in ein Päckchen, verschnürte es mit einem roten Geschenkband und schob es in die hinterste Ecke ihres Bewusstseins.

Was sie nicht wegpacken wollte, waren Lisa und ihre Probleme. Wenn sie ihr helfen könnte, würde sie das liebend gerne tun. Schließlich hatte sie reichlich Erfahrung damit, wie es sich anfühlte, alleingelassen worden zu sein.

Endlich nickte er. »Einen Versuch ist es wert.«

Sie hatten für den Mittag ein Treffen mit allen Ermittlern in dem Fall verabredet, bevor sie gegangen waren.

Lisa, die immer noch im Bett lag, hatte bei Majas Anblick rote Wangen und leuchtende Augen bekommen. Das Angebot, zusammen in die Eisdiele in Nieblum für ein spätes Frühstück zu fahren, und das auf dem Sozius ihres Motorrades, hatte Wunder gewirkt. Sie war aus dem Bett gesprungen, hatte sich in Windeseile ihre Jeans angezogen und ein T-Shirt, das Majas eigenem ähnelte, und die Haare zum Pferdeschwanz zusammengefasst.

Maja lächelte in sich hinein. Wären doch alle Wehwehchen und aller Kummer so schnell zu heilen.

25

»Ist der Mörder vom Festland gekommen oder nicht?«, stellte Andretta die Eröffnungsfrage.

Es war halb eins, Rainer, Maja und Adickes saßen um den kleinen Besprechungstisch in seinem Büro und sahen ihn erwartungsvoll an. Er hatte seine junge Kollegin die Vernehmungen zusammenfassen lassen. Das hatte sie ebenso geschickt gemacht, wie Lisa aus dem Bett zu treiben.

Wie hatte sie das nur geschafft, hatte er sich die ganze Zeit gefragt, als sie ihm zusammen mit seinem Mündel auf dem Sozius nach Nieblum gefolgt war. Lisa hatte Maja beim Essen, er hatte ihr ausnahmsweise Pommes mit Currywurst gegönnt, etwas, das er sonst für zu ungesund eingestuft hätte, die ganze Zeit angehimmelt.

Ach, könnte es doch nur immer so sein! Sie drei glücklich zusammen wie eine echte Familie.

Gott sei Dank wurden seine Gedanken von Tine unterbrochen, die den Raum mit Zetteln in der Luft herumwedelnd betrat.

»Sorry für die Verspätung, aber die Anruflisten von Fynns Handy sind gerade gekommen, und ich habe sie noch schnell grob gecheckt.«

»Und?«, forderte sie Andretta auf fortzufahren.

»Die meisten Nummern, und es sind nicht viele, die auf seinem Handy eingegangen sind, stammen aus Midlum. Ich schätze, das sind seine Kumpel aus dem Freesenkrog, seine Mutter und solche Leute. Ich hatte noch keine Zeit, die Telefonnummern genau zu überprüfen, sondern habe sie erst einmal den Orten zugeordnet, um einen Überblick zu bekommen. Bis jetzt sticht eine einzige Nummer heraus, und die stammt von einem Prepaidhandy. Ich habe versucht anzurufen, aber es ist niemand drangegangen. Deshalb habe ich jetzt eine ›stille SMS‹ geschickt und eine Funkmastanfrage gestartet. Mal schauen, was dabei herauskommt.«

»Eine stille SMS?«, fragte Adickes.

Tine nickte. »Wir senden eine SMS an das Mobiltelefon, die dem Empfänger weder angezeigt noch per Ton signalisiert wird. Trotzdem werden beim Mobilfunkbetreiber Verbindungsdaten aufgezeichnet, weil mit der ›Stillen SMS‹ Steuerbefehle gesandt werden. Das Telefon antwortet also automatisch, unbemerkt vom Besitzer, dem Anbieter. Die Verbindungsdaten können wir auswerten und auf diese Weise das Handy orten.«

»Donnerwetter. Wer hat sich denn so was ausgedacht?«, fragte Adickes nach.

»Die Netzbetreiber haben das schon vor Jahren Handynutzern als Sonderleistung angeboten, bis ein kluges Köpfchen auf die Idee kam, das für die Suche nach Prepaidhandys auszunutzen. Man kann auch mehrfach hintereinander so eine SMS versenden und auf diese Weise ein Bewegungsmuster des Besitzers erstellen. Ich warte nur noch auf den richterlichen Beschluss für die Funkmastverbindungen, dann lege ich gleich los«, fuhr sie in Richtung des Kommissars fort.

»Sehr gut, hervorragende Arbeit«, lobte Andretta seine Mitarbeiterin.

Tine trat von einem Fuß auf den anderen. Sie gehörte zu den jüngsten Ermittlerinnen der Mordkommission. Lob brachte sie noch immer in Verlegenheit, was schade war, denn sie hatte es sich redlich verdient. Nicht nur heute. Schnell war sie vom Streifendienst wegen ihrer außergewöhnlichen Computerkenntnisse in seine Abteilung versetzt worden. Was auch für sie von großem Vorteil war, denn für die normale Polizeiarbeit war sie nicht unbedingt die erste Wahl. In der Polizeischule hatte sie nur durchschnittliche Noten in sämtlichen Fächern gehabt, die mit körperlichen Fähigkeiten zu tun hatten. Andretta war dagegen heilfroh, sie in seiner Mannschaft zu haben. Rambos hatten sie genug.

»Das hilft uns aber nur weiter, wenn das Handy auch eingeschaltet und mit dem Mobilfunknetz verbunden ist. Denn für die Ortung muss das Handy Signale empfangen und senden können. Wenn der Täter also das Handy ausgeschaltet oder den Akku rausgenommen hat, haben wir keine Chance, es zu orten. Dann kann der Standort nur noch über die zuletzt empfangenen Daten taxiert werden. Ich bleibe dran, vielleicht haben wir ja Glück.«

»Gut. Gab es denn am Abend seines Todes Anrufe?«

Tine nickte. »Diverse. Aber mit dieser Prepaidnummer fand ein regelrechter Austausch statt. Das waren im Vergleich zu den übrigen Tagen ungewöhnlich viele Anrufe.«

»In welchem Zeitraum genau?«

Tine schaute auf den mitgebrachten Zettel.

»Also, es ging los um siebzehn Uhr vierunddreißig. Der Anruf ging von Fynns Handy zu der Prepaidnummer und dauerte zehn Minuten.«

Sie warf Andretta einen vielsagenden Blick zu. Das war in der Tat ein langes Telefonat. Was es wohl so Wichtiges zu besprechen gegeben hatte?

»Dann wurde von der Nummer eine Viertelstunde später zurückgerufen, da dauerte das Gespräch fünfundzwanzig Sekunden. Danach ging es locker hin und her. Moment«, ihr Finger fuhr die Liste hinunter, »sieben Mal. Der letzte Anruf erfolgte um zweiundzwanzig Uhr fünf.«

»Gab es in dem Zeitraum noch andere Telefonate?«

Tine schüttelte den Kopf.

»Puh«, kam von Adickes. »Das sieht ganz schön verdächtig aus.«

»Ja, jetzt wird es natürlich besonders interessant, wo sich der Besitzer des Prepaidhandys während der Anrufe befand. Bleib dran und bearbeite das vorrangig. Leg am besten sofort los. Wenn du das erledigt hast, nimmst du dir auch die anderen Telefonnummern vor und überprüfst sie. Vielleicht versteckt sich dahinter ja doch noch eine andere interessante Nummer«, sagte Andretta.

Tine nickte, schnappte sich ihre Zettel und wandte sich der Tür zu. »Ach ja, hätte ich fast vergessen. Ich hatte doch eine Anfrage an sämtliche Versicherungen auf dem europäischen Markt wegen einer Lebensversicherung von den Göslings gestartet.«

Andretta nickte.

»Eben kam die Rückmeldung von der Allianz-Versicherung. Tatsächlich hatte Martin Gösling eine Lebensversicherung abgeschlossen zugunsten seiner Kinder. Über eine Million Euro.«

»Bingo«, verkündete ein strahlender Adickes. »Wenn das kein perfektes Motiv ist.«

»Die Bedingungen?«, fragte Andretta Tine.

»Muss noch gecheckt werden, dafür hatte ich leider noch keine Zeit.«

»Gib sie mir, du hast genug zu tun«, meldete sich Maja und nahm den Ausdruck entgegen von einer dankbar nickenden Tine. Dann verließ diese den Raum.

»Kommen wir zurück zur Anfangsfrage. Kam der Mörder vom Festland? War das überhaupt zeitlich möglich? Wie sind die Fährzeiten?«, wandte sich Andretta an Adickes.

»Die letzte Fähre nach Föhr von Dagebüll legt um achtzehn Uhr fünfundvierzig ab und kommt gegen fünf nach halb acht an.«

»Okay, der erste Anruf von Fynn zu dieser Nummer war um«, er schaute auf den Zettel vor sich, auf dem er die Zeiten mitnotiert hatte, »siebzehn Uhr vierunddreißig. Das bedeutet, dass demjenigen, den er anrief, eine Stunde und zehn Minuten zur Verfügung standen, um die letzte Fähre nach Föhr zu erwischen. Wenn der Angerufene ein Auto besitzt, konnte er locker aus einem Umkreis um den Hafen von guten fünfzig bis sechzig Kilometern anreisen. Wenn er sofort losgefahren ist. Aber wie sieht es mit der Rückfahrt aus? Konnte er es auch noch schaffen, auf das Festland zurückzukehren?«

»Keine Chance, zumindest nicht mit der Fähre nach Dagebüll. Die letzte legt in Wyk um achtzehn Uhr vierzig ab. Die Schiffe der Wyker Dampfschiffs-Reederei begegnen sich unterwegs. Also wenn der Mörder die letzte Fähre vom Festland genommen hat, dann kam er nicht mehr zurück. Es sei denn, er hätte ein eigenes Boot gehabt. Aber das wäre im Hafen aufgefallen und registriert worden, und im Watt konnte er nicht anlegen.«

»Das bedeutet, dass er über Nacht auf der Insel geblieben sein muss und erst am nächsten Morgen zurückfahren konnte. Wann fährt die erste Fähre zum Festland?«

»Um sechs Uhr«, antwortete Adickes.

»Wir müssen nochmals die Fähren überprüfen. Diesmal haben wir ja die ungefähren Abfahrtzeiten des Anrufers. Rainer, kannst du das übernehmen?«

Der nickte zur Bestätigung.

»Kommen wir zu den üblichen Verdächtigen. Alle drei Familienmitglieder, die möglicherweise erben, hatten die Gelegenheit zu den Morden. Keiner konnte bisher ein wasserdichtes Alibi für die beiden Tage nachweisen, an denen die Morde geschahen. Nur die jeweiligen Partner, also Verlobter, Freundin oder Sohn beziehungsweise Mutter, wurden als Zeugen benannt. Und die könnten lügen, um ihre Partner zu schützen. Wir müssen sie unbedingt nochmals vernehmen. Bei Onnen macht das im Moment keinen Sinn, der hat das Alibi bereits bestätigt. Aber er ist uns in der Bringschuld für die Anrufer, also die Kunden, die ihn angeblich am Tattag konsultiert haben. Die sind natürlich auch nur bedingt ein Beweis, schließlich kann man heutzutage von fast jedem Ort auf der Welt aus telefonieren beziehungsweise angerufen werden. Max Pongatz ...«

Andretta wurde durch die sich öffnende Tür zu seinem Büro unterbrochen. Herein kam Hartmann, wie immer in einen hellen Leinenanzug gekleidet, mit schwarzem T-Shirt darunter, passenden Slippern und einer kleinen, aber teuer aussehenden Aktentasche unter dem Arm. Seine glatt rasierten Wangen umwehte der zarte Duft nach Zahncreme und Davidoffs »Cool Water«-Aftershave. Andretta entdeckte eine kleine Stelle auf Hartmanns rechter Wange, die seinem Rasierer entgangen war. Er war davon so fasziniert, dass er nicht wegschauen konnte. Das war im Laufe ihrer langjährigen Zusammenarbeit noch nie vorgekommen. Was das wohl zu bedeuten hatte? Andretta betrachtete seinen Konkurrenten genauer und entdeckte leichte Augenringe. Irgendetwas war geschehen. Er fragte sich, was das wohl sein mochte, schob aber den Gedanken umgehend als irrelevant beiseite. Für so etwas hatte er keine Zeit.

»Das ging schnell«, begrüßte er ihn. »Perfektes Timing. Wir haben gerade darüber gesprochen, wie es mit den Alibis der Erben aussieht. Hast du etwas herausgefunden zu Max Pongatz und seiner Mutter?«

Hartmann nickte, doch sein Blick hatte nicht die übliche Festigkeit. Was war bloß los mit ihm?

»Die Kollegen in Osnabrück hatten schon Namen und Adressen der Saufkumpane von Max Pongatz zusammengestellt. Das hat die Arbeit ungemein erleichtert und beschleunigt. Dabei kam heraus, dass er seit etwas über einer Woche nicht mehr gesehen wurde. Was mehr als ungewöhnlich ist. Sonst kommt er immer in seine Eckkneipe. Das haben sowohl der Wirt als auch drei seiner Kumpel bestätigt.«

»Hast du auch die Nachbarn befragt? Vielleicht haben die ihn ja gesehen.«

»Die Pongatz wohnen in einem Hochhaus am Rande der Stadt. Ist ganz schön runtergekommen da, üble Gegend. Wenn jemand die Tür öffnete, und das war nicht oft der Fall, wusste der Bewohner von nichts. Nichts gesehen, nichts gehört und schon gar nichts gesagt, ist die Devise da. Also, keiner hat bestätigt, dass Max Pongatz letzte Woche in Osnabrück war.«

»Aber irgendwann muss er dort gewesen sein, schließlich wurden er und seine Mutter von den Kollegen über die Todesfälle in seiner Familie informiert.«

»Sie, also die Mutter. Nicht er. Ich habe bei den Kollegen, die das übernommen hatten, nachgefragt. Ihn haben sie nicht zu sehen bekommen.«

Das war sein alter Mitstreiter, der nichts außer Acht ließ. Was vermisste Andretta die Zeiten, als sie ein perfektes Team gewesen waren. Er lächelte ihn bei der Erinnerung an. Doch sein Lächeln verschwand ebenso schnell, wie es gekommen war, als er dessen erstaunten und harten Blick dafür erntete.

»Nun gut. Also müssen wir uns Max Pongatz nochmals vornehmen. Kannst du das übernehmen?«, fragte er Hartmann. Schließlich hatte er die Infos und konnte ihn mit den neuen Erkenntnissen konfrontieren.

Der nickte unwillig. Ganz wie immer.

Andretta seufzte und wandte sich an Maja, die ihren geringschätzigen Blick nur schwer von Hartmann lösen konnte. Fünf Cent für deine Gedanken, dachte Andretta. Wie zur Antwort rümpfte sie die Nase.

»Gut, wir«, er nickte ihr zu, »nehmen uns die Freundin von Hannes vor. Mal schauen, was sie dazu zu sagen hat.«

Nachdem sie sich telefonisch bei Andrea Folkerts angekündigt hatten, erwischten sie im letzten Moment die Mittagsfähre um ein Uhr vierzig nach Dagebüll. Das war knapp, weil sie erst um halb drei auf dem Festland ankamen und die letzte Fähre zurück um Viertel vor sieben ablegte. Außerdem mussten sie vom Fährhafen nach Kiel fahren und zurück. Das nahm locker anderthalb Stunden in Anspruch. Und das auch nur dann, wenn er schneller als erlaubt fuhr. Aber die Ermittlungen duldeten keinen Aufschub.

Sie hatten sich um vier Uhr im 2. Polizeirevier in der Falckstraße verabredet, weil die nahe der Wohnung von Hannes' Freundin lag.

Fast pünktlich erreichten sie den dreistöckigen braunen Klinkerbau mit seinen weißen Rundbogenfenstern. Die junge Frau erwartete sie vor dem Tresen im Eingangsbereich der

Dienststelle auf einem Besucherstuhl. Eine aparte Blondine mit spitzbübischem Lächeln und zu kurzem Minirock.

Andretta hatte sich vorher auf der Dienststelle angemeldet und um einen Vernehmungsraum gebeten, zu dem sie nun von einem Polizisten geführt wurden. Wie üblich bestand die Möblierung aus einem Tisch und vier sich gegenüber stehenden Plastikstühlen.

»Beginnen wir mit dem Tag, als die Familien Gösling und Rüegg auf Föhr ermordet wurden. Können Sie uns sagen, was Sie an dem Tag gemacht haben?«

»Warum fragen Sie mich das? Stehe ich unter Verdacht?«

Das Glitzern in ihren Augen war nicht zu übersehen. Doch das Thema war zu ernst, um darüber zu albern, fand Andretta. Deswegen sah er sie kommentarlos an, bis sie es nicht mehr aushielt und auf den Boden schaute.

»Da muss ich überlegen«, verkündete sie und blickte hoch zur Decke, als stünde dort die Antwort geschrieben.

Andretta glaubte ihr nicht, dass sie erst nachdenken musste, ließ sie aber gewähren.

»Da waren meine Eltern verreist, richtig. Hannes ist gekommen und bei mir geblieben. Drei Tage lang, bis sie zurückkamen.«

»Ununterbrochen?«

»Ja, ich glaube schon.«

»Glauben Sie, oder wissen Sie es?«, hakte Andretta nach.

»Ja, er war die ganze Zeit da. Aber ich war mal weg. Hatte mich mit meinen Freundinnen verabredet. Er wollte derweil schlafen. Wir haben in der Nacht nicht viel Schlaf abbekommen«, verkündete sie zweideutig grinsend. Die Anzüglichkeit passte so gar nicht zu ihr. Deswegen wirkte die Formulierung, als stamme sie von jemand anders.

»Wann war das?«

»Am Samstag.«

»Wie lange waren Sie weg?«

»Ich weiß nicht genau. Ein paar Stunden halt.«

»Also nicht den ganzen Tag?«

»Nein, natürlich nicht«, versicherte sie. »Schließlich haben wir uns nur in einem Café zum Schwätzen getroffen.«

»Hannes Gösling hat sich derweil in Ihrer Wohnung aufgehalten?«

»Davon gehe ich aus. Er war jedenfalls da, als ich ging, und immer noch in der Wohnung, als ich nach höchstens zwei, drei Stunden zurückkam. Er hatte auch noch die gleichen Klamotten an, seinen alten Jogginganzug. In dem verlässt er niemals das Haus.«

»Wie haben Sie die übrige Zeit verbracht?«

»Puh, Sie stellen vielleicht Fragen. Also abends, ich meine den Samstagabend, waren wir im Space, sind aber früh nach Hause und haben einen Film angeschaut.«

»Welchen?«

»Welcher war das noch gleich?«, fragte sich Andrea.

Wieder glaubte ihr Andretta das Nachdenkenmüssen nicht.

»Ach ja, ›Moonfall‹. Toller Film.«

Andretta zückte sein Notizbuch, als müsse er die Aussage überprüfen, dabei wusste er genau, dass Hannes das Gleiche angegeben hatte.

»Ja, stimmt«, stellte er fest. »Aber der lief nicht im Fernsehen. Wo haben Sie ihn gefunden?«

Wieder entspannte ein Lächeln das herzförmige Gesicht. »Keine Ahnung, Herr Kommissar. Den hat Hannes rausgesucht in irgendeinem Streamingdienst. Da müssen Sie schon ihn fragen.«

Das Pärchen passte erstklassig zusammen, fand Andretta. Beide platzten vor Arroganz und dem sicheren Gefühl, schlauer als der Rest der Welt zu sein.

»Übrigens haben wir uns gestern verlobt.«

Sie wedelte mit ihrer rechten Hand, an deren Ringfinger ein erstaunlich großer Diamantring funkelte.

»Davon hat Hannes Gösling uns nichts gesagt. Dann muss

ich Sie jetzt darauf hinweisen, dass Sie bezüglich seiner Person ein Aussageverweigerungsrecht haben.«

Andrea Folkerts winkte ab. »Wir haben nichts zu verbergen.«

»Gut, kommen wir zu der Nacht, als es zum ersten Mal auf Föhr brannte. Sie können sich sicherlich erinnern, ist schließlich nur vier Tage her.«

Zum ersten Mal flackerte ihr sonst so selbstgefälliger Blick, der das reizende Gesicht verschandelte, wie Andretta fand.

»Da war ich zu Hause, am nächsten Tag musste ich arbeiten.«

»Und Hannes?«

»Bei sich. In der Wohnung seiner Eltern.«

»Woher wissen Sie, dass er sich dort aufgehalten hat?«

»Wir haben gechattet, wie immer, wenn wir nicht zusammen sein können.«

»Das könnte er von überall aus gemacht haben. Was macht Sie so sicher, dass er zu Hause war?«

»Na, ich habe sein Zimmer im Hintergrund erkannt.«

»Wissen Sie noch, wann das war? Die genaue Uhrzeit?«

»Die halbe Nacht, Herr Kommissar. Ich lege das Handy mit ihm in der Leitung immer neben mich ins Bett, wenn ich einschlafen will. Sonst klappt das nicht.«

Damit ließen es die Ermittler bewenden. Andrea Folkerts war perfekt auf die Vernehmung vorbereitet. Hannes' Schachzug, sich zum jetzigen Zeitpunkt zu verloben, war geschickt und vorausschauend. Bei unangenehmen Fragen konnte sich Andrea nun jederzeit darauf berufen.

Es war inzwischen halb fünf Uhr. Sie hatten also noch Zeit, im Kommissariat in Flensburg kurz vorbeizufahren und nachzuschauen, ob es dort etwas Neues gab.

Kaum hatten sie Andrettas Büro betreten, klingelte sein Diensttelefon. Am Apparat meldete sich Schmitz, sein scheidender Vorgesetzter.

»Kannst du kurz rüberkommen? Es gibt Neuigkeiten zu deiner Bewerbung.«

Andretta schaute auf die Uhr. Das würde knapp werden mit der Rückfahrt, war aber zu schaffen.

»Ich komme gleich.«

Er ließ Maja in seinem Büro warten und eilte zu dem von Schmitz, das er hoffte nach dessen Ausscheiden übernehmen zu können. Zu wichtig war das für das weitere Zusammenleben mit Lisa.

Mit einem Nicken begrüßte der ihn.

»Wie läuft es auf Föhr?«

»Wir kommen voran. Ich denke, in ein paar Tagen haben wir den Mörder.«

»Das ist gut. Aber du solltest ein wenig mehr Zeit darauf verwenden, das auch der Kommission für die Besetzung meines Stuhles rüberzubringen. Dein Kollege Hartmann macht das ganz ausgezeichnet! Und zwar auch was die Ermittlungen bei dem Fünffachmord angeht. Man könnte meinen, er wäre der Ermittlungsleiter.«

Früher hätte Andretta darüber gelächelt, einen Witz gerissen oder die Schultern gezuckt. Es war ihm nicht wichtig und außerdem zutiefst zuwider, mit Erfolgen, von denen er im Laufe seines Berufslebens mehr als genug vorzuweisen hatte, anzugeben. Nun aber war Lisa in sein Leben getreten, er trug Verantwortung für sie. Da konnte er nicht locker bleiben, wenn es um sie beide, um ihre gemeinsame Zukunft ging.

»Aber …«, setzte er an.

»Ich wollte dich nur warnen«, unterbrach ihn Schmitz. »Schließlich weiß ich, wie wichtig die Position für dich ist. Warum machst du nicht ein bisschen mehr Wirbel um die Sache mit dem Feuer auf Föhr? Als du die Hunde aus dem Haus geholt hast? Die Menschen lieben es, wenn Tiere gerettet werden. Du warst auf der Titelseite der Zeitung, es gab auf unserer Seite bei Facebook fast dreitausend Likes für die

Geschichte. Und das wiederum lieben die Entscheider. Den Ruf der Polizei aufzupolieren ist wichtig. Das weiß sogar ich Dinosaurier. Die Zeiten haben sich geändert. Heute werden Polizisten angegriffen und beleidigt, wenn sie helfen wollen. Gott alleine weiß, warum. Schließlich leben wir nicht in Amerika, wo diese Sheriffs auf Dunkelhäutige losgehen, als seien sie auf der Sklavenjagd.«

Andretta nickte. Ihm war bewusst, dass er der absolut falsche Mann dafür war. Er schaffte es nicht, für sich zu werben. Etwas, das wichtig war, wollte man diesen Job bekommen. Ein weiteres Mal fragte er sich, ob er sich mit der Bewerbung einen Gefallen getan hatte. Wenn da nicht Lisa wäre …

»Also, mach ein bisschen Wirbel um deine Heldentat und rücke dich in den Vordergrund bei der Ermittlung. Wir beide wissen schließlich, dass der Erfolg alleine dir und deinem Team und nicht diesem Aufschneider Hartmann gebührt.«

Schmitz hatte recht. Er musste das ändern. Doch es widerte ihn an.

»Ich weiß ja. Aber was soll ich machen?«

Als er seinen Vorgesetzten tief Luft für eine Antwort holen sah, winkte er ab.

»Schon gut, du hast ja recht. Ich gelobe feierlich Besserung!«

Er schaute auf seine Uhr und bemerkte, dass es schon Viertel vor sechs war.

Hastig verabschiedete er sich von Schmitz und eilte zurück in sein Büro, um Maja abzuholen. Sie war nicht da. Er schnappte seine Jacke und hastete zum Empfang. Dort erfuhr er, dass sie auf Toilette war. Vor der Toilettentür wartete er mit ständigem Blick auf seine Swatch. Um fünf vor sechs standen sie endlich vor seinem Alfa, doch der wurde von einem Laster blockiert, dessen Heckklappe heruntergelassen war. Vom Fahrer keine Spur.

Als der nach Andrettas Dauerhupen auftauchte, war es sechs Uhr, bis er den Lkw geschlossen hatte, war es fünf nach.

Als ob nicht schon alles schlimm genug wäre, stotterte der Motor des Lkw, dann erstarb er.

Natürlich hatten sie nach diesem Fiasko keine Chance mehr, die Fähre pünktlich zu erwischen. Andretta fragte bei den Kollegen von der Wasserschutzpolizei an, doch die Küstenboote waren alle im Einsatz und wurden erst spät in der Nacht zurückerwartet.

»Was machen wir?«, fragte er Maja.

Die zuckte die Schultern. »Haben wir eine Wahl?«

Andretta atmete tief durch, dann griff er zum Handy und rief in der Pension an. Lisa war jetzt das Wichtigste.

Meike hatte volles Verständnis für die Situation und beruhigte ihn, dass sie eine Nacht ohne Andretta klarkommen würden. Wenn auch schlecht, hängte sie mit einem Kichern an. Was er nicht verstand. Nein, nicht verstehen wollte.

Ausgerechnet in diesem Moment fragte der Fahrer Maja in gebrochenem Deutsch nach ihrem Handy, während er mit seinem vor ihr herumwedelte. Selbst Andretta konnte auf die Entfernung erkennen, dass ein großer Sprung das Display in zwei Hälften teilte.

Meike musste Majas Antwort gehört haben, denn sofort herrschte eisiges Schweigen am anderen Ende der Leitung. Im ersten Moment war Andretta deswegen genervt, aber dann froh, dass auf diesem Wege die Fronten zwischen ihm und der Wattführerin geklärt waren.

Er ließ sich kurz Lisa geben, der er erklärte, warum er nicht zu ihr kommen konnte. Aber das Gespräch war schnell zu Ende, da sie wieder kaum ein Wort zur Antwort herausbrachte.

Was sollte er machen? Maja in einem Hotel unterbringen? Das wäre doch albern, fand er. Schließlich war sein Haus nur knappe zwei Kilometer entfernt und verfügte über ein ehemaliges Gästezimmer, das inzwischen Lisa gehörte. Auch wenn er die dadurch entstehende Nähe und Intimität fürchtete. Doch sie war seine Kollegin, und seinetwegen hing sie auf dem Festland fest.

»Soll ich dich nach Hause bringen?«, fragte er in der stillen Hoffnung, dass er so die Situation in den Griff bekommen würde. Irgendwo musste sie ja wohnen, wenn sie nicht im Bäderdienst arbeitete. Vielleicht war ihr das Ganze genauso unangenehm wie ihm.

Doch Maja schüttelte den Kopf. »Habe ich im Moment nicht, oder besser gesagt, nur auf Föhr. Ich hatte während der Zeit auf der Polizeischule ein möbliertes Zimmer gemietet, aber als ich zum Bäderdienst abkommandiert wurde, hab ich es gekündigt. Ist aber kein Problem, ich kann in einer Pension übernachten. Kannst du was empfehlen?«

Er wusste, dass das Gehalt von gerade erst ernannten Polizeiobermeistern nicht allzu üppig war. Eine unnötige Ausgabe für ein Hotelzimmer war kaum drin und dann schon gar nicht wegen einer verpassten Fähre. Das konnte er seiner jungen Kollegin nicht zumuten. Ob er ihr anbieten sollte, die Kosten für das Zimmer zu übernehmen? Nein, das wäre zu peinlich. Das konnte er schon gar nicht machen.

Aber mit dieser Frau alleine eine ganze Nacht in seinem Haus?

Er schluckte. Doch es gab keine Alternative. Dann musste er sich eben zusammenreißen.

»Wenn dir Lisas Zimmer genügt, kannst du dort übernachten. Dann können wir gleich morgen früh zurück auf die Insel fahren. Einverstanden?«

Maja nickte.

Maja war überrascht über das Reihenhaus von Andretta. Sie hätte nicht sagen können, was sie erwartet hatte, aber sicherlich kein so aufgeräumtes, steriles Zuhause. Selbst Lisas Zimmer war mit seinen weißen Wänden, die erst kürzlich gestrichen worden sein mussten, und der Komplettkinderzimmerausstattung von Ikea viel zu nüchtern für ein junges Mädchen. Keine Poster von angehimmelten Stars hingen an der Wand, und die Regale waren ebenso leer wie der Schreibtisch vor dem Fenster. Nicht dass Maja ein Jungmädchenzimmer für sich alleine, geschweige denn ein gemütliches besessen hätte.

Sie hatte bei Andrettas Einladung gezögert. So viel Nähe, ob das gut ging? Andererseits hatte sie keine Lust auf ein einsames Pensionszimmer gehabt, und die Ausgabe hätte ihr Sparziel diesen Monat gesprengt.

Ach, was sollte es. Sie waren schließlich erwachsene Menschen, die sich zu benehmen wussten. Also hatte sie angenommen, froh, den Abend nicht alleine verbringen zu müssen.

Und sie hatte es nicht bereut. Sie hatten sich Pizza kommen lassen und Sport geschaut, hauptsächlich Fußball, die heimliche Leidenschaft von Maja. Dazu hatten sie eine Flasche Chianti geöffnet – und geleert. Und es hatte geprickelt zwischen ihnen. Was hatte sie auch erwartet? Den ganzen Abend über war die Luft elektrisch aufgeladen gewesen wie vor einem Gewitter, das sich als Wetterleuchten ankündigte. Doch wie so oft war die Entladung ausgeblieben.

Jeder war brav alleine in sein Schlafzimmer gegangen. Doch einschlafen konnte Maja nicht. Wälzte sich von links nach rechts und wieder zurück. Starrte auf die Tür. Ob sie einfach zu ihm gehen sollte? Wie er wohl reagieren würde? Nein, das konnte sie keinesfalls. Was, wenn er nicht wollte? Sie zurück in Lisas Zimmer schickte? Wie könnte dann ihre zukünftige

Zusammenarbeit noch funktionieren? Nein, das kam nicht in Frage. Dafür war es ihr zu wichtig, an seiner Seite die Ermittlungsarbeit kennenzulernen. Schon längst war ihr klar geworden, dass sie zur Kripo wollte.

Sie drehte sich zur Wand. Eine Tür quietschte leise. Sie wälzte sich zurück auf die andere Seite. Hörte Schritte, die direkt vor ihrer Tür stoppten. Ein Schatten verdeckte teilweise den Lichtschein, der sich unter dem Türspalt hereinschlich. Ihr Herz raste, sie musste sich aufrichten, um Luft zu bekommen. Was tun, wenn sich der Griff bewegte?

Doch genauso plötzlich, wie Schatten und Schritte vor der Zimmertür aufgetaucht waren, verschwanden sie wieder. Maja hörte die Badezimmertür neben ihrem Zimmer aufgehen, geschlossen werden, die Spülung der Toilette, das erneute Öffnen der Tür und Schritte, die leiser wurden, bis das Licht wieder erlosch.

Sie kicherte über sich. Was hatte sie sich da nur eingebildet? Als ob dem Kommissar mehr an ihr liegen würde.

Sie wusste nicht, ob sie enttäuscht oder erleichtert sein sollte. Es war eine Melange aus beidem, wie sie sich eingestand. Es war, wie es war. Endlich konnte sie einschlafen.

Am nächsten Morgen weckte sie Andretta um halb sechs. Das Frühstück fiel aus, er wollte die erste Fähre um Viertel nach sieben nach Föhr erwischen.

Nach einer wortkargen Fahrt erreichten sie die Fähre pünktlich in Dagebüll, und knappe fünfzig Minuten später waren sie wieder auf der Insel.

Andretta setzte sie bei dem Erholungswerk der Polizei ab. Er wollte erst nach Lisa sehen, bevor sie sich eine Stunde später wieder in der Dienststelle treffen sollten.

Willkommen zurück in der Wirklichkeit, dachte Maja, schüttelte den Kopf über die leichte Enttäuschung, die sie völlig unsinnigerweise empfand, und ging hinein.

27

Andretta hatte die ganze Nacht bis halb sechs morgens wach gelegen und darüber nachgegrübelt, was wohl geschehen würde, wenn er in Majas Zimmer ginge. Ein völlig absurder Gedanke, alleine dem harmonischen und doch prickelnden Abend geschuldet, den sie gemeinsam auf dem Sofa verbracht hatten. Gerne hätte er etwas anderes gemacht, als nur neben Maja zu sitzen und den Kickern auf dem Bildschirm zuzuschauen. Doch damit wäre die Zusammenarbeit mit seiner Kollegin beendet. Abgesehen davon hatte ihm Maja keinen noch so kleinen Wink gegeben, dass auch sie mehr wollte.

Wie peinlich, wenn er bei ihr reingeschneit wäre und sie hätte ihn empört rausgeschmissen. Nein, undenkbar. Und doch hatte er vor ihrer Tür gestanden und einen klitzekleinen Moment gezögert.

Jetzt war er froh, es nicht getan zu haben, weitergegangen zu sein. Im kühlen Licht des Morgens kam ihm seine Anwandlung lächerlich vor.

Fast erlöst hatte er Maja vor dem Erholungsheim abgesetzt und war zu Lisa gefahren, die auf dem Weg ins Frühstückszimmer war. In dem Hartmann vor seinem Frühstücksei gesessen und unwillig aufgeschaut hatte, als sie gemeinsam eintraten.

Völlig untypisch prangte ein brauner Fleck auf dem hellen Jackett. Nur winzig, aber unübersehbar. Das war das zweite Mal innerhalb von nur zwei Tagen, dass Andretta einen Makel an Hartmanns Äußerem entdeckte. Das hatte es noch nie gegeben. Irgendeine Katastrophe musste geschehen sein, anders war das nicht zu erklären.

Doch Andrettas eigene Nöte füllten ihn vollständig aus. Unter anderen Umständen hätte er seinen Kollegen gefragt, was los ist, und seine Hilfe angeboten. Jetzt fehlten ihm dazu die Energie und die Nerven. Die fehlten offensichtlich auch Hartmann im Moment.

Dann erinnerte er sich an die Worte von Schmitz, wie sich sein Konkurrent fremde Federn in der Ermittlung der Fünffachmorde auf Kosten des Ermittlerteams anheftete, das die ganze Arbeit erledigte. Sofort löste sich sein Mitgefühl in Wohlgefallen auf.

Meike brachte frischen Kaffee. Auch sie sah ungewohnt mürrisch aus. Was war nur los? Einen einzigen Tag war er nicht auf Föhr, und schon hatte er alle Sympathien verloren.

Sein Blick fiel auf Lisa, die wieder ihren frechen Pferdeschwanz trug und den Teller mit Rührei vollgepackt hatte. Maja hatte ihr bei ihrem letzten Treffen erklärt, dass sie mehr essen müsse, wenn sie Polizistin werden wolle.

Das hatte offenbar Wunder gewirkt.

Eine halbe Stunde später als angekündigt traf er im Revier am Hafen ein, dicht gefolgt von Hartmann, der sogar auf das übliche Wettrennen verzichtet hatte. Langsam machte er sich ernsthaft Sorgen um seinen Kollegen.

Maja saß an einem Schreibtisch, vertieft in die Arbeit an einem Computer, Tine ebenso. Nur Rainer entdeckte er nicht.

Er gab beiden Zeichen, sich in zehn Minuten in seinem Büro einzufinden. Dann ging er zu Adickes, um auch ihm Bescheid zu geben.

»Sag mal, wolltest du nicht länger auf Föhr bleiben? Die ganzen Sommerferien über?«, fragte ihn der Leiter der Zentralstation.

Andretta nickte zur Antwort.

»Ich hab von Wulf, einem alten Kumpel von mir, gehört, dass er ganz dringend jemanden sucht, der sich um sein Häuschen in Utersum kümmert. Er muss nach einem schlimmen Sturz in die Reha auf dem Festland. Weil er keine Angehörigen mehr hat, dafür aber einen Hund, der betreut werden muss, sucht er jemanden, der ein paar Wochen auf Haus und Hund aufpasst.

Da dachte ich an euch. Ist eine sehr gemütliche Reetdach-Kate mit großem Garten drum herum. Er will keine Miete, hat genug Geld, der Wulf. Ist heilfroh, wenn jemand kurzfristig einspringen kann und gut auf seine Lady aufpasst.«

Das klang zu gut, um wahr zu sein, fand Andretta. Doch wer sollte sich in der Zeit um Lisa kümmern? Er schüttelte den Kopf.

»Das geht leider nicht. Solange die Ermittlungen andauern, brauche ich Meike für die Betreuung von Lisa.«

Adickes winkte ab.

»Lass dir Zeit, die Reha geht erst in zwei Wochen los. Mit ein bisschen Glück sind bis dahin die Mordfälle gelöst, und du kannst dich selbst um Lisa kümmern. Und wenn du nicht willst, finde ich eine andere Lösung für Wulf.«

Andretta war schleierhaft, wie er sich bei ihm bedanken sollte. Als er versuchte, das rüberzubringen, winkte Adickes ab.

»Lass gut sein. Das ist doch selbstverständlich unter Kollegen!«

Wenn das nur immer so wäre, dachte Andretta.

Gemeinsam gingen sie in sein Büro, wo die anderen nach und nach eintrudelten. Rainer kam dazu.

Im Anschluss an die Begrüßung erkundigte sich Andretta nach neuesten Ergebnissen in den Ermittlungen. Tine meldete sich wie ein Schulkind zu Wort. Manchmal brach ihr Alter eben doch durch.

Andretta nickte ihr aufmunternd zu.

»Ich habe jetzt alle Anrufnummern von Fynns Handy überprüft. Wie zu erwarten, handelte es sich tatsächlich bei den Gesprächspartnern lediglich um seine Kumpel. Es bleibt also nur das Prepaidhandy, das für uns interessant ist. Die Karte ist allerdings nicht registriert. Das bedeutet, dass sie entweder im Ausland, also irgendwo, wo es noch keine Identifikationspflicht gibt, vor zweitausendsiebzehn oder im Darknet gekauft wurde. Da kommen wir leider nicht weiter.«

»Schade, aber nicht zu ändern. Sonst noch Neuigkeiten?«

»Ich habe das mit der Lebensversicherung der Göslings geklärt«, meldete sich Maja zu Wort.

Ohne Handzeichen.

»Das ist eine Risikolebensversicherung. Begünstigt sind die beiden Kinder der Göslings. Die Konditionen sind die üblichen, also Ausschluss der Auszahlung bei Selbstmord. Aber die Versicherungssumme wird nicht ausgezahlt, bis eindeutig feststeht, dass keiner der Begünstigten der Mörder ist, hat der Sachbearbeiter gesagt. Sollte das doch der Fall sein, dann bekommt der andere alles.«

»Also haben wir ein weiteres Motiv, zumindest bei den Gösling-Nachkommen«, stellte Andretta fest.

»Das ist noch nicht alles. Er, also der zuständige Sachbearbeiter, hat mir erzählt, dass der Vertrag nur einen Monat vor den Morden aufgestockt wurde. Vorher lief er über hunderttausend Euro.«

Es wurde still im Raum.

»Von Martin Gösling?«

»Laut dem Formular ja.«

»Gibt es eine Unterschrift?«

»Ja, auch wenn die Vertragsänderung online erfolgte. Ich habe eine Kopie angefordert.«

»Hervorragend. Haben wir eine Vergleichsunterschrift von ihm?«

»Ich kümmere mich darum«, bot Tine an.

»Mach das«, sagte Andretta mit einem dankenden Nicken.

»Noch was«, fuhr Maja fort. »Ich hatte noch Zeit und habe mir die Facebookseiten von Hannes und Andrea, seiner Freundin, angeschaut. Insbesondere den Tag, an dem Fynn Bose ermordet wurde. Sie hatten ja angegeben, dass sie fast den ganzen Tag zusammen waren mit Ausnahme des Zeitraumes, in dem sie sich mit Freundinnen in einem Café traf. Tatsächlich war das kein einfacher kurzer Kaffeeklatsch, wie sie behauptet hat. Die Mädels haben den Junggesellenabschied einer Freundin aus der Runde gefeiert. So richtig groß mit Böllerwagen, mit dem sie durch die Stadt gezogen sind, viel Alkohol und alle gleich angezogen in schwarzen Leggings mit Hosenträgern und weißen T-Shirts. Ziemlich albern das Ganze. Natürlich haben sie jede Menge Fotos geschossen und gepostet. Nicht Andrea, die hat sich schön zurückgehalten, obwohl sie sonst sehr aktiv ist. Gefunden habe ich das über ihre Freundschaftsliste. Darüber bin ich auf die Seite der Braut gestoßen. Unter den vielen anderen Fotos von der Feier habe ich auch eines gefunden, auf dem sie sich in einer Kneipe aufhalten. Gepostet wurde das Bild kurz nach dreiundzwanzig Uhr, die Uhrzeit wird auf einer Wanduhr im Hintergrund angezeigt. Und Andrea ist mit drauf auf dem Foto.«

»Donnerwetter, gut gemacht«, lobte Andretta. »Kannst du es übernehmen, dafür den Beweis zu erbringen? Also, dass es tatsächlich der fragliche Tag war.«

»Ich habe mit der Braut, die inzwischen Ehefrau ist, telefoniert. Sie hat bestätigt, dass der Abschied tatsächlich an dem Tag gefeiert wurde, an dem es auf Föhr brannte. Allerdings hat sie zunächst gezögert, wollte nicht raus mit der Sprache. Erst nachdem ich scharf geworden bin, hat sie zugegeben, dass Andrea sie darum gebeten hat, sie nicht auf den Bildern zu posten. Auf dem Foto in der Kneipe hatte sie ihre Freundin übersehen. Das war ihr ganz schön peinlich.«

»Konnte sie einen Grund dafür angeben, warum Andrea das nicht wollte?«

»Ja, die hatte behauptet, dass Hannes nichts davon wissen durfte. Weil der an dem Tag mit ihr angeblich was anderes unternehmen wollte und sie ihm mit irgendeiner Ausrede abgesagt hatte.«

»Damit haben wir den Beweis, dass sie gelogen haben und Hannes kein Alibi hat. Hast du auch seine Facebookseite geprüft?«

Maja nickte.

»Er ist ebenfalls ein aktiver Poster bei Facebook. Aber von

dem Tag ist nichts zu finden. Völlig untypisch, da er sonst jeden Tag etwas einstellt. In der letzten Zeit macht er dort Werbung für die geplanten Berichte zu den Morden in der BILD-Zeitung. Na, jedenfalls fällt auch bei ihm auf, dass er an den Tattagen nichts gepostet hat.«

»Hat sich inzwischen Gerriet Onnen gemeldet wegen der Zeugen, die bestätigen können, wo Kristina und er am Tattag waren?«, fragte Andretta in die Runde.

Alle schüttelten den Kopf.

»Tine, kannst du bei ihm nachhaken?«, bat er.

Tine nickte.

Maja räusperte sich. Andretta kannte das. Sie hatte noch etwas zu sagen.

»Ja, was gibt es, Maja?«

»Ich habe mir bei der Gelegenheit, und weil ich schon dabei war, auch Kristinas und Gerriet Onnens Facebookseiten angeschaut.«

Andretta nickte ihr aufmunternd zu.

»Na ja, die beiden sind nicht so präsent wie ihr Bruder und seine Verlobte. Aber Gerriet Onnen macht viel Werbung für sein Unternehmen. Also, sie posten beide nicht regelmäßig, sie weniger als er. Aber auch von ihnen ist an den Tattagen nichts bei Facebook zu finden. Außerdem ist mir aufgefallen, dass es dort einige böse Kommentare zu seiner IT-Firma gibt. Ebenso auf seiner Firmenhomepage. Offenbar leistet er nicht gerade gute Arbeit und ist auch nicht der Zuverlässigste. Das hat vielleicht nichts mit den Fällen zu tun, ich wollte es nur erwähnen.«

Ihre Stimme wurde immer leiser, wie immer, wenn sie unsicher wurde.

»Wer weiß schon, ob das nicht irgendwann relevant wird. Vielen Dank jedenfalls für die Info und die Idee, sich deren Seiten anzuschauen.«

Alle nickten anerkennend, nur Hartmann grummelte. Wie immer. Was nicht von ihm kam, war nichts wert.

»Und wie schaut es mit den Pongatz aus, Wolfgang?«, fragte er seinen Flensburger Konkurrenten, der bei der Nennung seines Namens zusammenschreckte.

»Wie bereits gesagt, konnte ich keinen Zeugen außer seiner Mutter finden, der Pongatz' Anwesenheit in Osnabrück während der Fünffachmorde bestätigt. Während der Brände hier auf Föhr, als Fynn starb, war er ja vor Ort, wie er zugeben musste. Auch da kann er lediglich seine Mutter als Zeugin benennen, und die ist schließlich die Miterbin des Rüegg-Vermögens.«

»Und da er sich Ostern ebenfalls in der Gegend aufhielt, steht er ebenfalls auf unserer Liste der potenziellen Mörder. Natürlich können wir seine Mutter nicht als Mörderin ausschließen. Wie schaut es aus, Rainer, hast du jemanden auf den Überwachungsvideos im Hafen entdeckt?«

»Ja. Nachdem wir den Zeitraum eingrenzen konnten, wann der Mörder die Fähre wahrscheinlich benutzt hat, habe ich tatsächlich jemanden entdeckt. Darf ich mal?«, fragte er Andretta und wies auf dessen Computer.

Andretta nickte und räumte seinen Platz am Schreibtisch.

Es dauerte nur drei Minuten, bis Rainer gefunden hatte, was er suchte, und den Bildschirm zu den anderen umdrehte. Ein Video war zu sehen, unscharf und von einem erhöhten Standort aus gefilmt. Die Kamera war auf die Gangway eines Schiffes gerichtet, über die sich viele, hauptsächlich junge, rumalbernde Menschen auf die Fähre begaben.

»Das ist die Frühfähre nach Dagebüll um sechs Uhr. Sie wird hauptsächlich von Schülern und Leuten, die auf dem Festland arbeiten, genutzt. Wie ihr sehen könnt, tragen alle eine Maske, schließlich ist Maskenpflicht auf allen Fähren. Da«, unterbrach er seinen Bericht und stoppte das Video.

Zu erkennen war eine große, mollige Gestalt, gehüllt in einen überdimensionierten, langärmeligen Kapuzenpulli und Jeans, die Kapuze über den Kopf gestreift. Keiner der anderen Fährbenutzer war so warm angezogen. Alle trugen T-Shirts wegen der Hitze, die sich schon am frühen Morgen angekündigt hatte und auch an jenem Tag mörderisch geworden war, wie sich alle erinnerten.

»Kann man auf einem Bild das Gesicht sehen?«

»Nein, leider nicht. Auffallend ist, dass die Person die Kapuze aufgezogen hat. Den anderen ist es zu warm dafür. Und dass sie den Kopf gesenkt hält. Ich denke, da wusste jemand ganz genau, wo die Kameras montiert sind, und wollte nicht erkannt werden. Aufgefallen ist sie mir hier.«

Er holte ein weiteres Video auf den Bildschirm, die Gangway wurde von Passagieren in die andere Richtung benutzt.

»Da.« Rainer stoppte die Wiedergabe und deutete auf eine Person in der gleichen Kleidung, wieder auf der Gangway, diesmal beim Verlassen des Schiffes.

»Das ist die Fähre am Tag zuvor um achtzehn Uhr vierzig, nachdem sie auf Föhr angelegt hat, also die letzte Fähre, die an dem Tag zur Insel fuhr. Der oder die Täterin hat sie tatsächlich genommen. Das passt zeitlich zu Fynns Anruf, wie wir gestern besprochen haben.«

»Danke, Rainer, sehr gut. Leider ist das Gesicht auch bei dieser Aufnahme nicht zu erkennen. Hm, ich hatte gehofft, dass man wenigstens feststellen kann, ob es sich um einen Mann oder eine Frau handelt. Aber Pulli und Hose sind so weit geschnitten, dass das nicht möglich ist. Auch der Gang ist nicht eindeutig. Oder was meint ihr?«

Alle schüttelten den Kopf.

»Ist das denn sicher der Täter?«, fragte Maja.

Rainer zuckte die Schultern. »Ich habe alle Videos in dem fraglichen Zeitraum durchgeschaut, sowohl bei der Ankunft als auch bei der Abfahrt der Schiffe. Das ist die einzige Person, die es sein könnte. Alle anderen achten nicht auf die Kameras, zumindest meiner Meinung nach. Wegen der Maskenpflicht auf den Fähren war es ja leichter, sich zu tarnen. Aber das hat ihr offenbar nicht gereicht. Ich finde das auffallend.«

»Hast du die Kameras auf der Insel gecheckt? Vielleicht

wurde die Person ja noch ein weiteres Mal von ihr unbemerkt von einer Überwachungskamera erwischt.«

»Dazu hatte ich noch keine Zeit, aber das will ich gleich noch machen«, antwortete Rainer.

»Reicht das für eine Öffentlichkeitsfahndung?« Andretta wies auf das Standbild des vermeintlichen Täters. »Schließlich ist die warme Kleidung an dem heißen Tag ungewöhnlich. Das könnte jemandem aufgefallen sein.«

»Einen Versuch ist es wert«, meinte Adickes und bat Rainer, das beste Foto der verdächtigen Person an die Zentrale der Polizeistation zu mailen. »Ich kümmere mich später persönlich darum«, versprach er.

»Wo also stehen wir nun?«, fragte Andretta in die Runde.

»Wer hatte den größten Vorteil von dem Tod der fünf Familienmitglieder?«, entgegnete Maja.

»Sind wir sicher, dass das Motiv nicht Hass war?«, konterte Andretta.

»Hätte es Fynn alleine schaffen können?«, erwiderte Maja.

»Möglich, aber wer hat ihn dann ermordet? Und vor allem, warum?«

»Hassten die Pongatz ihre Familie, also die Rüeggs und Göslings, ebenfalls, weil sie sich von ihnen schlecht behandelt fühlten?«

»Hallo?«, empörte sich Hartmann. »Hier sind noch andere Ermittler. Oder wird das hier ein Solo für zwei?«

Andretta wies ihn nicht darauf hin, dass ein Solo stets nur von einer Person gespielt wurde. Doch sein Kollege hatte recht, Maja und er waren hier nicht alleine.

»Ja, gerne bitte ich um weitere Meinungen«, wandte er sich an die anderen.

»Die Frage lautet doch, war alles vielleicht doch ganz anders? Oder können wir uns tatsächlich auf die Familienmitglieder konzentrieren, weil sie eindeutig von den Todesfällen profitierten?«, fragte Adickes. Offenbar hatte er die Hoffnung auf einen zufälligen, ortsfremden Täter nicht aufgegeben.

Tine meldete sich wieder per Handzeichen. Das musste sie sich dringend abgewöhnen. Andretta nickte ihr schmunzelnd zu.

»Zum einen haben wir die Tatwaffe bei Fynn gefunden. Zum anderen haben wir jede Menge Motive in der Familie. Vor allem Neid, Gier und vielleicht sogar Hass. Alle hatten die Möglichkeit zur Tat, und alle waren Ostern vor Ort, als Fynn die Bekanntschaft mit einem Familienmitglied machte. Wieso sollten wir also nach einem Unbekannten ohne erkennbares Motiv suchen, zumal nichts aus der Hütte gestohlen wurde und auch der Wagen der Göslings am Hafen in Wyk zurückgelassen wurde? Auch in das Haus der Rüeggs ist niemand eingedrungen. Also meiner Meinung nach können wir uns auf die Kinder und Schwester samt Sohn konzentrieren.«

»Hervorragend zusammengefasst«, kommentierte Andretta. »Können wir vielleicht den Kreis der Verdächtigen weiter eingrenzen?«

»Ich denke, wir können Alicia Pongatz ausschließen«, antwortete Maja mit wütendem Blick zu Hartmann. Offenbar nahm sie ihm die Unterbrechung ihres Pingpong-Dialoges übel. »Wenn das auf den Videos tatsächlich der Mittäter von Fynn Bose ist, dann kann sie es nicht gewesen sein. Ihr erinnert euch sicherlich, dass sie erstens dicker als die jungen Leute ist und zweitens humpelt. Sie war doch zur Reha, weil sie gestürzt war. Ich finde, man sieht es ihrem Gang noch deutlich an, während die Person auf dem Video problemlos geht. Natürlich könnte sie ihren Sohn angestiftet haben, aber selbst ausgeführt hat sie die Morde bestimmt nicht. Dazu war sie zu sehr gehandicapt. Stellt euch nur mal vor, wie sie fünf Leute in Schach hält. Nein, das halte ich für ausgeschlossen.«

»Da ist was dran. Ebenfalls sehr gute Zusammenfassung. Bleiben also Max Pongatz, Hannes und Kristina Gösling übrig, richtig?«

»Ja, aber die Gösling-Kinder hatten mehr Grund, wie wir jetzt wissen. Nämlich die Lebensversicherung! Die war vielleicht das Tüpfelchen auf dem i. Doch weiter eingrenzen können wir das hier leider nicht«, mischte sich Hartmann in die Diskussion, um das Offensichtliche zu verkünden, als sei es der Schlüssel zur Lösung.

»Vielleicht doch. Alle potenziellen Erben hatten die Möglichkeit zu allen Morden«, stellte Maja fest. »Nur wie ist der Täter oder die Täterin auf Fynn gestoßen? Und woher wusste er, wann genau die beiden Familien bei der Hütte eintreffen? Schließlich haben sie die Göslings direkt nach der Anreise erwischt. Also stellt sich die Frage, wer wusste, wann sich die beiden Familienzweige in der Hütte trafen? Oder wurde der Täter doch von der Ankunft der Rüeggs überrascht, und sie waren gar nicht Teil des Planes?«

»Das können wir nicht mit Sicherheit ausschließen, auch wenn es so aussieht«, stellte Andretta nach einem Moment des Nachdenkens fest.

»Was machen wir also?«

»Alle auf die Insel zusammenholen und den Täter vor Ort überführen«, meldete sich Hartmann zurück.

Seine Miene ließ keinen Zweifel aufkommen, wer der Held des Tages werden würde.

28

Auch wenn sie von Hartmann kam, so war die Idee nicht übel, fand Andretta. Aber sie brauchten einen Aufhänger, einen Ansatz. Einen Showdown in Poirot-Manier mit allen Verdächtigen zu inszenieren führte selbst bei Agatha Christie nur dann zum Erfolg.

Tines Handy piepte. Sie las die eingegangene Nachricht. Ihre Augen wurden riesig in dem schmalen, blassen Gesicht, und ihr Mund verzog sich zu einem breiten Grinsen.

»Erwischt«, verkündete sie.

»Wen?«, fragte Maja.

»Unseren Prepaidhandy-Nutzer. Ich hatte doch mehrere ›Stille SMS‹ an die Nummer gesandt, die eine Hälfte mit *T# vor der Nachricht für das T-Mobile-Netz, die andere mit *N# für die anderen Netze, also Vodafone oder O2. Dann bekommt man eine automatische Empfangsbestätigung. Und die ist gerade bei mir eingegangen. Endlich hat er das Handy wieder eingeschaltet. Jetzt haben wir ihn, ich kann ihn orten lassen.«

Ohne auf die anderen zu achten, rannte sie aus dem Raum und ließ die Gruppe sprachlos zurück. Andretta fasste sich als Erster wieder.

»Bestens. Lasst uns die Zeit nutzen, bis wir die Ortung haben. Maja«, wandte er sich an seine junge Kollegin, »würdest du dir den Vertrag zu der Lebensversicherung von Martin Gösling kommen lassen und prüfen, von welchem Konto der Beitrag bezahlt wurde?«

»Wird gemacht«, verkündete sie und verließ wie die anderen Besprechungsteilnehmer den Raum.

Zwei Stunden später kam Tine in sein Büro geeilt.

»Wir haben ihn tatsächlich. Er hat das Handy die ganze

Zeit angelassen, der Trottel«, stellte sie mit hochrotem Gesicht und vor Aufregung zitternd fest.

»Wo?«

»Wir haben dank des IMSI-Catchers die Adresse ermittelt.« Tine legte eine Kunstpause ein, die ihr Andretta gönnte. Sie hatte wie immer ausgezeichnete Arbeit geleistet.

»Wir kennen sie. Es ist das Haus, in dem die Wohnung der Göslings ist. In dem Hannes wohnt. Ich bin mir absolut sicher, dass wir das Handy genau dort finden werden. Wenn wir schnell genug sind.«

Andretta nickte und sah auf die Uhr. Die nächste Fähre legte in einer Viertelstunde ab. Er schnappte seine Jacke und winkte Tine, ihm zu folgen. Zückte sein Handy und gab eine Nummer ein. Das Besetztzeichen erklang.

»Tine, schick sofort einen Streifenwagen los, der die Wohnung überwacht. Niemand darf das Haus betreten oder verlassen. Und dann komm mit Rainer so schnell wie möglich hinterher.«

Vier Stunden später, es war inzwischen Nachmittag, saß Andretta mit Maja in einem Vernehmungszimmer in der Bezirkskriminalinspektion Flensburg Hannes Gösling gegenüber, der wie verrückt auf seinem obligatorischen Kaugummi kaute. Neben ihm saß sein Anwalt und blätterte in Unterlagen.

»Das Smartphone gehört mir nicht, das hab ich vorgestern zum ersten Mal in meinem Leben gesehen«, versicherte er zum wiederholten Male. Die Arroganz, die sonst sein Gesicht blasiert wirken ließ, war verschwunden, die Besserwisserei Verzweiflung gewichen. Er hatte den Ernst der Lage erkannt.

»So glauben Sie mir doch.« Er wandte sich an seinen Anwalt. »Sagen Sie doch auch mal was.«

»Hatten Sie einen Durchsuchungsbeschluss?«, fragte der, offenkundig bemüht, überhaupt etwas von sich zu geben. Die Frage war lächerlich, nachdem sie das Handy, mit dem Hannes den Mörder seiner Familie kontaktiert hatte, bei ihm zu Hause gefunden hatten. Wo er nach der Ermordung seiner Eltern alleine lebte.

Deswegen sagte Andretta nur: »Gefahr im Verzug. Wir hatten das Handy bei ihm geortet. Aber zu Ihrer Beruhigung, ja, wir haben auch vorsorglich einen Durchsuchungsbefehl erwirkt, den wir Ihrem Mandanten gezeigt haben.«

Das hätten sie nicht machen müssen, doch erleichterte es die Einführung sämtlicher gefundener Beweise im Strafprozess, den es zweifellos gegen Hannes Gösling geben würde. Auch ihres weiteren Fundes, den Andretta noch nicht angesprochen hatte. Erst wollte er Hannes weichkochen.

Das dauerte nicht mehr lange, wenn er seinen Mund betrachtete, der, statt zu kauen, zuckte, und die Augen, die von einem zum anderen hasteten auf der Suche nach einem wohlwollenden Blick. Das taten fast alle Beschuldigten in einer Vernehmung, wenn sie erkennen mussten, dass es keinen Ausweg mehr gab. Außer den Abgebrühten, die sich für unschlagbar hielten. Oder solchen, die resigniert ihre Strafe erwarteten.

Doch unerfahrene Täter wie Hannes brauchten diesen wohlgesinnten Blick. Deswegen funktionierte das Spielchen vom guten und bösen Bullen so perfekt – zumindest in amerikanischen Krimis. In Deutschland gab es diese Verhörtechnik offiziell nicht. Trotzdem konnte man die dahinterstehende Psychologie anwenden. Also schwieg Andretta und starrte Hannes an. Er war der Böse.

Maja, als die Gute, fragte, ob er nicht doch einen Kaffee wolle, Andretta einen vorwurfsvollen Blick zuwerfend. So hatten sie es abgesprochen. Sie lernte schnell, fand Andretta. Jetzt lächelte sie den Beschuldigten sogar an.

»Hören Sie«, versuchte der, von ihrem Lächeln ermutigt, ein weiteres Mal. »Ich habe das Apple noch nie gesehen. Ich weiß nicht, wo es herkommt. Ich habe es beim Aufräumen des Schlafzimmerschrankes meiner Eltern gefunden. Ich bin dabei auszusortieren, was wegkann. Schließlich ist die Wohnung bereits gekündigt, und ich habe eine neue Bleibe für mich und Andrea gefunden. Dabei ist es in einer Schublade im Schrank aufgetaucht. Sah gut aus, besser als mein eigenes. Ich habe mich noch gewundert, weil ich es nie bei meinem Vater gesehen hatte, habe mir allerdings darüber keine weiteren Gedanken gemacht. Aber es war leer, und ich habe das Ladekabel nicht gefunden. Also bin ich gestern losgezogen und habe mir eins besorgt. Das Handy habe ich über Nacht geladen und heute Morgen eingeschaltet, um zu sehen, ob es funktioniert und ich ein Kennwort brauche. Ich Idiot, dabei kann ich mir jetzt jedes Handy der Welt leisten.«

Sein Anwalt stoppte ihn mit einem Räuspern, bevor er sich noch tiefer reinreiten konnte.

»Und das sollen wir Ihnen glauben?«, fragte Andretta.

Sofort setzte wieder intensives Kaugummikauen ein.

»Vielleicht haben es diese Pongatz reingeschmuggelt. Ja, genau, so muss es gewesen sein. Die waren vor ein paar Tagen bei mir, sind einfach so reingeschneit. Und ließen sich auch nicht vertreiben. Wollten unbedingt wissen, wie es nun mit der Erbschaft ist, ob es ein Testament gibt und so was. Und dann wollten sie auch noch bei mir einziehen. Um die Pensionszimmer zu sparen. Unglaublich. Unverschämtheit. Die sind gar nicht mehr gegangen. Ich musste Kristina anrufen und bitten zu kommen. Ist schließlich auch ihre Familie. Es reicht schon, dass ich mich um alles andere kümmern muss, wie die Wohnungsauflösung und so. Die kam mit Gerriet, und der hat es geschafft, sie zu vertreiben. Unangenehmes Pack das. Kein Wunder, dass die Familie nichts mit denen zu tun haben wollte. Ach ja, dieser Max hat irgendwann behauptet, er müsse aufs Klo. Das konnte ich ihm schlecht verbieten. Er hat ungewöhnlich lange gebraucht. Ich hab mich schon gewundert. Da hat er bestimmt das Handy bei uns versteckt.«

Es war an der Zeit, scharfe Geschütze aufzufahren, fand Andretta. Solche Schutzbehauptungen kannte er zur Genüge.

»Es gibt da noch etwas, was wir gefunden haben«, verkündete er mit Grabesstimme.

Hannes und sein Anwalt richteten sich alarmiert auf.

»Was wissen Sie über die Lebensversicherung Ihrer Eltern?«

Erst schaute Hannes zu seinem Anwalt, der die Schultern zuckte, dann zu Andretta.

»Keine Ahnung, was Sie meinen. Wieso?«

»Wussten Sie, dass die Versicherung vor einem Monat von hunderttausend Euro auf eine Million aufgestockt wurde?«

Hannes' Mund klappte herunter, der Blick des Anwaltes wurde scharf, zum ersten Mal in der Vernehmung machte er sich bereit. Für was auch immer.

»Wussten Sie davon?«, hakte Andretta nach. Er wollte Hannes keine Gelegenheit geben, sich zu fangen.

Langsam setzte das Kauen wieder ein.

»Ist nicht wahr. Ist das Ihr Ernst?«

Andretta nickte.

»Das heißt …«

»Das bedeutet, dass Sie und Ihre Schwester ein noch stärkeres Motiv hatten als die Familie Pongatz. Das heißt es.«

»Halt, mein Mandant wusste doch ganz offensichtlich nichts von der Erhöhung des Versicherungsbetrages.«

Andretta ignorierte den Anwalt. Stattdessen starrte er Hannes in die Augen, während er einen Umschlag aus seiner auf dem Tisch liegenden Mappe zog und auf den Tisch vor ihn legte. Er konnte nichts entdecken, kein Zwinkern, kein Zucken.

»Kennen Sie den?«, fragte er, nachdem er die Aufschrift zu ihm gedreht hatte. Der Umschlag war auf Spuren untersucht worden und hatte sich als klinisch rein erwiesen. Nicht einmal die Abdrücke des Postboten hatten sie darauf gefunden.

»Der ist von der Versicherung, der Allianz, an meinen Vater«, stellte Hannes fest, nachdem er die Adresse und den Absender gelesen hatte. »Ja und?«

»Der lag im Flur. Der Poststempel zeigt, dass er vor drei Wochen abgesandt wurde, und er enthält die Bestätigung, dass die Erhöhung der Versicherungssumme akzeptiert wird. Er war nicht geöffnet. Wussten Sie also, was darin steht, oder warum haben Sie ihn nicht aufgemacht?«

»Aber dann hat ihn ja noch mein Vater bekommen, da haben meine Eltern doch noch gelebt!«

»Und sämtliche Fingerabdrücke darauf beseitigt?«

»Woher soll ich das wissen? Ich habe den Umschlag noch nie gesehen!«

»Ebenso wenig wie das Handy?«

»Ebenso wenig wie das Handy, richtig.«

»Und das sollen wir Ihnen glauben? Selbst wenn Ihr Vater den Umschlag noch entgegengenommen hätte, so müssten Sie doch im Rahmen des Aufräumens, von dem Sie eben berichteten, darüber gestolpert sein. Zumal er ganz offen im Flur lag.«

»Im Flur? Wo da?«

»Auf einem Schränkchen. Dort lagen auch noch andere Briefe.«

»Nee, ne. Das kann nicht sein. Ich lege da immer die Post aus dem Kasten hin. Ich mache natürlich nur meine Briefe auf, alte Angewohnheit. Aber der Umschlag ist mir nicht aufgefallen.«

»Ich dachte, Sie würden sich um alle Angelegenheiten Ihrer toten Eltern kümmern.«

»Na, hören Sie mal«, empörte er sich zwischen zwei Kauern, »ich habe doch gerade erst damit angefangen. Schließlich sind meine Eltern erst ein paar Tage tot. Und seit wann der Umschlag dort lag, weiß ich nicht. Mir ist er jedenfalls nicht aufgefallen. Da war so viel Post in den letzten Tagen, ich habe fast nichts davon aufgemacht.«

»Die Ermordung Ihrer Eltern scheint Sie nicht übermäßig zu belasten, wenn Sie sich jetzt schon ans Leerräumen ihrer Wohnung machen.«

Hannes schnappte nach Luft, die Empörung in Person.

»Das ist eine bösartige Unterstellung, Herr Kommissar«, mischte sich der Rechtsanwalt in die Vernehmung ein.

Natürlich hatte er recht. Aber Andretta hatte erreicht, was er wollte: Hannes' Nerven strapazieren.

»Überhaupt, die Erhöhung der Versicherungssumme ist meines Wissens doch erst wirksam, wenn der erste erhöhte Beitrag gezahlt ist. Haben Sie das denn schon überprüft?«, fragte der Anwalt weiter.

Auch damit hatte er recht, Tine saß dran und versuchte, bei der Allianz herauszufinden, ob und, wenn ja, von welchem Konto bezahlt worden war.

Es klopfte an der Tür. Andretta gab Maja Zeichen, sitzen zu bleiben.

Ihn erwartete Tine, die wie eine Katze, die gestreichelt werden will, vor Aufregung von einem Fuß auf den anderen tretelte.

»Bingo, der erste höhere Beitrag wurde von der Allianz einen Tag vor dem Tod der Göslings von Martins Gehaltskonto abgebucht. Er hatte eine Einzugsermächtigung erteilt. Ich habe hier auch das Antragsformular, das hat der zuständige Sachbearbeiter eben gefaxt.«

»Und?«

»Der Antrag wurde online gestellt, nachdem Martin Gösling sich angemeldet hatte. Dazu brauchte er lediglich seine Versicherungsnummer. Natürlich musste er noch ein paar persönliche Angaben machen. Kein Problem für seinen Sohn, der ja zu Hause alles griffbereit hatte. Aller weiterer Schriftverkehr erfolgte dann per PN an die angegebene Mailadresse. Nur die Bestätigung, dass die Erhöhung angenommen wurde mit dem geänderten Vertragsformular, wurde per Post verschickt.«

»Das heißt, dass jeder sich mit dem Namen und einer Mailadresse von Martin Gösling anmelden konnte, wenn er die Versicherungsnummer und die abgefragten Daten kannte?«

Tine nickte.

»Aber der Vertrag wurde vor drei Wochen schriftlich an Martin gesandt.«

Wieder nickte Tine.

»Wenn also Martin Gösling dieses Schreiben von der Versicherung erhalten hätte, ohne derjenige gewesen zu sein, der das beantragt hatte, hätte er sich gewundert und das richtiggestellt.«

Tine sah ihn nur an.

»Also musste der Mörder, wenn er derjenige war, der das getan hat, an den Briefkasten der Göslings herankommen, um den Brief rechtzeitig abzufangen, bevor ihn Martin zu Gesicht bekam. Und ihn ermorden, bevor er die Abbuchung von seinem Konto entdeckt hätte.«

Tine nickte erneut.

»Bingo!«

Andretta kehrte zurück in das Vernehmungszimmer. Inzwischen wurden nicht nur Hannes' Kaumuskel strapaziert, auch seine Beine trommelten Stakkato auf dem Boden.

»Sie haben also den Umschlag mit den neuen Versicherungsunterlagen nicht im Flur bemerkt?«

Hannes zuckte kauend die Schultern.

»Mein Vater muss ihn vor drei Wochen erhalten und kurz vor seinem Tod in den Flur gelegt haben. Wo ich ihn in den letzten Tagen vor lauter Aufregung, von der ich mehr als genug hatte, nicht bemerkt habe. So einfach ist das.«

»War Ihr Vater der Mensch, der einen so wichtigen Umschlag nicht öffnen würde? Haben Sie uns nicht erzählt, wie pingelig und perfektionistisch er war? Würde so jemand das tun?«

»Jeder hat so seinen schwachen Moment, warum nicht auch er?«

»Nun gut, kommen wir zu etwas anderem. Warum, glauben Sie, hat er die Versicherungssumme erhöht? Gab es einen konkreten Anlass?«

»Nicht dass ich wüsste. Aber mein Vater war eben sehr vorausschauend und wollte uns bestimmt einfach besser absichern.«

»Um dann pünktlich mit Wirksamwerden des Vertrages zu sterben?«

»Das nenne ich Glück, zumindest für uns!«

Diese Kaltschnäuzigkeit erschütterte sogar den Anwalt. Er stupste Hannes mit dem Ellbogen an, der ihn empört anschaute.

»Was denn? Ist doch wahr. Was kann ich dafür? Soll ich mich nicht darüber freuen? Zumindest etwas, was den schlimmen Verlust erträglicher macht.«

Andretta ließ Hannes in eine der Haftzellen abführen, nachdem er ihm die vorläufige Festnahme erklärt hatte. Wogegen der Anwalt protestiert hatte. Pro forma, wie ihm schien. Mehr reflexartig denn aus Überzeugung. Kein Wunder, bei der Indizienlage.

Gleichzeitig beschloss Andretta, die Zeit bis zur Vorführung bei dem Haftrichter, die bis Mitternacht des nächsten Tages erfolgen musste, bis zum letzten Moment auszunutzen.

Bei der Vernehmung hatten sich Fragen ergeben, die noch zu klären waren. Vor allem musste er sicherstellen, dass keiner der anderen Erben, die nach Hannes' Aussage Zugang zur Wohnung hatten, die Beweise dort versteckt hatte, um den Verdacht auf ihn zu lenken. Das war der Schwachpunkt in ihrer Beweisführung.

Doch wie das angehen? Die Frage gab er an Maja und Tine weiter.

»Keiner außer seiner Mutter und seinem Mörder weiß von Fynns Tod. Wie wäre es, wenn wir tatsächlich alle auf die Insel holen und den Toten auferstehen lassen? Und dann schauen wir, wie sie reagieren«, modifizierte Maja Hartmanns Vorschlag.

Andretta nickte bedächtig. Das war eine Möglichkeit. Eine bessere fiel ihm nicht ein.

»Okay, versuchen wir es!«

29

Diesmal hatten sie die Fähre nach Föhr rechtzeitig erwischt, anders wäre es Maja lieber gewesen. Zu gerne hätte sie einen weiteren Abend mit Andretta verbracht. Doch solche Gedanken waren unsinnig. Was brachte ihr schon ein netter Abend ohne Perspektive? Das Elend danach wäre umso schlimmer.

Zurück in der Polizeiwache in Wyk kurz vor sieben hatten sich Tine und sie die Aufgabe geteilt, Kristina und die Pongatz für den Mittag des nächsten Tages auf die Insel einzubestellen. Hannes' Vorführung hatte der Kommissar bereits veranlasst. Der Staatsanwalt wollte ebenfalls zu dem Showdown dazustoßen. Kein Wunder, musste er doch den Antrag für die Untersuchungshaft von Hannes vor dem Haftrichter vertreten.

Die Ermittlergruppe hatte lange gemeinsam mit Adickes überlegt, wo sie das Treffen organisieren sollte und woher sie einen Fynn aus dem Hut zaubern könnte, dem man nicht auf den ersten Blick ansah, dass er es gar nicht war.

Schließlich hatten sie sich auf Martin Göslings Hütte für die Konfrontation geeinigt.

Adickes kannte einen Polizeibeamten, der von der Statur und Haltung an Fynn erinnerte. Sie hatten seine Mutter nach der typischen Kleidung von ihm ausgefragt. Zu ihrem Glück hatte er häufig ein dunkles Kapuzenshirt getragen, bei dem er die Kapuze aufsetzte. Genau wie der zweite Täter auf der Fähre. Dazu Jeans und alte Turnschuhe. Das sollte machbar sein.

Adickes versprach, ein paar Polizeibeamte zur Absicherung mitzubringen, dann machten sie Feierabend.

Maja hielt es nicht aus in ihrem Zimmer, das von der Hitze des Tages, die Temperatur war auf unglaubliche dreiunddreißig Grad gestiegen, aufgeheizt war. Zu viel war geschehen, was sie aufwühlte.

Also suchte sie ihren Bikini und ein Handtuch aus dem Wäschestapel, der sich in ihrem winzigen Badezimmer auf dem Boden angesammelt hatte, zog ihn unter ihre Kleidung und fuhr zum Strand von Goting. Sie hatte absolut keine Lust, ihren Bäderdienst-Kollegen am Wyker Strand zu begegnen, wo die sich regelmäßig trafen, ohne sie jemals einzuladen. Was ihr mehr als recht war.

Ein perfekter blauer Himmel kontrastierte mit dem weißen Sandstrand und spiegelte sich in dem leicht gekräuselten Wasser.

Es war Abendessenszeit, sämtliche Familien mit kleinen Kindern hatten den Strand verlassen. Die meisten der bunten Strandkörbe waren mit Holzgittern versperrt. Nur einzelne Menschen liefen am Wasserrand, viele vorgebeugt auf der Suche nach Muscheln, wenige im Wasser beim Baden. Einige Hunde kläfften in den Wellen, andere rannten Frisbeescheiben am Strand hinterher.

Maja legte ihr Shirt und die abgeschnittene Jeans auf der Rückseite eines leeren Strandkorbes ab. Auf halber Strecke zum Meer sprang sie ein Hund an. Nicht irgendein Hund, der Hund. Der von Andretta und Lisa, wie Maja mit Entsetzen feststellte. Sie entdeckte das Mädchen im Wasser wild winkend, um auf sich aufmerksam zu machen. Andrettas Kopf tauchte neben ihr auf. Wie peinlich!

Zu spät, Maja konnte nicht mehr verschwinden. Ihr blieb nur die Flucht nach vorne ins Wasser, verfolgt von Chico, der einen Riesenspaß zu haben schien.

Lisa kam sofort auf sie zugeschwommen. Sämtliche Peinlichkeit verschwand, als die sie nass spritzte und Maja sich mit einem Aufschrei auf sie stürzte. Chico schwamm wild kläffend hinter ihnen her ins tiefere Wasser, gefolgt von Andretta.

Anschließend fuhren sie wie selbstverständlich zu ihrer

Eisdiele mit kleiner Essenskarte, wieder saß Lisa auf dem Weg dorthin auf ihrem Sozius.

Und wieder verliebte sie sich in den Mann, der ihr ein sanftes Lächeln schenkte, das so viel sagte und noch mehr verheimlichte.

30

Pünktlich zum High Noon trafen zwei Vollzugsbeamte mit Hannes, der mit Handschellen gefesselt war, bei der Holzhütte ein. Sein Anwalt wartete bereits in seinem Mercedes-SUV am Straßenrand. Keine Viertelstunde später kam Kristina mit ihrem Verlobten in ihrem VW Polo an, es folgte Alicia Pongatz samt ihrem Sohn Max in einem Opel. Alle parkten an der Straße, da der dicke BMW des Staatsanwaltes die Zufahrt versperrte.

»Ihr hättet uns ruhig mitnehmen können«, schnauzte Alicia Pongatz Kristina an, kaum dass sie an der Hütte nebeneinanderstanden. »Die Ausgabe für den Mietwagen hätten wir uns sparen können.«

Dann fiel ihr Blick auf Hannes' gefesselte Hände, und ein Grinsen breitete sich auf dem verlebten Gesicht aus.

»Wusste ich's doch. Das arrogante Bürschchen war's also. Das passt.«

»Nehmen Sie Herrn Gösling die Handschellen ab«, wies Andretta die Vollzugsbeamten an. »Wir sind hier schließlich auf einer Insel. Wohin soll er abhauen?«

»Auf Ihre Verantwortung«, murrte der ältere mit nach unten gezogenen Mundwinkeln und zog einen kleinen Schlüssel aus seiner Brusttasche.

Hannes rieb sich die nur leicht geröteten Handgelenke, als hätten sich eitrige Wunden vom langen Tragen gebildet. Dann wandte er sich an seinen Anwalt, der dicht neben ihm stand.

»Haben Sie die Wrigley's mitgebracht?«

Der Anwalt zog eine weiße Kaugummipackung mit grüner Aufschrift aus seiner Tasche und reichte sie seinem Mandanten, der sie sofort aufriss, einen Streifen auswickelte und gierig in den Mund stopfte.

Ob es wohl eine Kaugummisucht gab?, fragte sich Andretta, der verwundert zusah, wie Hannes mit halb geschlossenen Augen loskaute. Er schüttelte den Kopf und wandte sich an alle.

»Vielen Dank, dass Sie gekommen sind. Wie Sie vielleicht mitbekommen haben, wurde Hannes Gösling wegen des dringenden Tatverdachts des Mordes an seinen Eltern und der Familie Rüegg verhaftet.«

»Ich bin unschuldig«, fiel ihm Hannes ins Wort.

»Sagst du«, konterte Alicia mit einem breiten Grinsen. »Aber wer soll dir das glauben?«

»Lass ihn gefälligst in Ruhe«, mischte sich Kristina ein. »Hannes, das ist doch nicht wahr!«

»Natürlich nicht. Ich war das nicht. Ich hab das nicht getan. Alles Quatsch. Wusstest du was von der Erhöhung der Lebensversicherung von Vater? Ich jedenfalls nicht.«

»Welche Erhöhung? Welche Versicherung?«, fragte sie zurück.

»Nun tu doch nicht so. Du wusstest doch auch, dass Papa eine Risikolebensversicherung für uns abgeschlossen hatte.«

»Ach die. Ja klar, aber die war doch nur über hunderttausend Euro, falls sie sterben würden, bevor wir eine abgeschlossene Ausbildung haben. Gab es die noch? Ich dachte, dass er sie aufgelöst und davon das Grundstück hier und die Hütte bezahlt hat.«

»Wie kommst du denn darauf? Quatsch. Red nicht so einen Unsinn. Wo hast du das denn her?«

Kristina sah ihren Verlobten fragend an. »Weißt du das noch? Hat uns das Papa nicht erzählt?«

Sie wandte sich wieder an ihren Bruder. »Ja klar, das war erst vor Kurzem, als wir bei ihnen zum Essen eingeladen waren. Papa war sauer auf dich und meinte, dass er gar nicht einsehen würde, für dich weiterhin zu sparen. Und ich brauchte ja keine Absicherung mehr, schließlich habe ich schon vor zwei Jahren meine Ausbildung beendet und verdiene gut.

Das wollte er dir sagen, um dich dazu zu bringen, diesmal die Lehre durchzuziehen.«

»Aber das mache ich doch. Schließlich habe ich die Lehrstelle bei Kohlschmidt angenommen. Und das schon vor einem halben Jahr.«

»Ja, ja. Und wie viele Ausbildungen hast du ein halbes Jahr lang durchgezogen, um dann zu verkünden, dass sie doch nichts für dich sind? Papa wollte dir klarmachen, dass er die Geduld mit dir verloren hat, und zeigen, dass du nun für dich selbst einstehen musst. So war das!«

»Alles Unsinn«, murrte Hannes.

»Er hat recht«, bestätigte Andretta. »Tatsächlich hat er sie nicht gekündigt, sondern die Versicherungssumme sogar noch aufgestockt auf eine Million Euro.«

»Waaas? Das kann nicht sein. Ganz sicher nicht. Eine Million? Niemals. Mir hat er was ganz anderes erzählt. Ja aber, wer bekommt die denn jetzt?«

Wieder schaute sie zu ihrem Verlobten, der nur die Schultern zuckte.

»Tu doch nicht so«, keifte Hannes sie an. »Das weißt du doch ganz genau. Wir beide bekommen die. Jeder satte fünfhunderttausend. Und wenn die hier«, er wies auf die Gruppe der Ermittler ihm gegenüber, »es schaffen, mich unschuldig für die Morde in den Knast zu stecken, bekommst du alles. Die ganze hübsche eine Million Euro. So ist es doch, Herr Kommissar, richtig?«

Andretta nickte. Und ließ die Worte wirken. Besser hätte er selbst das Thema nicht anschneiden und die Geschwister aufeinanderhetzen können. Das war die beste Möglichkeit, die Wahrheit herauszufinden. Also schwieg er und ließ die beiden Kampfhähne ungebremst aufeinander losgehen.

»Was soll das heißen?«, empörte sich Kristina. »Meine Eltern sind gestorben, ermordet worden. Glaubst du im Ernst, dass mich das Geld interessiert?«

»Natürlich glaube ich das. Hast du mir nicht kürzlich erzählt, dass du dein Traumhaus entdeckt hast? Einen Bungalow mit Meerblick? Den wirst du dir ja nun von der Erbschaft von Tante Helena und der Lebensversicherung gönnen können. Um deine Bambinos mit dem Kerl da«, er wies mit dem Kopf auf Gerriet Onnen, »in einem Paradies großziehen zu können. Hast du doch alles schon geplant. Schon seit Jahren!«

Kristina schnappte nach Luft. »Was sagst du da? Das war doch nur so eine Wunschvorstellung, ein Traum. Das war doch nicht ernst gemeint.«

»So? Aber ich soll wegen der Versicherung und Erbschaft unsere Eltern und Tante Helena samt unseren Cousins getötet haben. Schwachsinn.«

»Na ja, der Kommissar wird schon seine Gründe für diesen Verdacht haben. Schließlich bist du verhaftet worden und ich nicht! Ich bin jedenfalls absolut unschuldig, auf mich kannst du das nicht abwälzen. Seit wann weißt du das überhaupt mit der Erhöhung der Versicherungssumme? Von Papa bestimmt nicht. Dann wüsste ich es schon längst.«

»Ich wusste auch nichts davon. Erst gestern hat die Polizei den Umschlag mit der Änderungsbestätigung auf dem Schränkchen gefunden, auf dem Mama immer die Post abgelegt hat.«

»So, seit gestern. Und wie lange lag er da?«

Hannes zuckte die Schultern und zermalmte sein Kaugummi heftiger denn je.

»Der Brief ist vor drei Wochen von der Allianz abgeschickt worden«, schürte Andretta das Feuer.

»Vor drei Wochen? So lange lag der Umschlag da, ohne dass Papa ihn geöffnet haben soll? Niemals. Das stimmt nicht. Kann nicht stimmen. Papa war immer eigen in seinen Angelegenheiten. Hätte er solch einen wichtigen Brief erhalten, hätte er ihn sofort aufgemacht und abgeheftet. Er hatte für alles Ordner. Das weißt du ganz genau, Hannes!«

»Na und, diesmal eben nicht. Kann ja vorkommen, auch bei einem Korinthenkacker.«

»Red nicht so von unserem toten Vater!«, empörte sich Kristina, inzwischen mit hochrotem Kopf.

»Fall du mir nicht in den Rücken. Eine schöne Schwester bist du.«

Lautes Lachen ertönte. Alle blickten verblüfft zu Alicia Pongatz, deren Körper regelrecht bebte.

»Schaut euch nur diese beiden Zuckerschnäuzchen an«, brachte sie prustend hervor. »Nette Familie ist das. Was habe ich doch ein Glück, dass sie mich geschnitten haben. Mit so was muss man nicht verwandt sein. Denen sabbert vor Gier und Hass der Geifer aus dem Mund. Schaut sie euch nur an.«

Das Lachen verschwand aus ihrem Gesicht. Stattdessen verzog es sich, als müsse sie sich gleich übergeben.

»Pfui Teufel, bringen ihre eigenen Eltern um. Schlimmes Pack. Was bin ich froh, dass mein Sohn so anders ist.«

»Was fällt Ihnen ein«, brüllte Kristina ihre Tante an. »Eine Nutte wie Sie will uns verurteilen? Wer ist denn keinen Tag nach dem Tod meiner Eltern angerauscht gekommen und wollte gleich bei Hannes einziehen? Wer nervt uns seitdem denn jeden Tag mit seinen Anrufen, ob endlich klar ist, wer was erbt? Wo waren Sie und Ihr feiner Sohn denn während der Morde? Haben Sie das schon überprüft, Herr Kommissar?«

»Genau«, unterstützte Hannes seine Schwester, als hätten sie sich nicht eben noch die Augen ausgekratzt.

»Wir werden unschuldig verfolgt, und dieses Pack darf uns auch noch beleidigen. Genau, beleidigen! Machen Sie gleich eine Strafanzeige gegen die«, wandte er sich an seinen Anwalt.

»Ja, machen Sie das, das ist ja unerhört«, pflichtete ihm Kristina bei.

Mit einem Wutschrei versuchte Alicia, auf Hannes loszugehen, wurde aber rechtzeitig von einem Polizeibeamten gestoppt, den Andretta hinter jedem der Angehörigen postiert hatte. Zu Recht, wie sich nun zeigte.

Doch weiter brachte ihn das Gezänke nicht. Es wurde Zeit für die Durchführung ihres Planes. Er nickte Adickes zu, der zur Hütte schritt und die Vordertür öffnete. Heraus trat ein Polizist mit einem in ein schwarzes Kapuzenshirt gekleideten kleinen Mann, die Kapuze über den Kopf weit in die Stirn gezogen und die Hände auf dem Rücken gefesselt.

Hinter sich hörte er ein Aufstöhnen, dann ein: »Das kann doch nicht sein.«

Er drehte sich um.

31

Maja reagierte blitzschnell, als Gerriet Onnen dem Staatsanwalt das Messer an den Hals setzte. Ob er tatsächlich geglaubt hatte, sich auf diese Weise freipressen zu können, würden sie wohl nie herausfinden. Noch bevor er das erste Wort seiner Forderung herausbringen konnte, schlang sie ihm von hinten den Arm um den Hals und drückte ihm die Luft ab. Mit der anderen Hand riss sie seinen Arm mit dem Messer seitlich weg und rang ihn mit gekonntem Polizeigriff auf den Boden, wo zwei hinzueilende Polizisten ihn festnagelten. Der Staatsanwalt hatte nicht einmal Zeit gehabt, Angst zu bekommen, so schnell hatte sie reagiert. Andretta war ein weiteres Mal zutiefst beeindruckt von seiner jungen Kollegin.

Nachdem sie zurück auf dem Revier waren, die beiden Pongatz hatte er nach Hause entlassen, Hannes und seine schluchzende Schwester warteten auf dem Flur, saßen Maja und er dem erstarrten Mörder im Vernehmungszimmer gegenüber.

»Wieso lebt Fynn noch? Wie hat er das gemacht?«, war dessen erste Frage.

»Das tut er nicht. Sie haben ihn tatsächlich erschlagen.«

»Aber wer war das eben? Das war er doch. In der Zeitung hat auch nichts darüber gestanden, dass seine Leiche gefunden worden ist. Dabei hat es dort, wo er lag, doch gebrannt. Sie müssen ihn bei den Löscharbeiten entdeckt haben.«

»Haben wir auch. Das Feuer haben Sie entfacht, richtig?«

Zunächst war es ein vager Verdacht, nicht mehr als eine Idee von Andretta. Hannes war zu unorganisiert, um solche Verbrechen zu planen. Auch hatte Andretta ihm nicht zugetraut, die Erhöhung der Lebensversicherung durchzuziehen. Und seine Schwester? Ihr traute er das schon gar nicht zu. Aber Gerriet Onnen mit seiner IT-Beratungsfirma bot die perfekte Voraussetzung für solch einen Coup. Zudem hatte er jederzeit über Kristina Zugang zur Wohnung seiner zukünftigen Schwiegereltern und zu dem Ordner mit der Lebensversicherungspolice. Für ihn war es ein Leichtes, an die Versicherungsnummer zu gelangen. Es galt eben doch der alte Grundsatz: Folge dem Geld! Gier war ein ebenso starkes Motiv wie Eifersucht und Hass. Wenn nicht stärker. Und Onnen hatte finanzielle Probleme mit seiner Firma, wie Andretta herausgefunden hatte.

Seine Ahnung hatte sich bewahrheitet. Unglaublich. Doch gab es noch jede Menge Details, die ihm unklar waren.

Onnen, der auf einen Anwalt verzichtet hatte, schaute ihn an, abwägend. Andretta kannte das. Der Mörder versuchte zu ergründen, wie viel sie bereits herausgefunden hatten. Was für ihn von Vorteil sein könnte, wenn er es verschwieg, und was, wenn er es gestand.

Andretta lehnte sich entspannt zurück. Signalisierte Onnen damit, dass sie alles hatten, was sie brauchten, um ihn verurteilen zu lassen. Dass Verhandlungen unsinnig für sie wären. Das wirkte.

»Das musste ich doch. Dieser Idiot hat kalte Füße bekommen, nachdem Sie ihm auf die Pelle gerückt sind. Hat andauernd angerufen und mich verrückt gemacht. Wir haben uns auf Föhr verabredet. Er hat mir gedroht, wenn ich nicht komme. Dass er der Polizei alles sagt, wenn er verhaftet wird. Hat behauptet, dass er einen Brief geschrieben hat, wie alles war, für den Fall, dass ihm was zustößt. Hatte ich ihm gar nicht zugetraut, so blöd, wie der war. Aber ich konnte nicht riskieren, dass doch was dran war. Und er war ein weiterer Erbe. Wozu mit dieser Dumpfbacke teilen?«

»Woher hatten Sie den Brandbeschleuniger?«

»Mitgebracht. So einer wie der hat keinen Anwalt oder Schließfach, wo er ein Schreiben deponieren könnte. Der Brief musste bei ihm zu Hause sein, wenn es ihn überhaupt gab. Ganz klar. Ich habe ein paar PET-Flaschen mit Benzin in meinen Rucksack gepackt, damit man das nicht sehen kann, falls ich von einer Kamera auf Föhr erwischt worden wäre. Einen vollen Reservekanister hatte ich nicht zu Hause, also hab ich das Benzin aus dem Tank in Kristinas Wagen abgezapft. Der Kauf eines Kanisters samt Benzin so kurz vor dem Brand hätte vielleicht zu mir zurückverfolgt werden können. Schließlich werden Tankstellen videoüberwacht.«

Ganz schön schlau, dachte Andretta. Onnen hatte an alles gedacht. An fast alles.

»Wie haben Sie Fynn Bose überhaupt kennengelernt?«

»Er hat mich angesprochen. Als ich auf Föhr alleine unterwegs war, um mal Ruhe vor der Familie zu haben. Fynn muss uns die ganze Zeit beobachtet haben und mir gefolgt sein. Als ich in einem Café in Nieblum vor meinem Espresso saß, hat er sich einfach zu mir gesetzt und seine Geschichte erzählt. Ich konnte ja nicht ahnen, dass er nicht von Martin abstammte und damit auch kein Erbe war. Na ja, sterben musste er ohnehin, der hätte niemals die Klappe gehalten, wenn Sie ihn erwischt hätten.«

»Und da sahen Sie Ihre Chance gekommen, die Familie umzubringen«, brachte ihn Andretta zurück zum Thema.

Onnen nickte. »Das war meine Chance, an das Erbe von Helena Rüegg zu gelangen, ohne mir selbst die Hände schmutzig zu machen.«

»Wie haben Sie das gemacht? Wie haben Sie geschafft, ihn zum Mörder zu machen?«

»Da gab es nicht viel zu machen. Der war so hasserfüllt und geladen, wie eine Bombe, an deren Lunte man nur noch das Streichholz halten muss. Noch nie habe ich einen Menschen getroffen, der so unversöhnlich war. All seine Wut hat er auf Martin Gösling konzentriert. Ich kann noch immer nicht fassen, dass Martin gar nicht sein Vater gewesen sein soll. Fynn war so fest davon überzeugt … Wir haben uns nach dem ersten Mal um Ostern jedes Mal wieder auf Föhr getroffen, wenn Kristina und ich da waren. Ich habe dafür gesorgt, dass das öfter der Fall war. Schließlich gab es viel zu planen und besprechen – und seine Wut noch weiter zu schüren. Ich habe ihm erzählt, wie liebevoll sich Martin um Hannes und Kristina kümmert, was er ihnen alles kauft. Solche Sachen halt. Und dann habe ich einen draufgesetzt und ihm erzählt, dass Helena Martin gezwungen hat, ihn zu verleugnen. Dass sie ihm drohte, Ingrid alles zu erzählen, wenn er sich nicht von Verena, Fynns Mutter, trennt. Dass sie ihn einen lächerlichen Zwerg genannt hätte. Da ist bei ihm die Sicherung durchgebrannt.«

»Wann haben Sie eigentlich den Plan, die Eltern Ihrer Verlobten und die Rüeggs umzubringen, gefasst? Erst als Sie Fynn kennenlernten?«, fragte Andretta.

»Nein, der war nur die Lösung meines Problems, wie ich das hinbekomme, ohne selbst in Verdacht zu geraten. Darüber nachgedacht habe ich schon länger. Vor allem, seitdem ich Helenas Haus hier auf Föhr gesehen und kapiert habe, wie viel Geld sie tatsächlich besaß. Geld, das ich ganz dringend brauchte.«

»Wofür?«

»Meine Firma läuft nicht so, wie sie soll. Ich habe einen Gründerkredit, den ich nicht mehr bedienen konnte. Und dann sitzt mir Kristina im Nacken. Schwärmt mir andauernd von einem großen Haus vor, in dem wir unsere Kinder großziehen werden. Hat sich tatsächlich schon eins ausgesucht. Natürlich unbezahlbar für mich.«

»Wie kam sie darauf, dass Sie sich das leisten könnten?«

»Na ja, Kristina hat schon immer sehr aufs Geld geachtet. Immer muss ich ihr etwas bieten, sonst könnte ich sie nicht halten. Das hat mich ganz schön reingeritten. Aber ich liebe sie nun mal, hätte es nicht ertragen, sie zu verlieren.«

»Wann sind Sie auf die Idee mit der Lebensversicherung gekommen?«

»Wennschon, dennschon. War ja ein ganz schönes Risiko für mich, die Morde. Wie Kristina erzählt hat, kam es bei

einem gemeinsamen Mittagessen mit meinen Schwippschwie-
gereltern zur Sprache. Martin erwähnte, dass er sich die Versicherung auszahlen lassen will, schließlich seien seine Kinder
nun aus dem Gröbsten raus und könnten selbst für sich sorgen. Außerdem bräuchte er das Geld, weil das Grundstück
auf Föhr sehr teuer war und die Hütte mehr gekostet hat als
geplant. Obwohl er fast alles alleine gemacht hat. Aber letzt-
endlich ausschlaggebend war der Prozess, den er gegen das
Bauamt führen wollte, weil sie ihm die Abrissverfügung der
Hütte geschickt haben. Deswegen ist er total ausgeflippt.«

»Wann war das in etwa?«, fragte Andretta.

Die Kaltschnäuzigkeit des jungen Mannes, dessen Miene
sich nicht veränderte, während er davon sprach, wie er den
Tod von fünf Menschen plante, erschütterte ihn. Selbst ihn,
der schon so vielen Mördern gegenübergesessen hatte. Doch
kannte er diesen Typus, der nur auf sich bezogen das Leid,
das er verursachte, völlig ausblendete. Für ihn waren seine
eigenen Probleme relevant, alles andere war nebensächlich.

»Das war vor vier, fünf Wochen. Da wurde mir klar, dass
ich handeln muss. Schnell handeln muss. Die ganze Zeit hatte
ich Angst, dass Martin schneller ist als ich. Zum Glück haderte
er noch mit sich, wegen Hannes. Er wollte wohl abwarten, ob
er diesmal dabei, also bei seiner Ausbildung, bleibt. Gedroht
hat er Hannes jedenfalls mit der Auflösung des Vertrages, das
weiß ich. Und ich hatte damit einen Reserveverdächtigen,
sollten mir die Ermittlungen zu nahe kommen. Außerdem
war es ein netter Nebeneffekt, dass im Falle seiner Verhaftung
Kristina die komplette Versicherungssumme erhalten würde.«

»Wie haben Sie das gemacht mit der Erhöhung der Lebensversicherung?«

»Eine Woche nach dem Gespräch über die Versicherung
sind Kristinas Eltern nach Föhr gefahren. Samstagmittag riefen sie an und baten uns, in der Wohnung nachzuschauen,
ob der Herd ausgeschaltet ist. Hannes war mal wieder nicht
erreichbar. Ich habe die Police rausgesucht, während Kristina

auf Toilette war. Wo Martin seine Ordner aufbewahrte, wusste ich ja. Alles schön ordentlich beschriftet. Ein Griff und ich hatte die Versicherungsscheinnummer. Trotzdem war das ein enormes Risiko für mich.«

Er nickte leicht bei seinen Worten, um sie zu unterstreichen. Meinte er das ernst? War er etwa stolz auf seine Taten und seine Planung? Bevor Andretta zu einem Schluss kam, sprach Onnen weiter.

»Es war ganz easy, die Versicherungssumme zu erhöhen. Funktioniert alles online, wenn man die Vertragsnummer hat. Kopfzerbrechen hat mir nur bereitet, wie ich das mit dem erhöhten Beitrag hinbekomme, also dass Martin nichts davon mitbekommt. Und die Zusendung des Vertrages an die Göslings. Aber es ging dann doch ganz einfach. Ich habe mir Kristinas Schlüssel zur Wohnung und dem Briefkasten ihrer Eltern heimlich nachmachen lassen und habe nach der Nachricht, dass alles okay ist, täglich den Briefträger vor dem Mietshaus abgepasst. Kaum hatte der das Haus verlassen, habe ich im Briefkasten nachgeschaut, bis der Umschlag endlich eingegangen war. Tatsächlich war das bereits vor drei Wochen. Und dann musste es am Monatsende, also kurz vor der Abbuchung, schnell gehen. Martin hat immer alles ganz genau geprüft, auch seine Kontostände. Da hat es perfekt gepasst, dass sie an dem Wochenende nach Föhr fahren und sich mit Helena samt Söhnen zum Kaffee treffen wollten.«

Andretta nickte.

»Kommen wir nun zum Tattag, also zu den Hüttenmorden. Wie lief das genau ab?«

»Kristina hatte ich erzählt, dass ich zu einer Fortbildung fahren müsste, aber am Nachmittag wieder zurück sein würde. Ich musste schließlich verhindern, dass sie derweil alleine ihre Eltern auf Föhr besucht. Dann wäre der ganze schöne Plan geplatzt. Fynn und ich haben uns in Witsum getroffen. Ich habe die Fähre um acht Uhr fünfundzwanzig genommen und bin zu unserem Treffpunkt, dem Wäldchen bei der Hütte, gelaufen, wo er auf mich wartete. Das war ein ganz schöner Marsch, aber die einzige Chance, von keiner der Kameras auf Föhr erwischt zu werden, denn ich konnte am Strand langgehen, und da gibt es keine. Fynn hatte mir von seiner Winchester erzählt und wie er davon träumt, alle damit umzulegen. Das Problem war nur, dass sie immer zusammen waren, also die Opfer. Und ich hatte Bedenken wegen der Söhne von Helena, die ja im Gegensatz zu ihrer Mutter topfit waren. Also habe ich mir eine Schreckschusspistole besorgt, so eine, die absolut echt aussieht, um sie in Schach zu halten. Wir haben uns beide vorsorglich Strümpfe über das Gesicht gezogen und uns im Unterholz, das auf der Vorderseite bis fast an die Hütte wuchert, versteckt. Sie sind bei der Tatrekonstruktion ganz schön nahe an die Wahrheit herangekommen. Kompliment, Herr Kommissar!«

Andretta starrte ihn nur an, verzog keine Miene.

»Und weiter?«

»Pünktlich wie immer, die Göslings nahmen an solchen Tagen stets die Fähre um zwanzig vor elf Uhr, kamen sie kurz vor zwölf Uhr angefahren. Und genau wie immer marschierte Ingrid zur Eingangstür, machte die Fensterläden auf und ging dann auf die Terrasse. Martin war derweil auf der anderen Seite beschäftigt – eben ganz wie immer. Ingrid hat nichts bemerkt, bis Fynn direkt hinter ihr stand. Da hat sie aufgeschrien, und Fynn hat geschossen. Natürlich hat Martin das gehört und kam angerannt. Fast wäre das schiefgegangen, weil dieser Volltrottel Fynn wie zur Salzsäule erstarrt auf Ingrid schaute, die erste Tote in seinem Leben, wie er mir hinterher sagte. Aber es hat dann doch noch geklappt. Auch wenn Fynn einfach nur dämlich war, mit der Waffe konnte er umgehen. Wir haben Martin an den Beinen in die Hütte gezerrt und zugedeckt, damit man ihn nicht sofort sieht. Ingrid haben wir mit einer Decke bedeckt und in den Teppich auf der Terrasse eingewickelt. Das war am einfachsten. Schließlich sollten die Rüeggs ja nicht zu früh merken, dass was nicht stimmt. Außerdem hätten ja irgendwelche Spaziergänger vorbeikommen und sie zufällig entdecken können. Auch dann wäre der ganze schöne Plan den Bach runtergegangen. Ein Problem war das viele Blut vor der Eingangstür. Martin hat geblutet wie eine abgestochene Sau. Erst haben wir versucht, es wegzuwischen, aber da hatten wir keine Chance, es war einfach zu viel. Fynn hat dann im hinteren Raum die Pappe entdeckt. Also haben wir die darübergelegt. Das sah zwar komisch aus, sonst war alles so ordentlich. Aber anders ging es eben nicht. Hat ja dann auch gereicht.«

Andretta erinnerte sich an die Blutlache direkt vor der Tür und dass sie genau dasselbe gedacht hatten.

»Haben Sie Martin Gösling dort erschossen, wo die Pappen lagen?«

»Ja und nein. Der erste Treffer war auf Höhe der Veranda. Doch er ist einfach weiter auf mich zugerannt, als wäre nichts geschehen. Richtig gruselig war das, denn er blutete da schon gewaltig. Kurz bevor er mich erreichte, hat Fynn ihm den Rest gegeben. Bis wir uns von dem Schreck erholt hatten, waren die Platten vor der Tür schon voller Blut.«

»Aha, und weiter?« Andretta fiel es zunehmend schwer, diesen eiskalten Mörder mit neutralem Blick ohne Wertung anzuschauen. Doch das war wichtig. Würden sich seine Gefühle im Gesicht widerspiegeln und Onnen erkennen, wie widerlich Andretta ihn und seine Taten fand, könnte das den Redefluss stoppen.

»Als wir alles erledigt hatten, haben Fynn und ich uns wieder auf die Lauer gelegt. Aber diesmal an einer anderen Stelle, weil ich annahm, dass die Rüeggs wie immer von der Rückseite der Hütte aus kommen würden. Sicher war ich aber nicht. Von dort aus hatten wir Blick auf beide Wege, den von der Straße und den aus dem Wald. Und dann ging sie los, die Warterei. Das war ziemlich stressig für mich. Vor allem weil Fynn auf einmal meinte, es sei genug, er hätte seine Rache gehabt. Ich musste mich ganz schön ins Zeug legen, um ihn zu überreden, auf die Rüeggs zu warten.«

»Aber schließlich sind sie doch gekommen«, versuchte Andretta, den ins Stocken geratenen Onnen zum Weitererzählen zu bringen.

»Ja, ich habe es geschafft.« Ein leichtes Lächeln erschien in seinem Gesicht. »Sie kamen wie erwartet auf ihrem üblichen Weg. Auf jeder Seite von Helena einer ihrer Söhne. Sie war schon sehr wackelig, die Alte. Ohne die hätte sie den Weg nicht geschafft. Das wurde ihnen auch zum Verhängnis. Wir haben sie bis zur Hintertür herankommen lassen. Es sah für sie bis dahin alles ganz normal aus. Die Läden des Fensters zur Terrasse waren geöffnet, und der Wagen stand auf seinem gewohnten Platz neben dem Häuschen. Sie haben bestimmt geglaubt, dass sich die Göslings gerade in der Hütte aufhalten. Dann sind wir aus der Deckung gekommen, Fynn mit seiner Winchester im Anschlag und ich mit der Schreckschusspistole. Natürlich wieder maskiert. Wir haben ihnen gesagt, dass wir nur ihr Geld wollten, aber Helena hat andauernd nach ihrem Bruder und seiner Frau gerufen. Wir haben behauptet, dass die beiden in dem hinteren Raum eingesperrt seien und, wenn die Rüeggs brav wären, wir sie einfach dazusperren und dann abhauen würden. Natürlich haben Jürgen und Franz-Xaver das nicht geglaubt, das habe ich ihnen angesehen. Wie sie einander anschauten, als wollten sie sich abstimmen, wie sie gegen uns vorgehen sollen. Aber weil sie so brave Söhne waren, haben sie ihre Mutter nicht alleine gelassen. Es war ganz einfach. Fynn hat ihnen direkt in den Kopf geschossen. Sie sind neben Helena zusammengesackt, die erstaunlicherweise stehen blieb. Wie versteinert. Wie eine Skulptur. Und dann ist Fynn dicht an sie ran, hat sich die Maske vom Gesicht gezerrt und sie gefragt, ob sie weiß, wer er ist. Sie hat ihn nur angesehen. Er hat das Gewehr genau zwischen ihre Augen gehalten, ganz dicht dran, und es ihr gesagt. Sie hat die Stirn gerunzelt und den Kopf geschüttelt. Da hat er geschossen. Nur ein einziges Mal.«

Gerriet Onnens Augen verklärten sich, als sei er gänzlich

versunken in seine Erinnerungen. Was Andretta nicht darin erkennen konnte, war Bedauern über das Geschehen.

»Dann haben Sie die Söhne in dem Werkraum hinten versteckt. Warum Helena vorne bei Martin?«

»Ganz einfach, weil es hinten zu eng wurde. Sie war zu dick. Neben Martin hatten wir genug Platz. Aber sie war verflucht schwer. Wir sind ganz schön ins Schwitzen gekommen.«

»Anschließend sind Sie mit dem Wagen der Göslings zum Hafen gefahren. War das nicht zu riskant?«

»Vielleicht, aber ich hätte sonst die Fähre um sechzehn Uhr dreißig nicht erwischt. Die um fünfzehn Uhr fünfzehn hatte ich schon verpasst und war spät dran. Wie sollte ich Kristina erklären, wo ich so lange geblieben war?«

»Wussten Sie eigentlich von Alicia Pongatz und ihrem Sohn?«, fragte der Kommissar.

Onnen schüttelte den Kopf. »Von denen hatte ich noch nie zuvor gehört. Wie es aussieht, wurden sie totgeschwiegen, weil Alicia eine Nutte, Prostituierte war. Das passte nicht zu diesen Biedermännern. Ich war ganz schön entsetzt, als sie auftauchten. Schließlich mussten wir das Erbe mit ihnen teilen. Wenigstens gab es noch die Lebensversicherung, davon stand ihnen nichts zu.«

Und genau das war der Punkt, weshalb Andretta die Pongatz als mögliche Täter in seinen Überlegungen ausgeschlossen hatte. Wäre Onnen nicht so gierig gewesen, hätte er sich mit dem Erbe der Rüeggs begnügt, wäre er vielleicht davongekommen – und reich geworden. Gier war nicht nur ein starker Antrieb, sondern machte auch blind. Ebenso wie Liebe.

»Kommen wir zu Fynns Tod. Wie war das?«

»Ganz einfach. Ich habe mich mit ihm in dem Wäldchen bei Midlum verabredet. Er hatte ja keinen Wagen.«

»Sind Sie mit dem Plan nach Föhr gekommen, ihn zu töten?«

Onnen nickte. »Mir blieb schließlich keine andere Wahl. Ich war mir sicher, dass er alles ausplaudern würde, wenn Sie ihn sich richtig vornehmen würden. Nach dem Mord an den Göslings und Rüeggs war ihm auch irgendwie alles egal geworden. Er fing damit an, dass es ein Fehler gewesen wäre, seinen eigenen Vater zu töten. Dass er nicht mehr schlafen könnte und solch einem Quatsch. Gejammert hat er, dass er nun nie mehr anerkannt werden würde. Dass er nicht darauf bestehen könnte, sein Erbe zu bekommen, weil man ihn dann verdächtigen würde. Dass er von mir, also aus Kristinas Erbe, seinen gerechten Anteil haben wolle. Das konnte ich doch nicht zulassen. Das müssen Sie einsehen!«

Onnen beugte sich nach vorne und schaute Andretta auffordernd an. Doch der Kommissar tat ihm nicht den Gefallen, das Verbrechen abzusegnen. Der Mörder sackte in sich zusammen und lehnte sich wieder nach hinten an die Rückenlehne des Stuhles.

»Wie ist das abgelaufen?«, wiederholte Andretta seine ursprüngliche Frage.

Mit mürrisch verzerrtem Mund räusperte sich Onnen.

»Ganz einfach. Ich habe mir unterwegs einen dicken Stock gesucht und hinter mich an einen Baum gelehnt. Nichts hat diese Dumpfbacke gemerkt. Dieser Trottel. Ich habe versucht herauszufinden, wo er den Briefumschlag versteckt hat, ob es ihn überhaupt gab, da ist er misstrauisch geworden.«

Onnen schwieg einen Moment.

»Was ist dann passiert?«

»Er hat versucht abzuhauen. Aber ich hatte den Knüppel ja griffbereit. Kaum hatte er sich umgedreht, um wegzulaufen, hab ich ihm einen Schlag verpasst. Er ist umgefallen wie ein gefällter Baum. Vorsichtshalber habe ich noch mal zugeschlagen. Dann hat er sich nicht mehr gerührt. Ich bin zu seinem Haus und habe das Benzin unter der Tür durch ins Haus fließen lassen. Das war noch so eine alte Haustür, die unten nicht dicht abschloss. Hat ewig gedauert, bis ich alles drin und die

Tür ausreichend damit vollgespritzt hatte, dass sie brannte. Hat alles wunderbar geklappt, aber dämlicherweise war die letzte Fähre schon längst weg, und ich hatte Riesenprobleme, Kristina zu erklären, wo ich die Nacht verbracht hatte. Es ging ja auch alles so schnell, sonst hätte ich mir rechtzeitig etwas einfallen lassen. Also habe ich was von einem Kunden erzählt, einer großen Firma mit Blackout des Gesamtcomputersystems. Dass ich die ganze Nacht durcharbeiten musste, bis ich alles wieder ans Laufen gebracht hatte.«

»Aber wie haben Sie sie dazu gebracht, Ihr Alibi zu bestätigen?«

»Ich habe Kristina klargemacht, dass sie als Erbin potenziell verdächtig ist. Dass ich sie mit dem falschen Alibi schützen will. Sie hat mir das doch tatsächlich geglaubt.«

Er sah den Kommissar mit großen Augen an.

»Dabei waren Sie es, der das Alibi brauchte«, stellte Andretta fest.

Onnen nickte. »Aber sie wurde immer nervöser und misstrauischer. Ihr kam es komisch vor, dass ich ausgerechnet an den Tattagen weg, ohne sie unterwegs war. Da musste ein Täter her, damit die Ermittlungen eingestellt werden. Hannes passte perfekt, und seine Verhaftung vergrößerte noch unseren Anteil am Erbe enorm, denn Mörder können ihre Opfer bekanntlich nicht beerben. Und an der Lebensversicherung. ›Win-win‹ eben. Zumindest für uns.«

Dazu habe er den Umschlag mit der Vertragsänderung lediglich im Flur der Göslings platzieren und das Handy, mit dem er mit Fynn telefoniert hatte, in der Wohnung so deponieren müssen, dass Hannes zwangsläufig beim Ausräumen darüber stolpern musste. Auch wenn er nicht wusste, wann das der Fall sein würde. Notfalls hätte er nachgeholfen und es selbst eingeschaltet. Einen geladenen Ersatzakku hatte er stets bei sich, wenn sie in die Wohnung gingen. Aber Hannes in seiner Gier hatte das Problem rechtzeitig für ihn gelöst. Die Verhaftung habe auch seine Sorge, keinen Beweis für sein Alibi vorlegen zu können, wie von den Ermittlern immer wieder gefordert, beseitigt.

Andretta reichte es. Er schaute zu Maja, doch auch sie schüttelte den Kopf, blass von dem Gehörten und von der Kaltschnäuzigkeit dieses Mannes, der unter anderen Umständen wahrscheinlich niemals zum Mörder geworden wäre, geschockt.

Was Andretta nicht zum ersten Mal zu der Überlegung führte, ob tatsächlich jeder Mensch unter den entsprechenden Umständen zum Mörder werden konnte. Er hatte alle aktuellen Abhandlungen dazu gelesen, das Für und Wider abgewogen und darüber nachgegrübelt. Es gab gute wie schlechte Argumente dafür und dagegen.

Er wusste es nicht, ahnte noch nicht einmal die Antwort!

Epilog

Zwei Tage nach dem Geständnis von Gerriet Onnen hatte sich Helena Rüeggs Anwalt bei Andretta gemeldet. Ihm lag kein neueres Testament von ihr als das im Banksafe gefundene vor.

Allerdings hatte ihr Sohn Franz-Xaver ein Testament bei ihm hinterlegt, von dem keiner in der Familie wusste, wie der Notar versicherte. Darin hatte er seine uneheliche Tochter, von der ebenfalls niemand ahnte, zu seiner Alleinerbin eingesetzt.

»Aber Franz-Xaver hat doch nicht geerbt. Da die Söhne vor der Mutter starben, wie wir inzwischen vom Täter wissen, konnten sie doch nicht ihre Erben sein«, hatte Andretta nachgefragt.

»Das ist richtig. Aber da die Tochter ihres Sohnes als Enkelin direkt von Helena Rüegg abstammt, während alle anderen potenziellen Erben wie die Kinder der Göslings und Alicia Pongatz nur in zweiter Ordnung, also über Helenas Eltern, mit ihr verwandt waren, ist sie die Alleinerbin des gesamten Rüegg-Vermögens.«

Onnen hatte zum ersten Mal seit seiner Verhaftung die Fassung verloren, als sie es ihm mitteilten. Nachdem sich dann auch noch herausstellte, dass die Allianz lediglich die ursprüngliche Versicherungssumme von einhunderttausend Euro auszahlen würde, weil Martin Gösling nicht der erneuten Gesundheitsuntersuchungsaufforderung nachgekommen war, brach er zusammen. Zu sicher war er sich gewesen, da auf der Website damit geworben wurde, dass sie im Falle einer Erhöhung ohne erneute Prüfung abgeschlossen werden könne. Den kleingedruckten Text am Ende der Seite hatte er nicht gelesen. Darin stand, dass die Versicherung durchaus einen erneuten Check fordern könne – und im Falle von Martin aufgrund seines Alters und der Verzehnfachung der

Versicherungssumme auch verlangt hatte. In dem gefundenen Umschlag hatten sich die Unterlagen dafür befunden, nicht die Bestätigung der Erhöhung. Ungelesen von Onnen, der den Brief für die Vertragsveränderungsurkunde gehalten und nicht geöffnet hatte.

Alles umsonst. Kristina, Hannes und die Pongatz waren in ihren Grundfesten erschüttert, als sie davon erfuhren. Hatten sie sich doch als wohlhabend, wenn nicht reich gewähnt. So nahe dran alles wieder zu verlieren, das war heftig.

Sechs sinnlose Morde, drei weitere Leben ruiniert. Andretta konnte die Ironie des Schicksals nicht fassen.

Die Sommerferien neigten sich ihrem Ende zu. Noch immer litt die Insel unter den ungewohnten Temperaturen, die Heerscharen von Touristen nach Föhr geschwemmt hatten. Wenigstens hatte kein weiteres Feuer seine Einwohner malträtiert, dafür hatte es jede Menge Brände auf dem gesamten europäischen Festland gegeben. Und es wurden mehr erwartet, schließlich nahm die Trockenheit noch zu.

Bald würde Andrettas Urlaub enden. Er hatte den Resturlaub der letzten Jahre drangehängt, wissend, dass das seiner Bewerbung schaden würde. Doch Lisa schien sich auf Föhr wohlzufühlen. Sie hatten gemeinsam mit Maja Touren über die Insel unternommen und waren am Meer gewandert. Nicht nur seine Tochter, wie er sie inzwischen in seinen Gedanken nannte, hatte sich immer mehr für seine junge Kollegin begeistert, deren Bäderdienst bis Ende September dauern würde, bevor sie zum regulären Polizeidienst zurückkehren musste.

Inzwischen bändigte Lisa ihr Haar stets im Pferdeschwanz, trug nur noch Jeans oder Shorts, und ihre blasse Gesichtsfarbe war bei dem vielen Sonnenschein und der frischen Nordseeluft gebräunt. Kaum wiederzuerkennen war sie, wie Andretta fand. Sogar ein paar Kilo zugelegt hatte sie.

Doch dann kam die Nacht, die alles veränderte. Zum ersten Mal seit Wochen war er wieder von Lisas Schluchzen aufgewacht. Er war aufgestanden und zu ihrer Tür gegangen, wild entschlossen, endlich zu ihr zu gehen und zu fragen, warum sie so verzweifelt weinte.

Diesmal klopfte er nicht an, sondern öffnete einfach die Tür und ging zum Bett. Chico knurrte nicht, aber warf ihm einen Blick zu, der ihn aufzufordern schien, endlich etwas zu unternehmen. Kluger Hund, dachte Andretta.

Das Weinen ließ ihren kleinen Körper erbeben, Lisa rang nach Luft. Andretta setzte sich auf die Bettkante und tätschelte beruhigend ihren Rücken. Kaum hatte er sie berührt, schoss sie hoch, schlang ihre Arme um seinen Hals und klammerte sich mit einer Kraft an ihn, die er nicht erwartet hatte.

»Aber, aber, meine kleine Lisa. Beruhige dich doch. Alles ist gut«, flüsterte er in ihr Haar.

Das Jammern verstärkte sich noch.

»Was ist denn, meine Kleine? Sag es mir, wir können alles in Ordnung bringen. Vertrau mir, es gibt nichts, was du mir nicht sagen kannst. Nichts, was man nicht wiedergutmachen kann.«

»Doch«, flüsterte ihre zaghafte Stimme in sein Ohr. Wäre ihr Kopf nicht so dicht an seinem gewesen, hätte er es nicht gehört.

»Raus damit, dann bist du es los«, forderte er sie nochmals auf. »Ich verspreche dir, dass wir das hinkriegen, nur keine Bange.«

»Versprochen?«

»Dickes Ehrenwort!«

»Ich«, begann sie mit zitternder Stimme und verstummte gleich wieder.

»Was?«, half Andretta nach.

Er hörte sie tief Luft holen. Als bräuchte sie die, um die Worte über die Lippen zu bringen.

»Ich habe Mama die Treppe runtergeschubst!«

Danksagung

Wenn ein Buch erscheint, steht immer der Autor im Vordergrund. Das ist nicht gerade fair, weil es dafür vieler Mitwirkender bedarf. Deshalb sollen hier die Menschen, die mir während des Schreibens und bei der Veröffentlichung eine besondere Hilfe waren, Erwähnung finden. Ich hoffe, an alle gedacht zu haben.

Das Schreiben ist zwar eine einsame Arbeit, aber für das Verlegen des Manuskriptes bedarf es des perfekten Teamworks im Verlag. Deswegen richtet sich mein Dank an meinen Verlag und die Menschen, die ihn so besonders machen.

Ohne meine Literaturagentin Anna Mechler von der Literaturagentur Lesen & Hören und ihren festen Glauben an mich gäbe es dieses Buch wie auch seine Vorgänger nicht.

Mein Dank gebührt PHK Michael Lorentz, stellvertretender Leiter der Polizeistation Wyk, der mich nicht nur in die Geheimnisse des Bäderdienstes einführte, sondern auch mit den Eigenheiten der Insel versorgte.

Das Wissen über die besondere Bedeutung des Waldes auf Föhr, seine Schädlinge, aber auch den Text zu dem eigens komponierten Lied anlässlich der Einweihung des Lembke-Hains bei Wyk verdanke ich Dietmar Steenbuck vom Landesamt für Landwirtschaft, Umwelt und ländliche Räume des Landes Schleswig-Holstein, Untere Forstbehörde Westküste.

Christian Kartheus von der Pressestelle der Polizeidirektion Flensburg verdanke ich, Fehler bei der Darstellung des Einsatzes von Polizeimeistern und Polizeimeisterinnen im Bäderdienst vermieden zu haben.

Und selbstverständlich gilt last, but not least mein besonderer Dank meinen Testlesern und Mitdenkern, die mir nicht nur wertvolle Hinweise gaben, sondern auch durch ihr Lob dafür sorgten, dass ich nicht mitten im Text aufgegeben habe:

meiner Schwester Jutta Stieber, meiner Freundin Kirsten Wilczek und meinem Mann Gerhard Silber, der unerschütterlich in allen Höhen und Tiefen des Lebens und Schreibens an meiner Seite steht!

Eva-Maria Silber
DER TEUFEL VOM BROCKEN
Broschur, 320 Seiten
ISBN 978-3-7408-0923-2

Eine Gruppe Studenten bricht am 1. Advent 1989 zur Brocken-befreiung auf. Am nächsten Tag sind alle tot. Etwas hat sie offenbar bei eisigen Temperaturen aus ihrem Zelt getrieben. Drei Verbindungsbeamte des BKA ermitteln im Grenzgebiet, ebenso Tomas Düvel, einer der fähigsten Kriminalisten der DDR. Sie finden heraus, dass das Zelt von innen zerschnitten wurde, ein Schuhabdruck nicht von den Studenten zu stammen scheint und der Pullover eines Opfers radioaktiv verstrahlt ist. Doch die grausame Wahrheit hinter alldem setzt sich nur Stück für Stück zusammen …

www.emons-verlag.de